TØWANDER FLAGG

DER GALGEN FRAGT NICHT, WELCHER HALS

EIN REVULVA WESTERN

ROMAN

QUERVERLAG

Alle Charaktere, Schauplätze und Handlungen in diesem Roman sind frei erfunden. Ähnlichkeiten mit lebenden und toten Personen sind unbeabsichtigt.

Grafik Landkarte auf den Seiten 4–5: Katja Langmaier nach einer Idee von Veza Quinhones-Hall unter Verwendung von „Colton's Nebraska", G.W. Colton, 1869, www.oldmapsonline.com

Umschlag und grafische Realisierung von Sergio Vitale unter Verwendung einer Zeichnung von Hannah Basser.

Druck und Weiterverarbeitung: Finidr
ISBN 978-3-89656-273-9
Printed in the Czech Republic

Bitte fordern Sie unser Gesamtverzeichnis an:
Querverlag GmbH
Akazienstraße 25, 10823 Berlin
www.querverlag.de

Für

Veza Alex

Mein Lagerfeuer Mein Whiskey

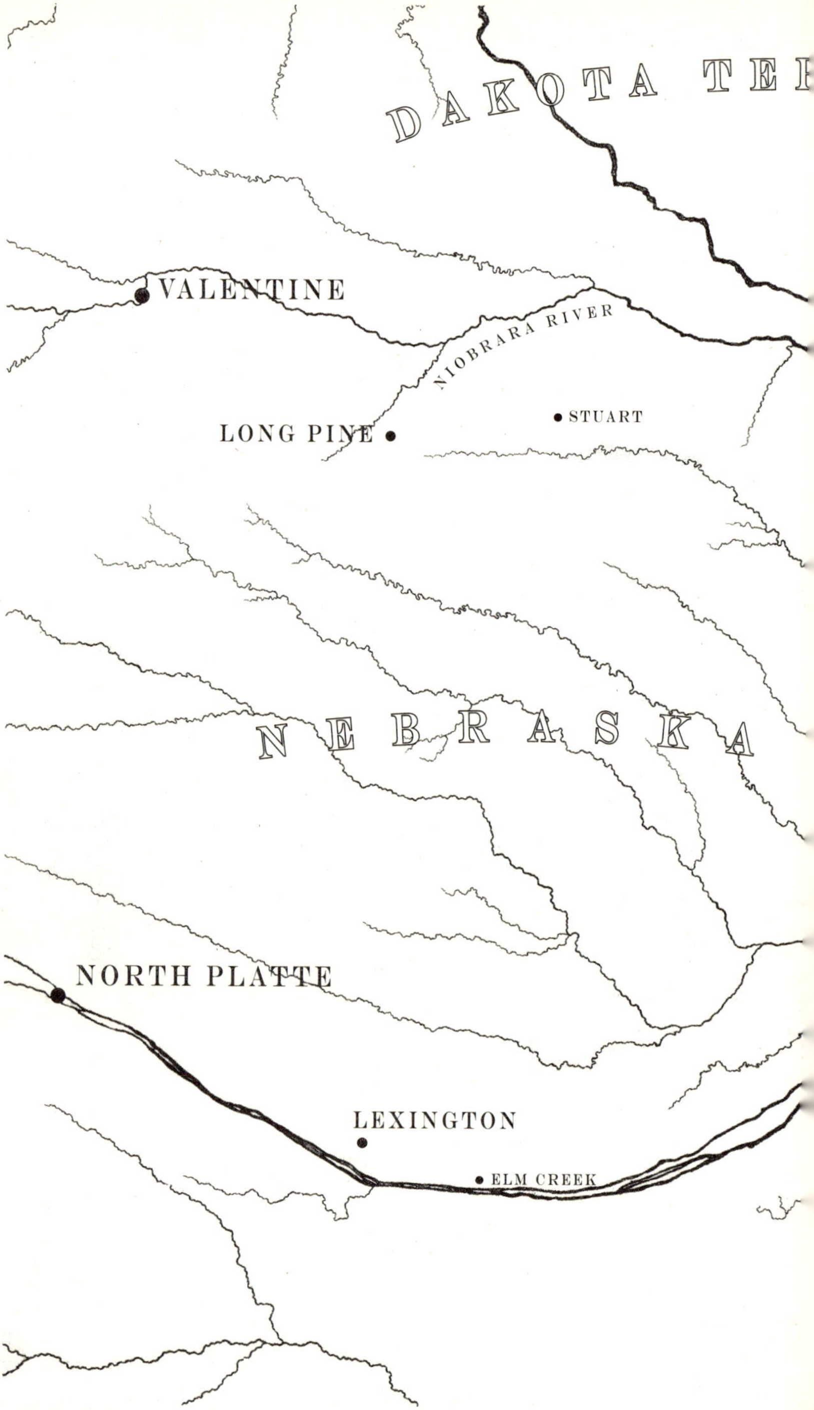
DAKOTA TER
VALENTINE
NIOBRARA RIVER
LONG PINE
STUART
NEBRASKA
NORTH PLATTE
LEXINGTON
ELM CREEK

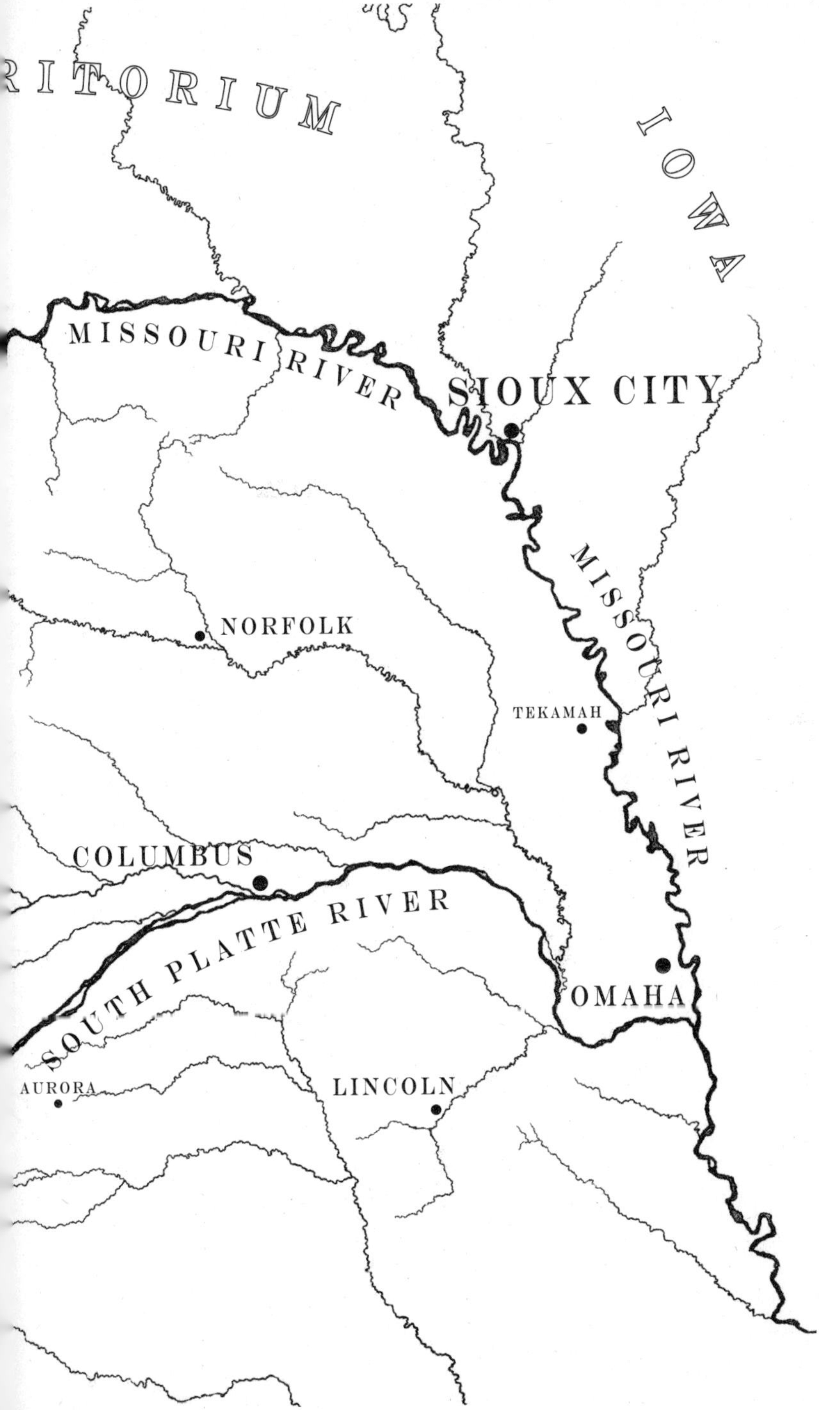
RITORIUM
IOWA
MISSOURI RIVER
SIOUX CITY
MISSOURI RIVER
NORFOLK
TEKAMAH
COLUMBUS
SOUTH PLATTE RIVER
OMAHA
AURORA
LINCOLN

EINÖDE

Ich war gerade am Brunnen, um Wasser zu holen, als ich den Prediger herankommen sah. Das heißt, ich sah nicht ihn, sondern den Staub, der unter den Hufen seines Pferdes aufstob, als er über das in der Hitze des Sommers stumpf und gelb gewordene Gras der Prärie ritt. Es war noch lange nicht Mittag und doch flirrte die Luft schon unter den unbarmherzigen Strahlen der Sonne. Der Wind hatte über Nacht eine Handvoll Steppenroller vor meine Veranda getrieben und da lagen sie jetzt nutzlos wie scheißverdammte feine Pinkel und rührten sich nicht. Ich begann zu schwitzen, als ich den Eimer aus dem Brunnen hochzog, und nahm gleich dort mit der hölzernen Kelle den ersten Schluck vom kalten Wasser, um mir die Trockenheit aus dem Mund zu spülen. Ich blieb am Brunnen stehen und blickte so lange in die Richtung der dünnen Staubfontäne in der Ferne, bis meine Lider schmerzten und ich sehen konnte, dass es nur ein einsamer Reiter war, der da auf mein Haus zukam.

Langsam und vorsichtig, sodass ich nichts verschüttete, trug ich den randvollen Eimer nach drinnen und stellte ihn neben die Waschschüssel, die im hinteren Teil des Raumes neben dem Bett auf einer Holzkommode stand. Eine Kanne voll Wasser schüttete ich dort hinein, zog mein Hemd aus und wusch mir den Staub des vorangegangenen Tages von Oberkörper und Gesicht. Ich kämmte mein nasses Haar nach hinten, schüttelte das Hemd aus, zog es wieder an und streifte die Hosenträger, die an meinen Beinen hinabgehangen waren, über meine Schultern. Dann goss ich Kaffee in meinen kleinen Blechnapf, biss ein Stück vom Kautabak ab, der nach all den Jahren zwar meine Zähne bereits dunkel werden ließ, auf dessen Geschmack ich aber dennoch nicht einen Tag lang hätte verzichten wollen, nahm meine Flinte und setzte mich in den alten Schaukelstuhl auf der Veranda, um den Reiter dort zu erwarten.

Es dauerte noch eine ganze Weile, bis er nah genug herangekommen war, sodass ich irgendetwas an ihm erkennen konnte. Mein Kaffee war bereits ausgetrunken und der Blechnapf stand auf den verwitterten Dielen der Veranda, dort, wo auch Pa ihn immer abgestellt hatte und wo das Holz jetzt dunkel war von seinem Blut, das ich tagelang nicht geschafft hatte, aus den verfluchten Dielen zu bürsten, nachdem der Dreckskerl Joe Bane ihn hier an dieser Stelle aus gut dreißig Ruten Entfernung mitten in die Stirn getroffen hatte. Das war einige Jahre her und inzwischen war der Schmerz verblasst, doch die Erinnerung war noch immer so klar, als wäre Pa erst gestern von diesem Schaukelstuhl aus vor seinen Herrn getreten, um Rechenschaft abzulegen. In dieser Einöde auf sich allein gestellt zu sein, war für niemand ungefährlich, für eine Frau allerdings war es nachgerade irrwitzig, und so war ich froh, dass ich im Umgang mit der Flinte geübt war.

Als der Reiter näher kam, legte ich den Finger an den Abzug des Gewehrs, dessen Lauf scheinbar salopp auf meinen Beinen lag, tatsächlich jedoch geradewegs auf den Unbekannten gerichtet war, der nun in Sichtweite gekommen seinen Hut zog und schwenkte. Er ritt auf einem eleganten braunen Mustang und ich konnte sehen, dass er einen verflucht stattlichen Anzug trug. Er schien mittleren Alters zu sein, und als er den Hut hob, sah ich darunter dunkles Haar, das mit Pomade zu einem ordentlichen Scheitel gekämmt war.

„Man sagt mir“, rief er mir aus vielleicht zehn Ruten Entfernung zu, „dies sei der Ort, an dem ich Annie Goodlick finden könne.“

Er zügelte sein Pferd, das leicht tänzelnd stehen blieb.

„In der Tat?“, rief ich zurück und spuckte in einem perfekten Bogen Kautabaksaft von der Veranda geradewegs in seine

Richtung. Die jahrelange Übung ließ mich dabei lässig aussehen. Es war eine Art, im Stehen zu pissen, bei der ich mithalten konnte. Mein Revier, Freundchen.

„Mein Name ist Clarence Ginty, ich komme aus Sioux City. In Aurora sagte man mir, das hier sei Ma'am Goodlicks Haus. Sind Sie Ma'am Goodlick?"

„Sie kommen den ganzen verdammten Weg aus Sioux City, um Annie Goodlick zu finden?"

„Nein, Ma'am, nicht den ganzen Weg aus Sioux City. Von dort bin ich aufgebrochen mit dem Ziel, einen Kopfgeldjäger in meinen Dienst zu nehmen, doch unterwegs stellte ich fest, dass mein Auftrag wohl von ungewöhnlicher Natur ist, und keine Seele hat sich meiner erbarmt. Von Sioux City aus ritt ich nach Omaha und dann nach Westen. Ich war schon in Columbus, als der Sheriff dort mir sagte, es gebe nahe Aurora eine Frau namens Annie Goodlick, die ihm vor einigen Jahren die O'Sweeney-Brüder gebracht hätte. In Aurora schließlich schickte man mich weiter nach Süden und hier bin ich nun auf Ihrer Türschwelle gelandet. Darf ich näher kommen, Ma'am? Mein Pferd braucht Wasser."

Ich erinnerte mich an den Sheriff in Columbus. Er war vor Jahren schon ein alter Mann gewesen, besonnen und einer der wenigen, der meine Profession nicht infrage stellte, zumindest nicht auf eine Art, die es mich hätte wissen lassen, und den verflucht meisten Männern war es schließlich genau daran gelegen.

Ich wollte keinen Auftrag annehmen. Ich war erst zwei Wochen zuvor aus St. Louis zurückgekehrt, wo ich einen Mistkerl namens One-Eyed Bill Montey – einen Mann, der weder einäugig war noch Bill hieß, jedoch so genannt wurde, weil er gefälschte Silber-Dollar-Zertifikate ausgab, die von so schlechter Qualität waren, dass das Porträt Martha Washingtons darauf aussah, als zwinkerte es mit dem linken Auge – an den Sheriff übergeben und für seine Gefangennahme gerade einmal fünfzig Dollar Kopfgeld erhalten hatte. Mir blieben immer nur die Lumpen, für die sich andere Kopfgeldjäger nicht interessierten, weil es sich für die Summe, die auf ihren Kopf stand, kaum auszahlte, überhaupt ein verdammtes Pferd zu satteln. Aber ich hatte keine Mittel, mich anders durchzubringen. Das Land, auf dem ich lebte, gab kaum genug her, um mein Pferd zu versorgen, und um zu heiraten war ich mindestens zu alt, jedenfalls zu bockig, vor allem aber war ich unwillig. Also blieb mir, was mein Pa mich gelehrt hatte. Ohne seinen Namen, den hier in Nebraska jeder Sheriff kannte, wäre ich wohl verhungert. Die meisten Typen sahen es nicht gerne, wenn ich mit meinen unziemlichen Hosen, meinem breitbeinigen Gang und meiner Fresse voller Kautabak in ihr Revier eindrang. Der Tochter Rutherford Goodlicks gestand man jedoch kleine Freiheiten zu, die anderen Frauen verwehrt blieben.

Nach dem langen Ritt zurück aus St. Louis war ich nun sehr froh, wieder zu Hause zu sein. Auch Alecto, die verdammt noch mal nicht mehr die Jüngste war, hatte sich auf der langen Reise verausgabt und ich würde ihr sobald keine große Anstrengung zumuten. Ohne ein Wort zu sagen, stand ich also auf und winkte den Reiter heran. Mochte er doch mit gestilltem Durst das Weite suchen. Meine Flinte behielt ich im Arm. Als er schließlich vor mir stand, sah ich, dass er etwas jünger war, als ich gedacht hatte. Sein Gesicht war staubig, bis auf einen buschigen Schnurrbart aber glattrasiert und ansehnlich.

„Ich nehme keinen Auftrag an“, sagte ich und nahm die Zügel seines Pferdes in die Hand.

Ohne auf eine Reaktion von ihm zu warten, führte ich das Pferd hinter das Haus, wo meine Alecto im Schatten an der Tränke stand. Sie wich einige Schritte weit zurück, als ich mit dem Hengst daherkam. Sie hätte jederzeit laufen können, schließlich war sie nicht angebunden, doch wahrscheinlich war auch sie neugierig. Es kam nicht alle Tage ein anderes Pferd hier auf der Farm vorbei. Ich schlang die Zügel des Mustangs um einen Pflock und er begann sofort gierig zu saufen wie ein Siedler, der gerade den ersten Saloon entdeckt hat. Alecto kam mit geblähten Nüstern ein paar Schritte näher, um sich den Besuch anzusehen. Der Reiter war mir gefolgt und jetzt sah ich aus den Augenwinkeln, dass sein rechtes Bein wohl steif war, sodass er es hinter sich her durch den Staub zog. Er schien mir zu jung, um ein Kriegsversehrter zu sein, dennoch dachte ich sogleich an Pa und sein krummes Bein, das ihm im Krieg von einem Konföderierten beinah weggeschossen worden war, und das mir mit meinen vier Jahren bei seiner Rückkehr so große Angst eingejagt hatte, dass ich mich hinter dem Kittel von Tante Nora versteckt hatte, statt ihm in die Arme zu fallen.

„Kommen Sie ins Haus, Mister. Ich hab Kaffee auf dem Feuer."

„Vielen Dank, Ma'am."

„Miss", korrigierte ich ihn.

Ich warf ihm einen kurzen Blick zu und sah jetzt erst, was mir vorhin nicht aufgefallen war: Er trug ein hölzernes Kreuz um seinen Hals. Er sah, wie meine Augen kurz daran hängenblieben, griff an die Tasche seines Anzugs, zog ein Buch heraus, hielt es mir entgegen und meinte: „Der Herr begleitet mich auf meiner Reise. Er wird Ihnen Ihre Gastfreundlichkeit vergelten, Miss."

Ich nickte.

Meine Entschlossenheit, ihn schnell wieder loszuwerden, begann bereits zu schwanken, als der Prediger ihren Namen nannte: Mary Dippin. Was um alles in der Welt war es, das andere Kopfgeldjäger davon abhielt, sich auf die Jagd nach der gottverdammten Mary Dippin zu machen? Als Bankräuberin hatte sie sich mit ihrer Bande in den letzten Jahren in mindestens drei Staaten einen Namen gemacht. Sie war so berühmt wie berüchtigt, so schön und gewitzt, und es gab Banken, die sich damit brüsteten, von ihr ausgeraubt worden zu sein. Aber sie war sicherlich keine schwierige Angelegenheit für einen Kopfgeldjäger.

Tausend Dollar, so sagte der Prediger, seien auf Dippins Kopf ausgesetzt. Bevor ich noch meine Ungläubigkeit im Angesicht dieser Summe kundtun konnte, ergänzte er, tausend, seit Dippin drei Wochen zuvor bei einem Bankraub in Sioux City seine Ehefrau, seine geliebte Dora, erschossen habe.

„Tausend", sagte er noch einmal und fügte hinzu, „tot oder lebendig."

Ich ahnte, wie sein Auftrag lautete. Tot oder lebendig hieß dieser Tage nämlich tot. Kein Kopfgeldjäger machte sich mehr die Mühe, einen Gefangenen womöglich tagelang vor sich herzutreiben, immer Gefahr laufend, seinen hart erarbeiteten Lohn an die Flucht des Schurken zu verlieren. War der Gefangene bei der Übergabe an einen Sheriff tot, galt es einzig zu beweisen, dass er tatsächlich der Mistkerl war, der gesucht wurde. Angesichts der Tatsache, dass Halunken solchen Kalibers eine Spur an Menschen nach sich zogen, die Schaden genommen hatten und bezeugen konnten, wen sie da vor sich hatten, keine große Schwierigkeit. Kein Kopfgeldjäger würde bei einer Frau eine Ausnahme machen.

„Ich bin ein gottesfürchtiger Mann, Miss Goodlick. Und meine Dora, Gott hab sie selig, sie war das sanfteste Geschöpf mit dem größten Herzen. Ich habe sie geliebt, und wenn auch manchmal Rache meine Augen trübt, mein Herz weiß, dass ich es ihrem Andenken schuldig bin, dass Mary Dippin am Leben bleibt. Der Herr wird sie richten, wenn sie dereinst vor ihn tritt. Ich als sein treuer Diener hier auf Erden fühle mich verantwortlich dafür, im Andenken an mein geliebtes Weib, jemanden zu finden, der jenen zuvorkommt, die Mary Dippin nun nach dem Leben trachten. Sie soll ihr Gerichtsverfahren bekommen und ich werde dort um ihr Leben bitten, denn dem Menschen steht es nicht zu, Recht zu üben, das Jesus, unserem Herrn, vorbelassen ist."

Ich hörte mir alles an, was der Prediger zu sagen hatte. Er redete lang. Er war ein Geläuterter, so erzählte er. Er sei selber ein Halunke gewesen, ein Dieb und Hurenbock. In Waterloo, Iowa, habe er dann einen Mann beim Poker betrogen, der ihm fast das Leben aus dem Leib geprügelt habe, bevor er ihm als ewige Erinnerung an den Vorfall den kleinen Finger der rechten Hand abgeschnitten habe und ihn selbst im Dreck der Straße vor dem Saloon hatte liegen lassen. Er habe das Bewusstsein verloren, und als er aufgewacht sei, habe er sich tot und im Himmel geglaubt, denn das schönste Geschöpf, auf das je sein Blick gefallen sei, habe ihm ins Gesicht gesehen und gelächelt, als sie bemerkt habe, dass das Leben sich zwischen den verschwollenen Schlitzen seiner Augenlider regte. Das war seine Dora gewesen.

Doras Vater, erzählte er weiter, war Arzt in Waterloo gewesen und Dora pflegte ihn, Ginty, gesund, bis nichts mehr ihn an sein früheres Leben erinnerte als sein steifes Bein und sein fehlender Finger. Dora brachte ihm die Lehren der Bibel bei, zeigte ihm das Beten und was es bedeutete, anderen mit Nächstenliebe zu begegnen. Er war sich sicher, dass Gott ihm einen Engel geschickt hatte und ihm eine zweite Chance gab, und er nahm sie dankbar an. Seine Liebe zu Dora ließ ihn eifrig die Heilige Schrift studieren und bald schon machte er sich in der Gemeinde einen Namen als frommer und barmherziger Mann, den viele um Rat fragten und um Hilfe baten. Er arbeitete hart, und als ein anderer um Doras Hand anhielt, versuchte er sein Glück, gestand ihr seine Liebe und – bis heute noch erschien es ihm unfasslich – sie erwiderte sie.

An dieser Stelle seiner Erzählung brach er ab. Er blieb einfach nur sitzen, starrte auf seine Hand – die mit dem fehlenden Finger –, die reglos auf dem groben Holz meines Tisches lag. Ich stand auf, holte die Flasche Kentucky Bourbon, die neben meinem Bett am Boden lag, und füllte zwei Gläser. Ich war es gewohnt zu trinken und wollte mir vor dem Prediger keine Blöße geben, denn inzwischen war ich von seiner Geschichte so bewegt und so beeindruckt von den festen Überzeugungen, die er an den Tag legte, wenn er von seiner Trauer sprach und dennoch das Leben Mary Dippins mit dieser glühenden tugendhaften Vehemenz verteidigte, dass mir mein Vorsatz, ihn unverrichteter Dinge wieder von hier fortzuschicken, immer blasser vor Augen stand. Sollte ich mich also doch in seinem Auftrag auf den Weg machen, so wollte ich ihm keinen Grund geben, an mir und meinem Vermögen zu zweifeln, mich mit den rauhen Gesellen messen zu können, die Mary Dippin nun wohl nach dem Leben trachteten. Hätte ich Idiotin mich doch bloß nicht von seinem rührseligen Geplapper weichklopfen lassen.

Ich hob das Glas, das ich vor mich hingestellt hatte, und leerte es in einem Zug. Der Prediger beäugte die bernsteinerne

Flüssigkeit vor sich, wie Odysseus wohl die verdammten Sirenen angesehen haben musste, als er sich Anthemoessa näherte. So saß der Prediger einige Minuten, dann stieß er einen tiefen Seufzer aus, nahm das Glas und stürzte den Inhalt hinunter. Noch bevor er das Glas mit Wucht auf dem Tisch abgestellt hatte, sah ich, wie seine Schultern in sich zusammensackten. Er schlug die andere Hand vor sein Gesicht und schluchzte.

„Bitte, Miss. Ich flehe Sie an! Es ist das Einzige, was ich für meine Dora noch tun kann."

Statt zu antworten, goss ich die Gläser noch einmal voll.

POKER

Ich fand Mary Dippin schließlich im Miller Hotel in Long Pine. Ich war müde, ich brauchte Whiskey und ich erkannte sie nicht. Der Prediger hatte mich überredet. Wahrscheinlich dachte er, ich hätte ihm nur wegen der verdammten Knete versprochen, seinen Auftrag zu erfüllen, denn nachdem er noch ein Weilchen geschluchzt und getrunken und mir mit zunehmend schwerer Zunge mehrmals erklärt hatte, dass er Doras wegen keinen Alkohol angerührt hatte, seit sie ihn halbtot vor dem Saloon in Waterloo aus dem Dreck geklaubt hatte, legte er mir ein Bündel Banknoten auf den Tisch. Fünfhundertdreiundsechzig Dollar. Alles, was er besitze, lallte er. Sein Beitrag dazu, Mary Dippin am Leben zu erhalten. Mit Augen, deren Blick so überkreuzt war wie der Anhänger um seinen Hals, stierte er mich noch einmal an, bevor sein Kopf vornüber auf den Tisch fiel und er ein paar Stunden lang den Schlaf der Gerechten schlief.

Es waren nicht seine fünfhundertdreiundsechzig Dollar, derentwegen ich ihm, als er wieder aufwachte, versprach, Mary Dippin lebend zum Sheriff nach Sioux City zu bringen. Es gab hier im Westen nur wenige charakterfeste Männer, auch wenige Frauen, genaugenommen, und er hatte mich mit seiner Geschichte gerührt. Ich erinnerte mich daran, wie ich mich in meiner Trauer um Pa allem nachgewandt hatte, das meinem Schmerz eine Richtung gab. Joe Bane die gottverfluchten Eier wegzuschießen, um hernach dabei zuzusehen, wie er im Angesicht seines in den Dreck unter seinem Arsch versiegenden mickrigen Lebens das Weiß der Unschuld annahm, hatte geholfen. Ihm nach getaner Buße seine Sünde zu vergeben allerdings auch, und so hatte ich ihn am Elm Creek ordentlich bestattet und den Ort mit einem Felsbrocken markiert, so schwer ich ihn nur tragen konnte. Die wahrhafte Trübsal des Predigers hatte mir dies nun in Erinnerung gerufen, wenngleich tausend Dollar Kopfgeld und seine fünfhundert noch obendrauf natürlich auch keine Kleinigkeit waren.

Er hatte sich, so hatte der Prediger mir mit auf den Weg gegeben, auf seiner Reise von Sioux City umgehört und Dippins Spur aufgenommen. Sie war zuerst nach Süden geritten und hatte in Tekamah einem Freund, der für eine Handvoll Dollar bereit gewesen war, sie an den Prediger zu verraten, erzählt, sie wolle nach Westen gehen. Dort wollte sie sich in einem der exterritorialen Gebiete niederlassen, in Deadwood vielleicht oder noch weiter südlich in Caspar oder Cheyenne.

Also war ich von Aurora aus den South Platte entlanggeritten, erst nach Lexington, wo Dippin nicht gesehen worden war und auch niemand etwas Neues über sie gehört hatte, und dann weiter nach North Platte, wo ich die erste Spur aufnahm. Ein Postkutscher war auf seiner Fahrt durch Norfolk gereist, wo Dippin nur wenige Tage vor ihm durchgekommen war. Ein Kopfgeldjäger namens Tiny Malone habe sie dort erkannt und sie hätten sich, so erzählte der Kutscher, ein Duell geliefert, bei dem Dippin Malone das rechte Knie weggeschossen habe und auf ihrem Pferd davongekommen sei.

Dippins Pferd war fast so legendär wie sie selbst. Ein Rappe namens Windborne, den Dippin, so erzählte man sich, einem Pawnee beim Pokern abgenommen habe. Die Pawnee sagten, so ging die Legende, er sei schneller als der Wind, der über die Prärie strich, und stärker als die Wurzeln der Eiche. Ich hatte gehofft, dass Dippin den Rappen auf ihrer Flucht aus Sioux City hatte zurücklassen müssen. Als ich hörte, dass er noch bei ihr war, wusste ich, dass ich mich beeilen und ihr den Weg abschneiden musste, um nicht hinter ihr herreiten zu müssen, denn Alecto wäre in ihrem Zustand auch manch anderem Pferd unterlegen gewesen.

Also beschloss ich, Dippin im Norden bei Valentine den Weg abzuschneiden. Ich trieb Alecto an und schaffte es in nur zwei Tagen, von North Platte aus Valentine zu erreichen. Dort hatte zwar niemand etwas von Dippin gehört, aber ich traf auf einen alten Bekannten, der kurz vor mir in Valentine angekommen war, um Dippin zu erwischen. Slim Meddlecox war Kopfgeldjäger und nicht nur ein ausgemachter Schweinehund, sondern auch derjenige, der Joe Bane hatte laufen lassen, bevor dieser auf dem Weg nach Westen noch bei meinem Pa vorbeigekommen war, um sich für einige Jahre in der Strafkolonie zu revanchieren.

Ich war gerade auf dem Weg zum Sheriff in Valentine, als ich Meddlecox aus dem Eisenwarenladen kommen sah. Blutrot und heiß wie Schmiedefeuer überkam mich blindwütiger Zorn. Es war nicht das erste Mal seit Pas Tod, dass Meddlecox mir über den Weg lief, und jedes Mal hatte ich danach mein Schicksal beklagt, dass Gott mir als Weib nicht die notwendige Kraft verliehen hatte, die meinen Fäusten die Gnade der angemessenen Rache geschenkt hätte. Ich zügelte sofort Alecto, sprang aus dem Sattel, und bevor er es sich noch versah, prügelte ich schon auf Meddlecox ein und beschimpfte ihn dabei wüst. Er war nicht mehr der Jüngste, tatsächlich war ich von seinem Anblick fast erschrocken, so viele Jahre waren offenbar vergangen, seit ich ihn zum letzten Mal gesehen hatte, und nach zwei oder drei Schlägen, die er nicht hatte kommen sehen, ging er nieder. Natürlich erkannte man mich nicht als Frau, aufgemacht wie ich war, also dachten die Herumstehenden, es sei ein junger Mann, der da wie ein Berserker auf einen Alten einschlug, der auf dem Boden lag, und man ergriff mich und zog mich fort. Fluchend stand Meddlecox auf und konnte nun zusehen, wie die Leute, die herumstanden und endlich bemerkt hatten, dass ich eine Frau war, ihn dafür auslachten, von mir niedergestreckt worden zu sein. Er kam auf mich zu, bereit, mir den Arsch zu versohlen, als er mich erkannte.

„Goodlick“, brummte er, „geh mir aus den Augen, verdammtes Weib.“

Er ging an mir vorbei, ohne mich eines weiteren Blickes zu würdigen. Meine Wut brodelte noch heiß in mir und ich war noch nicht bereit, ihn gehenzulassen.

„Meddlecox, du Schwein!“, schrie ich ihn an. „Ich bin noch nicht fertig mit dir!“

Er ging einfach weiter. Ich rannte hinter ihm her und trat ihm mit Wucht in die rechte Kniekehle, sodass er strauchelte und mit den Knien stumpf in den Dreck der Straße sackte.

„Goodlick“, seine Stimme grollte, „verschwinde, du weibischer kleiner Stiefelputzer, sonst schwöre ich dir, vergesse ich, dass schon ein Schlag mit meiner flachen Hand deine Nase brechen lässt.“

Mit einem Keuchen rappelte er sich hoch und drehte sich zu mir. Er packte mich am Kragen und schüttelte mich so heftig, dass meine Zähne aufeinanderschlugen. Ich spuckte ihm meinen Kautabak ins Gesicht, stieß seinen Arm mit aller Kraft von mir und wischte mir mit dem Ärmel über meinen Mund.

„Möge dir Luzifer persönlich zur Freude der Lüsternen bis in alle Ewigkeit den blanken weißen fetten Hintern versohlen, du gottverdammtes Arschloch!“, schrie ich mit einer Stimme, die höher klang, als ich selbst es mir wünschte.

Er wischte sich hämisch grinsend erst die Backe und dann seine Knie ab.

„Goodlick, Goodlick, Goodlick. Seit wann so gottesfürchtig? Oder soll ich sagen, scheinheilig? Ist kürzlich ein Prediger in dich gefahren, dass du dich so weit vom Feuer deines Herdes wegbewegst? Na? Auf der Suche nach der guten Mary Dippin? Wenn du mal nicht zu spät bist auf deinem hässlichen Ackergaul.“

Er riet, ich wusste, dass er riet, aber es ärgerte mich, dass er richtig geraten hatte. Also war der Prediger auch bei ihm gewesen, um ihm den Auftrag anzubieten. Ich stieß mit ausgestreckten Armen hart gegen seine Brust. Meddlecox sah zwar alt aus, war aber immer noch ein Koloss, weshalb er dabei kaum aus dem Gleichgewicht kam.

„Möge deine eigene krätzige Fresse das Antlitz sein, das dich jeden Morgen in der Hölle aus dem Schlaf weckt, Meddlecox.“

Er lachte.

„Goodlick. Wann lernst du wohl endlich, dass du den langen Innensaum deiner Hose nicht mit der Kürze deiner Lunte wettmachen kannst? Wollte Gott dir doch endlich einen angemessenen Ehemann vergönnen, der dein aufbrausendes Gemüt zügelt, doch ich höre, im Staate Nebraska ist die Sodomie verboten. So wünsch ich dir also, dass du weiter im Westen ein Biest findest, das dich zu reiten vermag."

Obwohl ich sonst nicht auf den Mund gefallen bin, in diesem Moment wusste ich nichts mehr zu erwidern. Jeder Gedanke schien in einem Meer aus Wut zu versinken, das unaufhörlich gegen die Innenwände meines Körpers brandete und alle Sprache verschluckte, die in mir versuchte, sich zu auch nur einem einzigen Satz zu formen. So ließ er mich stehen, mitten auf der staubigen Straße in Valentine, vor Zorn bebend und in dem Wissen, meine Suche nach Mary Dippin bereits hier aufgeben zu müssen, sollte ich nicht durch irgendeine schicksalhafte Fügung das Glück haben, Meddlecox einen Strich durch die Rechnung machen und ihm Dippin unter der Nase wegschnappen zu können. Er hatte mehr Erfahrung, ein schnelleres Pferd und einen Ruf, mit dem er in jedem noch so kleinen Nest hier im Nordwesten auf Hilfe zählen konnte.

Ich trat gegen einen Klumpen getrockneten Drecks, der auf der Straße lag und unbefriedigend zu einer Staubwolke auseinanderfiel, als ich ihn nur mit der Stiefelspitze berührte, spuckte aus in die Richtung, in die Meddlecox verschwunden war, und statt meinen Weg zum Sheriff fortzusetzen, blickte ich die Straße hinauf und hinunter nach dem Saloon, der in dieser gottverlassenen Gegend natürlich auch gleichzeitig das Hurenhaus war, wie ich bald bemerkte.

„Whiskey." Ich ließ mich auf einem Stuhl an der Theke nieder. Ich versuchte, meine Stimme tief klingen zu lassen. Manche schauten nicht genau hin und dann ging ich als Mann durch. Hier im Saloon war es allemal einfacher so.

Neben mir saßen ein Trunkenbold mittleren Alters und ein junges Mädchen, das leise auf ihn einredete und ihm den

Nacken kraulte. An einem Tisch neben dem Piano spielten vier Männer mit einer Frau, die sie Madame Violet nannten, Poker. Ansonsten war der Saloon leer, denn es war erst Mittag. Ich beobachtete das Pokerspiel eine Zeitlang aus den Augenwinkeln. Nicht, weil ich erwartete, dass es besonders interessant sein würde, sondern weil ich meinem unglücklichen Zusammentreffen mit Meddlecox keinen Gedanken mehr schenken wollte und es außer der sich anbahnenden Verführung des Trunkenbolds neben mir, der ich nicht zusehen mochte, nichts gab, was mich hier ablenken konnte.

Madame Violet war nicht mehr jung, auf jeden Fall älter als ich, und je länger ich ihr zusah, desto mehr vergaß ich meine Wut gegen Meddlecox. Sie gewann offenbar öfter als irgendeiner der Männer und es schien, als spielten diese gar nicht mehr jeder für sich, sondern als hätten sie sich aus Ärger über das Spielglück Madame Violets bereits miteinander gegen sie verschworen. Jedes Mal, wenn sie wieder den Pot mit einer ausladenden Geste einstrich, stöhnten die Männer im Einklang auf und warfen ihre Karten verärgert auf den Tisch, und wenn endlich einer von ihnen auch einmal das bessere Blatt hatte, nickten die anderen, die soeben verloren hatten, dennoch zufrieden, einfach weil sie Madame Violet keinen weiteren Sieg gönnen wollten, diese erbärmlichen Gestalten. Madame Violet ihrerseits gab ihnen ordentlich Saures und nahm sie bei jeder schlechten Entscheidung auf den Arm.

„Dann zeig deine Karten, Hancock, und glaub nicht, dass du mir weismachen kannst, dass du zu deinem König auch einen Buben für deine Straße auf der Hand haben kannst, wenn ich doch weiß, dass McGunner einen Buben vorhin bereits gemeinsam mit der Flinte ins Korn geworfen hat und die anderen hier beiden Buben auf meiner Hand mir nun wieder den Pot einbringen, in den ihr alle so großzügig eingezahlt habt. Wirklich, Sullivan, lass dir heute Abend von deinem Junior das Bluffen zeigen, denn mit seinen Sechsen kann er dich noch gut zwei Jahre mehr an Erfahrung lehren, als du sie uns hier vorzeigst."

So ging es in einer Tour dahin, bis einem der Männer, McGunner, im Zorn über sein Pech herausrutschte: „Ihre Spielkarten, Madame Violet, scheinen ja wohl Ihnen selbst das meiste Glück zu bringen, meine ich!“

Während er noch verärgert seine Karten auf den Tisch knallte, blickten die anderen schon beunruhigt zu Madame Violet, deren Blick starr geworden war.

„So, so, McGunner.“

Sie faltete langsam und sorgfältig ihr Blatt, ohne den Blick von ihm zu nehmen.

„Sagtest du soeben, dass es beim Spiel hier im Three Legged Dog nicht mit rechten Dingen zugeht?“

Ich hatte, wie offenbar auch McGunner selbst, den Eindruck, dass er plötzlich vor einem Erschießungskommando stand. Zumindest wurde er recht bleich und setzte sich in seinem Stuhl auf wie ein Schuljunge, der dabei erwischt worden war, Unziemliches in die Schulbank geritzt zu haben.

„In meinem eigenen Saloon, McGunner? Mit Karten, die ich selber und persönlich täglich aufmerksam der Prüfung unterziehe? Und wirfst mir eine Unredlichkeit vor, die dir von jedem verdammten Mann einen Satz Backpfeifen, wenn nicht gleich einen Blick in den Lauf seines Revolvers einbringen würde? Hab ich, McGunner, meinst du wohl, weniger Ehrgefühl als jeder dahergelaufene Kerl, dass du es wagst, mich der Betrügerei zu bezichtigen?“, setzte Madame Violet nach.

„Nein, Madame Violet! Verzeihen Sie! Nichts liegt mir ferner!“

„So fern wie Mulligan da drüben der Gedanke an den nächsten Whiskey liegt, scheint mir wohl, auf jene Art nämlich, dass seine Zunge schon danach ruft, bevor seine Augen überhaupt noch sehen, dass sein Glas schon leer ist. Wie sonst kommt dir soeben diese widerliche Reihe an Worten ungebremst von auch nur dem kleinsten bisschen Verstand zwischen den Lippen heraus?“

Als Mulligan neben mir an der Bar seinen Namen vernahm, blickte er kurz zu Madame Violet und deutete mit stierem Blick freundlich an, vor ihr seinen Hut zu ziehen, offenbar, ohne auch nur ein weiteres von ihren Worten verstanden zu haben.

Ich blickte wieder zurück zu McGunner und Madame Violet, die sich nun von ihrem Stuhl erhob und ihren ausladenden Rock aus grünem Satin zurechtstrich.

„Gentlemen", sagte sie, „lassen Sie uns das Spiel beenden, bis Sie wieder den rechten Umgang gefunden haben."

Die Männer stöhnten auf und einer schlug McGunner mit seinem Hut gegen die Schulter, doch schließlich erhoben sich alle vier ohne Widerrede und zogen mit gebeugten Köpfen ab. Madame Violet blieb am Tisch stehen, bis die Männer den Saloon verlassen hatten, und machte sich dann an mir vorbei in eines der hinteren Zimmer auf. Der Bursche, der mir den Whiskey ausgeschenkt hatte, lief eilig hinter der Theke hervor und sammelte für sie das Geld und die Karten vom Tisch ein.

„Madame Violet", sagte ich schnell, bevor sie an mir vorbei und nach hinten im Saloon verschwunden wäre.

Sie blieb stehen, drehte sich zu mir und begutachtete mich ohne besonderes Interesse.

„Auf ein Wort?"

Ich nahm meinen Hut von der Theke zum Zeichen, dass ich nicht hier vor anderen mit ihr bleiben wollte.

Sie taxierte mich mit schmalen Augen.

„Sie haben, Madame Violet, sicherlich ein Zimmer in diesem hier Etablissement, in dem es sich ungestört sprechen lässt?"

Sie hob die Augenbraue.

„So? Nach ungestörter Konversation steht Ihnen der Sinn?"

„Ich mache es Ihnen zu einer lohnenden Mühe, Ma'am."

„Meine Mädchen sind es, die an lohnenden Mühen interessiert sind, sicherlich auch der ungewöhnlichen Art, mein … *Herr*. Vielleicht finde ich Ihnen eine, die sich trotz des mühevoll verdienten Lohns der letzten Nacht für einen oder zwei Dollar extra zu dieser ungewöhnlichen Zeit für Sie aus der Ruhe holen lässt. Wenn denn überhaupt ein Dollar extra irgendwo in diesen Hosen steckt, wo diese danach aussehen, als würde bereits ein Dime im Hosensack ihren Wert verdoppeln."

Ich verbiss mir das Grinsen über ihren Geist, mit dem sie mich bloß noch neugieriger machte, statt mich damit von meinem Begehr abzubringen. Ich fasste in die Hosentasche und zog eine Handvoll Münzen heraus von dem Geld, mit dem Ginty mich losgeschickt hatte, um damit meine Geneigtheit seiner Sache gegenüber zu ermutigen, und zählte fünf Dollar auf den Tresen.

„Chuck!", rief Madame Violet dem Burschen zu. „Weck Trixie!"

Ich legte meine Hand auf das Geld.

„Ich bin nicht an Ihren Huren interessiert, Madame Violet."

„Und dennoch daran, mich mit ein paar kleinen Münzen zu beleidigen, um damit schlussendlich jedes Bett in meinem Hause zu verfehlen und geradewegs auf der Straße vor dem Three Legged Dog zu landen."

Noch drehte sie sich nicht weg, also griff ich wieder in die Hosentasche und legte einen Zehn-Dollar-Schein auf den Tresen zu den Münzen. Ich sah ihre linke Augenbraue ein klein wenig nach oben zucken.

„Bring Whiskey nach oben, Chuck."

Ich folgte ihr die Treppe hinter dem Piano hinauf, wo von einem schmalen Brettervorsprung mit gedrechseltem Geländer aus vier Türen in die Zimmer des oberen Stockwerks führten. Eine der Türen stand ein wenig offen und im Vorbeigehen sah ich einen Schreibtisch aus dunklem, glänzend geriebenem Holz, auf dem ordentlich ein Tintenfass und eine Feder standen. Gleich neben dem Tisch saß zu meiner Überraschung auf einer dünnen Holzstange, die an zwei Schnüren von der Decke hing, ein rotgefiederter Papagei, der uns mit schiefgelegtem Kopf nachblickte. Madame Violet ging mit schnellen Schritten voran, sodass ich bloß einen kurzen Blick auf ihn werfen konnte, doch ich war ohnedies an nicht mehr interessiert als an einem Glas Whiskey und einem Bett mit Madame Violet darin, nicht einmal an diesem Vieh, das so fehl am Platz war hier mitten in Nebraska. Madame Violet brachte mich bis zur letzten Tür, die sie öffnete und in deren Rahmen sie stehen blieb, sodass ich an ihr vorbei das Zimmer betreten konnte.

Es gab keine Stühle oder Sessel hier, auf denen ich hätte Platz nehmen können, also setzte ich mich auf die Kante des Bettes, das in der Mitte der Wand rechts von der Tür stand. Es war sehr einladend mit seiner weichen Federdecke, den damastbezogenen Kissen und dem filigran geschmiedeten, kupfernen Kopfteil. Dennoch überkam mich jetzt Unruhe darüber, dass ich mit solch unüberlegter Verwegenheit überhaupt hier gelandet war, und ich traute mich kaum zu rühren, als ich mich erst darauf gesetzt hatte.

Madame Violet war mir ins Zimmer gefolgt und hatte die Tür hinter sich geschlossen.

„Wie heißt du?“, fragte sie, während sie auf mich zukam, mir den Hut aus den Händen nahm und ihn auf einer hübsch mit Intarsien verzierten Kommode ablegte, die an der gegenüberliegenden Seite des Zimmers stand. Ich hatte mich wohl ein wenig an der Krempe meines Hutes festgehalten und fühlte mich jetzt schon nackt, wie ich so mit leeren Händen vor Madame Violet saß und nicht wusste, was tun mit ihnen.

„Annie.“

Sie sah mir meine Nervosität wohl an, denn einen Moment lang stutzte sie.

„Dein erstes Mal, Annie, dass du im Bett Gesellschaft hast?“

Himmel! Für wie jung hielt sie mich? Zur Antwort lachte ich auf, doch es gelang mir dabei keine wirkliche Überlegenheit. Sie zuckte bloß mit den Achseln und begann, ihr dunkles Haar herabzulassen, indem sie eine nach der anderen Nadel daraus hervorzog.

„Nun dann“, sagte sie ganz sachlich, „weißt du ja, wie es geht.“

„Reichlich gut“, antwortete ich und versuchte ein Lächeln, das als Grinsen herauskam.

Es klopfte an der Tür und Madame Violet ließ Chuck ins Zimmer treten, der in einer Hand zwei Whiskeygläser trug und in der anderen eine Flasche Bourbon. Auf dem Weg hinaus warf er mir einen verstohlenen Blick zu, den er wohl nicht lange auf mir verweilen lassen durfte, denn Madame Violet, so vermutete ich, hätte es nicht geduldet, dass er ihr mich und meine fünfzehn Dollar mit lästigem Starren abspenstig machte.

Als Chuck aus dem Zimmer war, goss Madame Violet uns beiden kräftig ein und wartete anschließend darauf, dass ich mein Glas geleert hatte. Ich stürzte den Bourbon hinunter und kaum hatte ich abgesetzt, begann sie, die Haken ihres Kleides zu öffnen, bis sie es schließlich vor sich hinab zu Boden sinken ließ. In Mieder und Unterrock kam sie auf mich zu, nahm mein Kinn in ihre rechte Hand und zog es nach oben, um mich auf die Lippen zu küssen. Heilige Maria Mutter Gottes! Als wäre der Whiskey heiß meine Kehle hinunter und bis in meinen Schoß gelaufen. Es war ewig her, dass ich bei einer Frau gewesen war, und Madame Violet verstand ihr Metier. Ihre Zungenspitze hatte für den nur kürzesten Moment meine Lippen berührt, herausfordernd, nicht beflissen, und ich kam aus der Fassung, so sehr schoss mein Begehren in mir hoch.

Ich hob mein Kinn aus ihrer Handfläche und wich mit dem Kopf ein wenig zurück.

„Verzeihung."

„Weißt du auch tatsächlich, was es ist, das du hier suchst?"

Sie missverstand mich.

„Wie Jason auf Kolchis das Goldene Vlies, Ma'am."

Meine so bestimmt hervorgebrachte Antwort ließ sie kurz auflachen.

„Bloß, wie soll ich sagen, Madame Violet, meine Argo lag schon längere Zeit im Trockendock und will nun allzu stürmisch hinaus auf See."

Sie lächelte, strich mir mit der Hand, die eben noch mein Kinn gehalten hatte, über das Ohr und zupfte es ein wenig, als wollte sie mich necken.

„Dann lass uns langsam Fahrt aufnehmen, du Held der Meere, um nicht dein Schiff im Überschwang noch irgendwo auflaufen zu sehen."

Sie goss noch einmal Whiskey in mein Glas und setzte sich neben mich auf das Bett. Ihre Hand lag jetzt warm auf meinem Knie, doch sie wartete, wie ich nun weiter verfahren wollte.

Ich dachte an meine irrwitzig hingelegten fünfzehn Dollar und fand etwas Ruhe in mir, jeden Cent davon nun auch genießen zu wollen. Also ließ ich mir erst einmal Zeit damit, sie anzusehen, Madame Violet, jetzt, wo ich mir das Recht dafür erkauft hatte. Ihr Mund war schön, die beiden zarten Falten links und rechts davon wie der Rahmen um ein Gemälde, und ich fragte mich, wie er wohl aussah, wenn sie aus vollem Herzen lachte. Ihre Nase war ein klein wenig krumm zur Seite hin, doch gerade das machte mir ihre Züge erst so richtig reizvoll. Unter dem Puder sah ich nun so aus der Nähe einige Sommersprossen darauf, die sich auf ihren Wangenknochen fortsetzten.

Ich hatte sie wohl zu sehr angestarrt, sodass es ihr unangenehm geworden war und sie jetzt ihren Kopf zum Fenster drehte, als gäbe es dort etwas weiter zu sehen als ein wenig Himmel und die blinden Fenster des Hauses gegenüber.

„Was bringt dich nach Valentine?"

„Meine Geschäfte."

„Du schweigst mich mit deinen Worten an, Schätzchen. Uns alle bringen unsere Geschäfte dorthin, wo wir sind."

Ich zögerte kurz.

„Ich bin auf der Suche nach der Mörderin Mary Dippin, sie festzusetzen und nach Sioux City zu bringen."

Sicherlich hatte sie jede weitere Antwort in der Welt erwartet als diese. Doch sie war eine Frau, die den eigenen Gedanken Zeit ließ, und so hob sie bloß erst einmal überrascht die Augenbrauen, ohne etwas zu sagen. Jetzt war sie es, die mich aufmerksam ansah, sodass mir unwohl zumute wurde.

„Ein unschönes Geschäft", sagte ich wie zur Entschuldigung.

„Du bist Annie Goodlick."

Mein Innerstes fiel in sich zusammen.

„Nicht wahr?"

Es gab nur eine Sache, mit der ich mir je einen Namen gemacht hatte, und wer in dieser Gegend ihn schon einmal gehört hatte, wusste nicht nur, was ich getan hatte, sondern glaubte deshalb auch zu wissen, wer ich war. Ich hasste es, dieses Erkennen im Blick der Menschen, denn es war, als gehörte plötzlich mein Name und mit ihm mein gesamtes Leben nicht mehr mir selber. Ich hätte meine verdammte Schnauze halten sollen. Ich hatte alles verdorben.

„Du bist die Kopfgeldjägerin, die einem Schurken dereinst seine Eier weggeschossen hat. Ich erinnere mich."

Ich drehte mich weg, kurz davor, aufzustehen und zu gehen. Bloß der Gedanke, ob ich meine fünfzehn Dollar zurückerbitten sollte, ließ mich noch einen Moment lang zögern.

„Annie Goodlick ...", sagte sie. „Wer je Geschichten über dich gehört hat, glaubt dich eine tobende Amazone, die sich mit dem Knöchelchen des letzten Mannes, den sie niedergeschossen hat, das Fleisch zwischen den Zähnen hervorstochert. Doch sieh da! Stattdessen bist du ein so hübsches Ding in schmuddeligen Hosen, das sich auf meinem hier Bett so schüchtern zeigt."

Mir war alles vergangen, was ich gedacht hatte, hier finden zu können, doch als ich aufstehen wollte, um mich so schnell ich nur konnte aus dem Staub zu machen, legte Madame Violet ihre Hand auf meinen Unterarm und hielt mich zurück.

„Oh, Schätzchen, nimm's nicht als Beleidigung, was ich soeben sagte. Meinst du, dass ich in meinem Geschäft nicht auch schon den einen oder anderen dabei hatte, von dem ich meinte, eine Ladung Schrot zwischen die Beine wäre das allemal Beste für die Welt?"

Ich blieb sitzen, doch vermochte nicht, sie anzusehen.

„Ich habe keine Erinnerung mehr daran, was er dir angetan hat, der Mistkerl, den du so zielgerichtet erledigt hast, doch weiß ich wohl noch genau, dass ich damals den Bericht erst mit Befriedigung las und dann einen auf dich trank, Annie Goodlick. Geh also doch nicht weg, gerade jetzt, wo ich in einer Stunde oder zwei meinen Huren unter ihrem wohlwollenden Beifall werde sagen können, dich zur Kundschaft gehabt zu haben!"

„Was mir hier wohl schmeicheln soll, Ma'am, macht mir im Gegenteil zuwider, Ihnen je meinen Namen genannt zu haben! Welche Trophäe zahlt auch noch dafür, mit gläsernem Blick an einer Wand zu landen?"

Ich zog meinen Arm unter ihrer Hand weg und warf ihr einen erbosten Blick zu, dem sie sogleich den Ernst verweigerte, indem sie amüsiert auflachte.

„So dramatisch! Da dachte ich doch, du bist auf nichts aus als ein wenig enthemmtes Vergnügen, und sehe jetzt, dass wir in unterschiedlichen Stücken besetzt sind. Während ich die Verse einer Komödie aufsage, spielst du inmitten einer Tragödie, mein armes, verletztes Herz! Reut er dich denn wirklich schon, dein Lohn an mich, wenn du gar nicht weißt, womit ich ihn verdienen werde? Und wenn ich eine Zugabe für dich habe, die ich dir noch obendrauf lege, aus meinem guten Willen heraus und wegen des Vergnügens, einer wahrhaftigen Amazone die Hand zu reichen, wo immer hin sie diese auch haben will?"

Ich verstand nicht.

„Eine Zugabe?"

„Du solltest mehr Verstand haben als Männer, die hier bloß suchen, was sie an allen gewöhnlichen Tagen bei allen gewöhnlichen Huren finden können, und dann weiter hinunter in der Straße gehen und glauben, der *Democratic Blade* sei der rechte Ort für Neuigkeiten. Wer hört wohl die wissenswertesten Neuigkeiten, wenn nicht jene Frauen, denen auch noch die geheimsten Wünsche anvertraut werden?"

Auf einen Schlag hatte sie meine Aufmerksamkeit.

„Sie haben Neuigkeiten über die Mörderin Mary Dippin?"

„Nur die Neuigkeit, dass sie hier in Valentine nicht durchgekommen ist. Hätte sie diese Stadt betreten, so wüsste ich davon, und da ich, dieser Schlussfolgerung wirst du nichts entgegensetzen können, keine Erinnerung an diesen Vorfall habe, lässt sich mit Eindeutigkeit sagen, dass er nicht stattgefunden hat."

„Sie reitet auf einem auffälligen Rappen, einem Ungetüm, das auf den Namen Windborne hört", versuchte ich es noch einmal.

„Du fragst zwar eine Hure nach der falschen Art von Hengst, jener, nämlich, die weder eine Hosentasche besitzt noch eine Münze darin, doch ich kann dir sagen, was auch immer Ungewöhnliches in dieser Stadt vor sich geht, und sei es ein vierbeiniges Ungetüm, es kommt mir zu Ohren."

„Doch Sie haben etwas über Dippin gehört, eine Ahnung, wo sonst sie sich wohl derzeit gerade aufhalten mag?"

„Mit den falschen Fragen kommst du nie zu einer richtigen Antwort, Annie Goodlick." Sie wurde ungeduldig mit mir. „Du fragst nach Dippin und solltest nach den beiden Halunken fragen, die Dippins Schatten überhaupt erst so lang machen, wie er den Leuten eben zu sein scheint."

Kurz war ich verwirrt und brauchte einen Moment, mich zu erinnern, von wem sie sprach.

„Die Duggery-Brüder? Keine Seele in diesen Gefilden hat von ihnen seit bestimmt schon einer langen Weile mehr gehört."

„Das mag daher stammen, dass die Huren in diesen Gefilden ihre Seelen für jeweils einen Dollar und dann noch einen verkauft haben. Als eine von ihnen rate ich dir, während du vorn nach Dippin Ausschau hältst, nicht zu vergessen, dass du einen Rücken hast, der sich dazu eignet, ein Messer in ihn zu stecken."

Sie wusste, wovon sie sprach, daran hatte ich keinen Zweifel, und ich versank wohl einen Moment lang in Gedanken. Waren die Duggery-Brüder in der Gegend, war mein Vorhaben gefährlicher, als ich angenommen hatte. Während andere Kopfgeldjäger es auf Dippin abgesehen hatten, würden die Duggery-Brüder mich und alle ins Visier nehmen, die Dippin nach dem Leben trachteten, um sie zu befreien.

Was den jetzt gerade zu entdeckenden Aufenthaltsort von Dippin anbelangte, fragte ich mich, ob ich das Risiko eingehen sollte, auf das Wissen von Madame Violet zu vertrauen. Wenn Mary Dippin ihren Weg nach Westen von Norfolk aus fortgesetzt hatte, dann musste sie durch Valentine gekommen sein. War sie hier noch nicht durchgeritten, so harrte sie vielleicht irgendwo zwischen Norfolk und Valentine aus, bis sich die Aufregung um den über den Haufen geschossenen Tiny Malone gelegt hatte. Doch mochte Madame Violet zwar die Wahrheit sprechen, ich hatte keine Garantien, dass sie tatsächlich über all das Bescheid wusste, was sich in Valentine zutrug. Sollte ich also tatsächlich statt nach Westen, wie es wahrscheinlich alle anderen tun würden, den Weg nach Osten einschlagen? Würde ich Mary Dippin damit tatsächlich entgegenreiten oder würde ich mich weiter von ihr und ihren Verfolgern entfernen, während diese weiter nach Westen ritten? Dann hätte ich meine Chance jedenfalls für immer vertan.

Madame Violets Hand innen auf meinem Schenkel riss mich aus den Gedanken.

„Nun, also", sagte sie, während sie ihre Hand meinen Schenkel entlang nach oben schob, direkt auf meine verdammte Pussy zu, „wollen wir nicht zu dem kommen, wofür du mich so großzügig bezahlt hast?"

Sie rückte näher an mich heran, beugte sich vor und küsste mich. Zwischen meinen Beinen wurde es warm und ich wagte nicht, meinen Blick nach unten zu richten, um zu prüfen, ob es ihre Hand war oder ich selber, von wo aus die Hitze ihren Ausgang nahm.

„Willst du nicht wissen, was dir hier im Three Legged Dog fünfzehn Dollar einzubringen vermögen?"

Was soll ich sagen? Ich wollte. Ihre Hände hatten nur allzu gute Argumente parat. Mein pochendes Herz hätte ihr einige Momente später wohl auch den gesamten Inhalt meiner Hosentasche ohne Klagen zu Füßen gelegt, als ich zurückgesunken im weichen Federbett jeden Gedanken an meinen Auftrag erst einmal vergaß.

KRATZER

Wie sich mein Sattel unter mir doch fremd anfühlen konnte, wunderte ich mich, als ich nur wenig später auf Alecto nach Osten aus der Stadt ritt. Ich hatte keine wirkliche Erinnerung an das Gefühl von Madame Violets Händen auf meiner Haut, einzig der Duft von Whiskey, der auf ihrem Atem lag, und die entfernten Klänge eines tiefen Seufzens, das wohl meiner eigenen Kehle entfahren war, waren mir geblieben. Und eine erschöpfte Pussy, deren Befindlichkeit sich mir bei jedem von Alectos Schritten mit Nachdruck aufdrängte und meinen Sattel zu einem unbekannten Wesen unter mir machte.

Ich ritt den ganzen Tag, bis die Sonne unterging, und erreichte Long Pine, wo ich für die Nacht ein Bett fand, als es bereits dunkel geworden war. Auf dem Weg war mir ein Treck von Siedlern begegnet, die, wie wir alle dies taten, hier im Westen ihr Glück versuchen wollten. Sie hatten am Ufer des Niobrara River ihr Camp für die Nacht aufgeschlagen und ich hielt mich unter ihnen auf, bis Alecto ihren Durst gelöscht hatte. Keiner von ihnen hatte Mary Dippin oder einen anderen Menschen, der sie hätte sein können, auf ihrem Weg hierher gesehen. Sie boten mir an, die Nacht an ihrem Feuer zu verbringen, doch ich wollte Eile machen und sie schätzten, dass ich den Weg bis Long Pine wohl noch schaffen konnte, bevor die Nacht anbrach. Für die Aussicht auf ein Bett für mich und ein Strohlager für Alecto machte ich mich also auf den Weg. In der Stadt angekommen kehrte ich im Miller Hotel ein, da es das erste war, das ich finden konnte, und keinen unnötigen Schritt mehr machen wollte an diesem Tag.

Ich war müde, doch wollte ich mich zuerst um Alecto kümmern, die nun schon so lange, ohne nur einmal zu straucheln, brav ihren Dienst getan hatte. Die Hausherrin sah mir wohl meine Erschöpfung an und beschwor mich, dass Alecto bei dem neuen Burschen, der ein ausgemachtes Talent für Pferde besitze, in guten Händen sei. Ich überließ dem Knaben also zögernd die Zügel und gab ihm gemeinsam mit einem blankgeputzten Dime die Anweisung, Alecto nicht nur trockenzureiben, zu tränken und zu füttern, sondern auch ihre Fesseln mit Talg einzureiben, damit dieser ihr Fell nach all den Tagen, die Alecto durch das trockene hohe Gras mit dessen Disteln und Büschen hatte reiten müssen, kräftigen würde. Die Hausherrin, Mrs. Miller, setzte mich am Feuer nieder und wärmte etwas Essen für mich, doch als ich sie nach Whiskey fragte, legte sich unmissverständliche Abscheu auf ihr Gesicht und sie erklärte mir in nachdrücklichem Tonfall, dass es ein trockenes Haus war, in dem ich hier mein Lager für die Nacht aufgeschlagen hatte. Innerlich jaulte ich auf, doch wusste ich mich nach außen hin zu kontrollieren.

„Verzeihen Sie mir, Ma'am, falls meine Frage Ihnen respektlos erschien. Ich finde, dass ein wenig Whiskey mitunter vermag, Lebensgeister zu wecken nach Tagen, die im Staub der Straße verbracht wurden."

„Das ist wohl schon in Ordnung, mein Herr. Die Zeiten sind nur solcher Art, dass ein Übermaß an Trinkerei zu wahrhaft unchristlichem und fehlgeleitetem Verhalten führt, wo Frömmigkeit und Arbeitsamkeit vonnöten wären."

Mein Herr? Ich hatte ihr bei meiner Ankunft meinen Namen genannt und war nun überrascht. Besser, ich entfernte mich aus dem Gespräch, so schnell ich nur konnte, bevor sie ihren eigenen Irrtum bemerkte. Also fragte ich höflich die eine oder andere Frage, die zu keinen langen Antworten einlud, und mit dem Hinweis auf meine tatsächlich überwältigende Müdigkeit ging ich schließlich nach oben auf mein Zimmer.

Dort in der Stille fehlte mir der Whiskey einmal mehr. Ich wurde unruhig, und statt mich gleich hinzulegen, biss ich ein Stück vom Kautabak ab, dessen Saft ich anschließend in hohem Bogen aus dem geöffneten Fensterladen einige Yards nach unten in die Dunkelheit der Nacht spuckte, da es die strengen Hausregeln der guten Mrs. Miller offenbar sogar verboten, einen Spucknapf im Zimmer aufzustellen.

So positioniert, sah ich eine kleine Weile später einige Ruten entfernt ein Licht aufscheinen. Das Tor zum Pferdestall ging auf und im schwachen Licht einer Laterne sah ich den Burschen offenbar nach getaner Arbeit zum Haus zurückkehren. Nun, ich kann nicht sagen, was es wohl gewesen war, vielleicht war mir meine eigene Verwechslung damit, ein Man zu sein, und die Schwierigkeiten, die dies am nächsten Tag nach sich ziehen konnte, noch im Geiste, denn plötzlich erinnerte ich mich nur allzu deutlich daran, dass Mrs. Miller vorhin gesagt hatte, der Bursche sei neu hier. Hier nun suchte ich, ausgerechnet ich, nach einer jungen Frau, wo ich doch auch Acht hätte geben sollen auf jeden jungen Burschen, der irgendwo meinen Weg kreuzte. Die zierlichsten Frauenbeine waren in einem Paar Hosen schließlich noch immer gut getarnt. Er war beinah beim Haus, da pfiff ich zu ihm hinunter. Er blieb stehen, wandte sich nach oben in die Richtung, aus der mein Pfiff gekommen war, und sah mich, offenbar im schwachen Schein der Kerze im Zimmer hinter mir, am Fenster stehen.

„Hey, du, Bursche!“, rief ich mit tiefer Stimme. „Wie heißt du?“

„Tom, Sir.“

„Tom, sag, tatest du, wie ich dir aufgetragen habe? Hast du meinem Pferd die Fesseln eingerieben?“

„Ja, Sir.“

Bei den einsilbigen Antworten konnte ich nicht sagen, ob die Stimme jene einer Frau war.

„Welchen Eindruck macht sie dir, meine Stute? Ich habe noch einige Tagesritte vor mir, die wird sie doch noch schaffen?“

„Sir, das kann ich nicht sagen, Sir.“

„Sprich lauter, Tom! Mit meinen Ohren steht es nicht zum Besten!“

„Ich weiß nicht, Sir.“ Da. Da war es. Sie hatte nicht richtig darauf geachtet, beim Rufen die Stimme im Zaum zu halten. Oder bildete ich mir nur ein, die Stimme einer Frau an mein Fenster dringen zu hören? Spielten Erschöpfung und Hoffnung ein irreführendes Duett für meine Ohren? Während ich nachsann, ob ein solches Glück möglich war, dass ich nun just in jenem Hotel die Nacht zubrachte, in dem Mary Dippin sich vor ihren Richtern versteckt hielt, sprach die Gestalt weiter.

„Ihre Stute ist erschöpft, Sir. Sie fraß nur wenig und an ihrem rechten Hinterlauf entdeckte ich soeben einen Kratzer, der mir einigermaßen tief erschien. Wenn Sie auf Ihrem Weg keine große Eile treibt, so meine ich, sollten einige Tage Rast vielleicht die beste Wahl sein, um den Fortgang der Reise nicht durch ein lahmes Pferd zunichtezumachen.“

„Tatsächlich?“ Ich war überrascht. „Sag, woher kommt dein Wissen, Sohn? Du scheinst mir sehr jung für solche Kenntnisse. Wie kann ich wissen, dass ich meine kostbaren Tage nicht an einen schlechten Rat verschenke?“

„Sie fragten, mein Herr, nach meinem Eindruck. Nicht mehr gab ich Ihnen und auch nicht weniger. Es ist mir, wie auch sonst niemandem, nicht gegeben zu beurteilen, ob das, was ich glaube zu wissen, vielleicht das Falsche ist. Vielleicht wollen Sie im Licht des Tages selber begutachten, was ich soeben schilderte.“

„Du führst ein großes Wort, kleiner Knabe.“

Ich meinte die Hitze eines zornigen Blickes bis an mein Fenster herauf zu spüren.

„Wenn das alles war, Sir?“

„Natürlich. Gute Nacht, Tom.“

„Sir.“

Als er im Haus verschwunden war, spuckte ich meinen Kautabak ins Gebüsch unter dem Fenster und legte mich voller Grübelei auf das Bett.

Darüber schlief ich wohl ein, denn als ich am nächsten Tag erwachte, hatte ich keine Erinnerung daran, meinen Plan zu Ende geschmiedet, noch daran, meine Augenlider sich schließen gesehen zu haben. Ich wusste jedoch allzu gut, dass ich vielleicht die erste Spur aufgetan hatte, die mich an mein Ziel bringen konnte.

Ich wusch mich am Brunnen vor dem Haus. Die ersten Strahlen der Sonne versprachen bereits jetzt einen weiteren Tag voller sengender Hitze. Ich achtete darauf, mein Haar mit Wasser ordentlich nach hinten zu glätten und dass keine Locke davon nach vorne fiel, um mein Gesicht zu umspielen und es weicher erscheinen zu lassen. Zurück im Haus hörte ich Mrs. Miller, die in der Küche zugange war. Ihr Ehemann, so hatte sie mir am Abend zuvor erzählt, war Scout im Auftrag der Southern Pacific Railroad und als solcher unterwegs im Utah-Territorium, um dort in den Verhandlungen um die Eingliederung in die Union die Interessen der Eisenbahngesellschaft zu vertreten. Die Miller-Kinder, drei Mädchen und zwei Buben, saßen jedoch am großen Tisch der Stube und aßen Haferbrei. Sie hatten eine Menge Radau gemacht, doch als ich die Stube betrat, wurden sie schlagartig still. Sicherlich war es für Mrs. Miller eher ein Zeichen, wenn um ihre Kinder Stille herrschte, als wenn sie schrien, lachten und stritten. Ich hatte also gerade erst den Kindern stumm zugenickt und stand noch da mit meinem Hut in Händen, unsicher, was zu tun sei, da kam Mrs. Miller schon aus der Küche.

„Guten Morgen, Mr. Goodlick! Bitte, setzen Sie sich! Kinder, beeilt euch und macht, dass ihr in die Schule kommt. Husch, husch! Kaffee?“

„Gerne, Ma'am, vielen Dank!“

Ich setzte mich auf einen der drei leeren Stühle und nahm den Hut, den ich in anderer Umgebung auf den Tisch gelegt hätte, auf meinen Schoß, denn mir erschien dies ein sehr fein geführtes Haus zu sein, und ich konnte mir nicht vorstellen, dass Mrs. Miller besonders glücklich über die staubige Krempe zwischen den Schüsseln mit Haferbrei wäre.

„Mary-May, iss doch endlich auf. Tut mir leid, Sir.“

Das älteste Mädchen sah mich an.

„Kein Grund dazu, nein, nein. Bitte, esst nur.“

Ich fühlte mich wie ein Eindringling.

„Woher kommen Sie, Sir?"

Das war einer der Buben.

„Aus Aurora", antwortete ich, denn ich hatte keinen Grund zu lügen.

„Letztes Jahr hatten wir einen Mann aus Aurora hier. Auf der Durchreise nach Norden. Er war der fetteste Mann, den ich je gesehen hab."

„Jack!"

Die Älteste, die neben dem Knaben namens Jack saß, stieß ihn mit dem Ellenbogen heftig in die Seite und er senkte seinen Blick in die leere Schüssel vor sich.

„Tut mir leid, Sir."

„Schon gut. Ihr seht hier wohl viele Fremde, im Hotel."

„Ja, Sir." Die Älteste.

„Wie heißt du?"

„Mary-Anne."

„Mary-Anne. Deine Mutter erzählte mir gestern, der Stallbursche, Tom, sei neu hier, aber sag, hast du ihn schon ein wenig kennengelernt? Er brachte mir gestern betrübliche Nachrichten über den Zustand meines Pferdes und ich weiß nicht recht, ob ich seinem Urteil trauen kann."

„Darüber kann ich nichts sagen, Sir. Er ist sehr still und seit seiner Ankunft vor ein paar Tagen haben wir ihn nicht oft zu Gesicht bekommen. Er isst seine Mahlzeiten im Stall neben den Pferden."

„Er wäscht sich nicht mal."

„Jack!"

„Ich hab Ma mit Mrs. Thoreau darüber sprechen gehört!", verteidigte Jack sich.

„Tut mir leid, Sir."

„Schon gut, Mary-Anne, eine nur allzu unschuldige Beobachtung auf den Lippen eines Kindes, von dem nicht erwartet werden kann, die Empfindung hinter allem, was Erwachsene sich untereinander als gute Sitten vereinbaren, für sinnvoll zu halten. Doch sag, versteht Tom sich tatsächlich so gut auf Pferde, wie deine Mutter behauptet? Kam er denn mit einem eigenen Pferd hier an?"

„Nein, Sir, das tat er nicht. Wenn meine Mutter jedoch ein Lob ausspricht, dann sicherlich mit Rechtfertigung."

Das konnte ich glauben. Mrs. Miller schien mir keine Person zu sein, die irgendjemand über das korrekte Maß hinaus lobte.

Das kleinste der Miller-Kinder, Mary-May, hatte endlich ihren Haferbrei ausgelöffelt und alle fünf verabschiedeten sich höflich und machten sich auf.

Kurz darauf kam Mrs. Miller mit einem Tablett in die Stube. Sie stellte Kaffee, Haferbrei, Brot, gebratene Eier und Speck vor mich auf den Tisch.

„Vielen Dank, Ma'am, für all Ihr Aufhebens. Mir scheint, ich bin der einzige Gast im Haus?"

„Ja, Mr. Goodlick. Es ist nicht viel zu tun dieser Tage. Bitte, lassen Sie es sich schmecken."

„Ihr Bursche, Tom, brachte mir gestern Nachricht, dass mein Pferd vielleicht eine kleine Rast gebrauchen könnte. Ich werde mir den Zustand hernach ansehen und muss womöglich von meinen Plänen ein klein wenig abweichen und eine weitere Nacht bei Ihnen bleiben, wenn es recht ist, Ma'am."

„Natürlich, mit Freude, wenn es mir auch leid um Ihr Pferd tut."

„Danke, Ma'am."

Ich aß alles ratzeputz auf. Mrs. Miller hatte den Haferbrei mit reichlich braunem Zucker gesüßt und ich fragte mich, ob sie diesen Luxus auch ihren Kindern angedeihen ließ.

Mit vollem Bauch trat ich anschließend vors Haus. Ich setzte meinen Hut auf und drückte ihn mir tief ins Gesicht. So ausgestattet ging ich zum Stall, wo ich hoffte, nicht nur Alecto in erholtem Zustand, sondern auch Tom anzutreffen, den ich inzwischen mit einiger Sicherheit für Mary Dippin hielt.

Erst sah ich ihn gar nicht. Meine Augen mussten sich an das dämmrige Licht des Stalls gewöhnen und er stand verborgen hinter der Flanke einer gescheckten Stute, die er striegelte. Während ich auf Alecto zuging, die ganz hinten angebunden stand, wäre ich fast an ihm vorbei, ohne ihn überhaupt wahrzunehmen, als ich mehr seiner Bewegung als ihm selbst gewahr wurde. Drei weitere Pferde standen im Stall, keines davon sah mir jedoch nach Windborne aus. Sie waren allesamt von kleiner Statur.

„Tom", sagte ich kurz und scheinbar uninteressiert, tippte an meinen Hut und ging weiter.

„Sir."

Alecto hatte aufgeschnaubt, als ich den Stall betreten hatte, und begrüßte mich jetzt, indem sie ihren Kopf in die Höhe warf. Ich war beruhigt zu sehen, dass sie fraß.

„Na, meine Gute?"

Ich strich ihr liebevoll über den Widerrist und die Flanke. Dann beugte ich mich zu ihrem rechten Hinterlauf hinab, um ihn mir zu besehen. Ich hob das Bein an und merkte, dass sie dabei ungeduldig wurde. Kein gutes Zeichen. Tom hatte recht gehabt, der Kratzer, den ich ganz unten beim Gelenk sah, war tiefer, als es mir lieb war. Mit Talg war es nicht getan. Ich musste sehen, dass ich zu etwas Zinnkraut kam, das hier an vielen Stellen wuchs. Erst wollte ich aber noch versuchen, meinen Verdacht zu erhärten.

„Tom?"

„Sir?"

„Wo bewahrst du den Talg auf?"

„Ich bringe ihn, Sir."

Ich ließ Alectos Bein los.

„Hier, Sir."

„Du hattest recht, Tom. Deinem Urteil ist zu trauen, das muss ich schon sagen."

„Danke, Sir."

„Sag, Tom, was tätest du mit meinem hier Pferd, wärst du an meiner Stelle?"

„Das kann ich nicht sagen, Sir, wo ich doch nicht weiß, welche Umstände damit einhergehen, an Ihrer Stelle zu sein."

Sie musste es sein. Ich hatte keinen Zweifel. Natürlich war es eine Frau, die ich hier vor mir hatte. Ich konnte kaum glauben, dass jemand sie überhaupt für einen jungen Burschen hielt. Allerdings war ihnen das auch bei mir gelungen, obwohl ich es nicht einmal darauf angelegt hatte. Leute wurden so schnell blind für die Wirklichkeit, wenn diese in anheimelnder Hülle kam, und einmal so entschieden, machten sie die Augen hernach nicht wieder so schnell auf. Und auch die vielbeschworene Schönheit Mary Dippins war diesem Trugbild an Stallburschen anzusehen. Sie hielt das schwarze Haar unter einer Kappe verborgen, doch auch im trüben Licht des staubigen Stalls konnte ich darunter ein Paar schöner, dunkler und gewitzt blitzender Augen entdecken. Kein Härchen Flaum bedeckte das Kinn, kein dunkler Schatten war zu sehen, wo Männer ihren Bart hatten, und unter den speckigen Hosenträgern konnte man, wenn man darauf nur achtete, ein Paar Brüste ausmachen, die ich an noch keinem Knaben je gesehen hatte.

„Meine Situation, Tom, ist die folgende: Ich muss Eile machen in den Norden hinauf, wo mich ein Geschäft erwartet, das keine Saumseligkeit duldet. Doch es liegen noch einige Tagesritte vor mir und ich habe den unbedingten Wunsch, diese auf dem Pferd zu beenden, mit dem ich meine Reise begann. Jedoch sehe ich, wie du es mir bereits gestern mit großem Verständnis den Zustand meines Pferdes betreffend mitgeteilt hast, dass dieser Wunsch durch bloß einen kleinen Kratzer, der sich, wie so vieles im Leben, von einer scheinbaren Nichtigkeit zu einem verhängnisvollen Hindernis ausweiten kann, in Bedrängnis gerät. Meine Situation ist es also, und hier nun frage ich deinen Rat an, besagten Kratzer unter Kontrolle zu bringen mit nur den Dingen, die an dieser Stelle meines Weges zur Verfügung stehen."

„Sehr wohl, Sir", antwortete sie, „ich meine, ein Umschlag aus Zinnkraut auf der Wunde sollte helfen."

„Zinnkraut", antworte ich, als hörte ich das erste Mal davon.

„Ja, Sir."

Plötzlich wurde sie ganz eifrig.

„Ich weiß eine Stelle, an der es wächst, und mag es Ihnen gerne besorgen, ohne Verzögerung, wenn nur Mrs. Miller mich während der Zeit nicht vermisst, um meine Arbeit zu tun, Sir."

„Soso."

Irgendwo musste der Rappe ja sein.

„Nun, dann lauf los, Tom. Ich werde Mrs. Miller in der Zwischenzeit gern erklären, dass es mein dringender Wunsch war, der dich deiner Arbeit für eine kurze Zeit entband. Aber mach Eile. Mrs. Miller scheint keine Frau zu sein, die Bummelei zu entschuldigen vermag."

„Ja, Sir!"

Sie lief los mit einer Freude im Gesicht, deren Ursprung keinesfalls das Sammeln von Zinnkraut sein konnte.

Ich gab ihr etwas Vorsprung und ging ins Haus zu Mrs. Miller, um ihren vermeintlichen Stallburschen zu entschuldigen. Dann folgte ich Dippin in die Richtung, in die ich sie hatte davonlaufen sehen, den Pine Creek entlang. Ich war schnell und sah sie bald vor mir in der Ferne zwischen den Kiefern wandern, die hier überall wuchsen und der Stadt ihren Namen gegeben hatten. Wir waren bereits ein gutes Stück außerhalb der Stadt, als sie zu einer Senke im Flussbett kam und aus meinem Blickfeld verschwand und nicht wieder auftauchte. Ich versteckte mich ein klein wenig ab vom Fluss, sodass ich sie sehen konnte, wenn sie ihren Rückweg antrat, jedoch nicht Gefahr lief, von ihr entdeckt zu werden.

Es dauerte eine Weile, mir erschien es eine geschlagene Stunde, die ich mir mit etwas Kautabak und dem Gedanken daran, mir später in der Stadt einen Saloon zu suchen, der mir den einen oder anderen Whisky ausschenken würde, vertrieb. Als sie wiederkehrte, hatte sie ein Büschel Kraut in den Händen und lief eilig in die Richtung zurück, aus der wir gekommen waren. Als sie außer Sichtweite war, pirschte ich mich vorsichtig an die Senke heran. Von oben konnte ich kein Pferd oder sonst irgendeine Spur davon entdecken, die mich auf Dippins kurzen Aufenthalt hier aufmerksam machen würde. Ich kletterte den von Geröll bedeckten Abhang hinunter und hörte bald ein Schnauben. Der Pine Creek hatte hier das Flussbett ausgewaschen und in der kleinen Bucht, deren steiler, sandiger Hang von einigen niedrig wachsenden Kiefern überwuchert war, stand der Rappe. Er war mit langer Leine an einen Kiefernast gebunden und beäugte mich, als ich vorsichtig auf ihn zuging. Ich sprach leise mit ihm, nannte seinen Namen in der Hoffnung, der Klang würde ihn beruhigen.

Er war ein Koloss. Sein schwarzes Fell glänzte in der Sonne und sein prächtiger Schweif reichte fast bis zum Boden. Ich näherte mich vorsichtig von der Seite und streckte meine Hand aus, um kurz über seinen Widerrist zu streichen. Er stieg von einem Bein aufs andere, wich jedoch nicht zurück. An den Hufspuren im weichen Untergrund konnte ich sehen, dass Dippin ihn wohl von hier weggeführt hatte, um ihn fressen zu lassen und ihn zu tränken.

Ich sah mich um. Ein Plan begann sich in mir zu formen. Es würde ein Leichtes sein, sie hier zu überraschen.

Ich ging zurück in die Stadt. Dort kaufte ich ein festes Seil und einige Kugeln für meinen Revolver, nur um sicher zu gehen. Dann begoss ich im Saloon mein Glück mit Whiskey und kehrte frohen Mutes zum Miller Hotel zurück. Ich sah im Stall nach Alecto. Dippin hatte einen Umschlag auf die Wunde gelegt und ihn mit einer Kunstfertigkeit festgemacht, die meine eigenen Hände nicht vollbracht hätten. Ich ließ mir Zeit, Alectos Fell zu bürsten, und kraulte ihr ein wenig die Mähne, so wie sie es gerne hatte. Ich brachte ihr frisches Wasser und Hafer und obgleich es sicherer war, Dippin auszuweichen, um sie nicht vielleicht noch misstrauisch zu machen, falls ihr doch noch auffiele, dass auch sie ein Frauenzimmer in Männerkleidern vor sich hatte, erwartete ich bei jedem Geräusch, dass sie es war, die den Stall betreten würde. Trotzdem kam ich, im Nachhinein unerfindlich, nicht auf den Gedanken, mich mit angebrachter Eile woandershin zu begeben, doch offenbar hatte Mrs. Miller ohnedies andere Arbeit für Tom, denn obgleich ich lange Zeit bei Alecto stand, blieben wir neben den drei anderen Gäulen allein.

Ich sah Dippin erst wieder zum Abendbrot, das sie, wie ich vom Fenster meines Zimmers aus, wo ich gerade in Voraussicht meinen Revolver putzte, sah, zum Stall trug, wie Mary-Anne es mir bereits vorausgesagt hatte. Ich stellte mir vor, wie schmal die Taille war, die Dippin unter ihrem verdreckten Hemd versteckte. Ihre Hose hing ihr auf den Hüften und machte ihre Hosenträger zum Gespött. Mir fiel ein, dass ich noch am Vortag im Bett von Madame Violet gelegen hatte. Es kam mir vor, als wäre es bereits einen Monat her. Ich legte mich auf mein Bett, schloss die Augen und versuchte mir so gut ich konnte vorzustellen, dass es Madame Violets Hände waren, die da zwischen meine Beine fassten, wenn es auch nur meine eigenen waren. Doch gerade als ich kam, schauten mich plötzlich Mary Dippins dunkle Augen verschmitzt aus meiner eigenen Vorstellung heraus an und ich war so irritiert, dass ich mich aus meinem eigenen Beben herausriss. Verdammt. Nicht einmal ein Schluck Whiskey zum Trost.

Ich hatte mir am Brunnen die Hände gewaschen und trotzdem beschlich mich beim Essen das unheimliche Gefühl, die Miller-Kinder konnten die Pussy daran riechen und würden sich in einigen vergangenen Jahren darüber zurechtfinden, was es an dem eigenartigen jungen Mann aus Aurora für ein Geruch gewesen war, der sich über den Tisch hinweg ausgebreitet hatte, jedes Mal, wenn er nach einem Brötchen gegriffen hatte. Wie sehr ich mir auch der Absurdität meiner Gedanken klar war, ich spürte förmlich die Rute der Nonnen auf meinen Handrücken. Hände auf der Decke, für alles andere hatten sie ausgeteilt und mir so die ungehemmte Freude an meiner eigenen Pussy wohl für immer verleidet. Verdammte Pinguine.

Nach dem auf so eigenartige Weise eingenommenen Mahl verbrachte ich eine ruhige Nacht. Am nächsten Morgen stand ich schon früh auf, Mrs. Miller fand ich hinter dem Haus, wo sie die Hühner fütterte. Sie machte mir ein Frühstück zurecht, das ich gedankenverloren aß. Danach ging ich zum Stall, wo ich beim Eintreten Dippin aus dem Schlaf weckte, die dort in einem Strohhaufen gelegen hatte. Ich grüßte kurz und lehnte ihr Angebot ab, mir beim Satteln von Alecto zu helfen. Stattdessen bat ich sie, einen frischen Umschlag auf Alectos Wunde zu machen, die noch immer nicht besser wirkte als am Tag zuvor. Ich sah ihr dabei zu und bat sie, mir zu zeigen, wie ich selbst Alecto auf meinem Ritt versorgen konnte. Sie hatte kräftige Hände, die geschickt den Umschlag an Alectos Bein banden. Durch die Ritzen der Stallwände hindurch fiel ein

Strahl der aufgehenden Sonne auf ihren Nacken. Es war ein hübscher Nacken. Schade, dass er an einem Seil enden würde. Ich rechnete nicht damit, dass die wohlwollenden Worte des Predigers das Gemüt eines Richters erweichen würden. Als wir fertig waren, dankte ich, führte Alecto aus dem Stall, band sie beim Brunnen an und verabschiedete mich von Mrs. Miller. Ich bat sie noch, mir ein paar Kanten alten Brotes für mein Pferd mit auf den Weg zu geben, dann stieg ich auf und ritt los.

Ich folgte dem Weg vom Vortag und band Alecto in ausreichender Entfernung von der Senke, in der Windborne auf die Rückkunft seiner Herrin wartete, an den Ast einer Kiefer. Ich schlug mich durch einiges Unterholz zu der Senke durch, kletterte den Abhang hinab und begrüßte Windborne dort mit den Brotkanten, die Mrs. Miller mir gegeben hatte. Ich wollte nicht Gefahr laufen, dass er mir entkam, was für ihn ein Leichtes wäre, hätte ich ihn erst einmal losgebunden, deshalb holte ich Wasser vom Fluss in meinem Hut und er trank gierig. Ich wollte sein Vertrauen gewinnen, sodass Dippin nicht in seiner Nervosität lesen würde, wenn sie sich ihm näherte. Dann setzte ich mich einige Yards von dem Rappen entfernt dicht an den Abhang der Senke, damit Dippin mich erst sehen konnte, wenn sie um die Ecke der kleinen Bucht kam. Dort wartete ich.

Es war Mittag, als Dippin endlich auftauchte. Wahrscheinlich nutzte sie die Zeit, die Mrs. Miller sie beim Mittagessen wähnte, um nach ihrem Pferd zu sehen. Ich war müde vom Warten. Ich hatte meinen Mantel auf den feuchten Kies unter mir gelegt, aber das Geröll piekte mich dennoch hart in meinen Arsch. Ich war mehrmals aufgestanden, um mir leise fluchend meine Glieder auszuschütteln, jedoch immer nur gerade so lang es unbedingt hatte sein müssen. Jetzt hörte ich einiges Geröll den Abhang herabkommen. Ich stand leise auf und zog meinen Revolver. Windborne warf seinen Kopf in die Höhe, als Dippin herankam.

„Schon gut, schon gut“, hörte ich Dippin ihn beruhigen. „Ich habe dir Äpfel gebracht, mein Hübscher …“

Ihre Worte erstarben, als sie die Bucht betrat und meiner gewahr wurde. Sie war verwirrt und erst im nächsten Moment alarmiert, als sie nämlich den Revolver in meiner Hand sah, der geradewegs auf sie gerichtet war.

„Mary Dippin", sagte ich förmlich, „ich bin hier, um dich nach Sioux City zu bringen, damit du dort deine gerechte Strafe für die Tötung der ehrbaren Madame Dora Ginty erfährst."

Sogar unter dem Schirm ihrer Kappe konnte ich sehen, dass sie erbleichte.

„Ich weiß nicht, wovon Sie sprechen, Mister. Mein Name ist Tom Baker."

„Dann hast du in Sioux City ja nichts zu fürchten."

Ihre Augen schossen kurz einen Blick in Richtung von Windbornes Satteltasche.

„Das wäre vergeudetes Bemühen."

Ich zog ihren Revolver aus meinem Hosenbund und warf ihn auf den Sand vor meinen Füßen.

„Ich war bereits so frei, Windborne", ich wollte ihr klarmachen, dass ich über sie Bescheid wusste, „von allem Ballast zu befreien, der für ein zügiges Vorankommen unserer kleinen Gesellschaft nach Sioux City von Nachteil wäre. Eine Kugel in meiner Stirn würde meinen Weg beschwerlich machen in einem Ausmaß, gegen das mich zu verwehren du mir zugestehen wirst."

„Miss Goodlick, wenn dies denn Ihr wahrhafter Name ist, wo Sie doch so zögerlich waren, Ihre wahrhafte Beschaffenheit zu nennen, wie nur kommen Sie auf die Idee, dass ich Ihnen …"

Blitzschnell drehte sie sich mitten im Satz um und startete rückwärts los, hinaus aus der Bucht. Ich gab einen Schuss ab, der ein bloßer Warnschuss war, denn ich hatte mein Versprechen gegenüber Ginty natürlich nicht vergessen. Unbeeindruckt davon lief sie weiter, und während sie bereits aus meinem Blickfeld verschwand, rannte ich los und hinter ihr her.

Mit der Kraft einer Seele, die dem Teufel zu entfliehen trachtet, versuchte sie, den Abhang zur Senke zu bezwingen. Das Geröll rutschte unter ihren Füßen weg, dass es staubte, dennoch war sie schnell, wie ich bemerkte, als ich versuchte, an sie heranzukommen. Sie war fast in Griffweite und dennoch schien mir eine Unendlichkeit weit entfernt, denn die zwei Yards, die uns nun wohl nur trennten, erwiesen sich als nahezu unüberwindlich. Ich hatte meinen Revolver beim Laufen zurück in sein Halfter gesteckt und beide Hände frei, die ich nun nutzte, um zu ihr aufzuholen. Mit aller Kraft stemmte ich mich auf allen vieren stetig nach oben, spürte, wie die spitzen Brocken des Gerölls mir die Hände aufrissen, doch ich ließ nicht ab. Wenn sie mir hier davonkam, ich würde sie zwischen den Kiefern mit deren dichtem Unterholz nicht wieder finden und hätte meine Chance vertan, da sie nun wusste, nach welchem Charon sie Ausschau hielt, um dem Henker zu entgehen. Ich hörte sie vor mir keuchen, sie war schon beinahe oben angekommen, doch ich hatte aufgeholt und war fast nah genug, um ihr Bein zu greifen. Sie hörte mich offenbar näher kommen und schaut kurz zurück, um auszumachen, wie viel Vorsprung ihr geblieben war. Ihre Augen waren voller Angst, ihr Mund von der Anstrengung verzerrt und ihr Gesicht von Staub bedeckt. Der kurze Blick nach hinten wurde nun ihr Untergang, denn ich sah gleich, dass dieser kurze Moment, in dem sie vielleicht nur eine Sekunde an Zeit verlor, mir genügend Raum verschaffte, mit einem Satz, wenn ich ihn noch in mir hatte, ihr Bein zu erwischen. Ich stieß nach vorn und griff den Stoff ihrer Hose. Ich hörte Dippins Aufschrei durch das Rauschen in meinen Ohren hindurch, als käme er aus einer anderen Welt. Ich hängte mein Gewicht an dieses kleine Stückchen Stoff und brachte Dippin zum Fallen. Wir rutschten miteinander ein, zwei Yards den Abhang hinab. Jetzt trat sie mit dem Bein nach mir und ich dachte fast, meine Finger unter ihren rabiaten Bewegungen brechen zu fühlen, doch ich ließ nicht los. Ich war eine Bulldogge. Ich würde meine Beute nicht loslassen, auch wenn mir das Blut aus dem Maul tropfte. Ich fand mit meinen Füßen etwas Halt und riss Dippins Bein mit Wucht in die Luft, sodass sie aus dem Gleichgewicht kam und noch einmal den Abhang entlangrutschte, mir entgegen. Ich ließ mich auf sie fallen.

„Gib auf, verdammt noch mal!“, schrie ich sie an, während ich den Revolver zu fassen suchte.

„Fick dich!“

Ich lag keuchend auf ihr, doch sie wand sich unter mir wie ein Aal. Ich merkte, wie ich den Griff auf sie verlor, da spürte ich glücklich den Knauf meines Revolvers in meiner Hand. Ich zog und richtete den Lauf der Knarre gegen ihren Kopf.

„Gib auf!“, brüllte ich.

Ich hatte erwartet, dass sie, wie die meisten Menschen es im Angesicht eines Revolverrohrs vor ihrer Nase taten, erstarren und sich ergeben würde, doch es brachte nur noch mehr Leben in sie. Sie bäumte sich mit allem, was sie noch hatte, gegen mich auf und schüttelte mich durch. Ich hatte außer Acht gelassen, dass sie nichts zu verlieren hatte. Ihr Leben war verwirkt, ob ich sie hier an dieser Stelle im Zweikampf erschoss oder sie am Galgen baumeln würde, es war einerlei. Jetzt war ich verärgert.

„Miststück!“, entfuhr es mir und mit aller Kraft, die ich noch in mir hatte, holte ich aus und schlug ihr mit der Seite des Revolvers so hart gegen die Schläfe, dass sie einen Moment lang überrascht die Augen aufriss, während ihr Körper unter mir erschlaffte und sie das Bewusstsein verlor.

Ich rollte von ihr in den Staub, wo ich keuchend und zitternd auf dem Rücken liegen blieb.

„Scheiße … Scheiße … Scheiße“, flüsterte ich wie ein Gebet in den Himmel. „Verdammte Scheiße!“

GESCHLAGEN

Als Dippin zu sich kam, lag sie auf dem Grund der Bucht, an Händen und Beinen gefesselt. Ich hatte meinen Mantel unter sie gelegt und saß neben ihr im feuchten Kies. Die Sonne fiel bereits tiefer und die Senke lag im Schatten. Es war einige Zeit vergangen seit unserem Kampf und ich hatte aufgehört zu zittern. Die Ärmel meines Hemds waren noch nass, dort, wo ich sie ausgewaschen hatte. Ich hatte Dippins Kopf fest mit einem Lappen verbunden, denn aus ihrer Schläfe hatte es geblutet, dass ich Angst bekommen hatte, sie würde mir unter den Händen wegsterben hier an diesem so friedlichen Ort, der mir die Heftigkeit unseres Kampfes nur noch schrecklicher vor Augen stehen ließ. Es war scheinbar unstillbar aus ihrer Schläfe geflossen, sodass meine Ärmel von Blut durchtränkt und meine Hände glitschig waren, während ich versucht hatte, den Verband anzulegen.

Ich glaube nicht, dass ich, während ich ihre Wunde versorgte, auch nur einmal daran dachte, dass es meinen Wortbruch dem Prediger gegenüber bedeutet hätte, Dippin hier totgeschlagen zu haben. Ich wollte sie bloß am Leben halten, ein lächerlicher Wunsch, angesichts meines Auftrags, doch ohnmächtig, wie sie war, erschien sie mir klein und hilflos und alles in mir wollte das Leben in ihre schlaffen Glieder zurückbringen. Ihr Atem war flach, doch sie lebte, und so saß ich eine Zeitlang neben ihr und hoffte mit einiger Verunsicherung, sie würde wieder erwachen. Sie stöhnte auf, bevor sie noch die Augen aufschlug, und brauchte dann einige Momente, um sich der Situation zu entsinnen, in der sie sich befand.

Ich hatte ihr wohl den Widerstand aus dem Kopf geschlagen, denn als sie nach einiger Zeit, in der ich ihr aus meiner Wasserflasche zu trinken gegeben hatte, restauriert war, genug, um auf die Beine zu kommen, von denen ich schließlich die Fesseln löste, ließ sie sich von mir mit unsicheren Schritten aus der Bucht führen. Einzig dafür, dass der Rappe mitkam, hatte sie einen Gedanken, und ich konnte sehen, wie erleichtert sie war, dass ich ihn am Zügel neben uns herführte.

Als wir bei Alecto ankamen, half ich Dippin auf ihr Pferd, dessen Zügel ich an den Knauf meines Sattels band, und so zogen wir los. Sie hatte kein Wort zu mir gesagt und auch jetzt ritten wir schweigend. Wir hatten Long Pine lange hinter uns gelassen und ich wählte den Weg über die offene Prärie. Immer wieder drehte ich mich zu ihr um, um mich zu vergewissern, dass Dippin bei Sinnen war. Sie saß zusammengesunken auf Windborne, der brav meiner Alecto folgte, und hatte den Blick nach unten gerichtet. Sie klagte nicht und verlangte nach nichts. Ich hätte froh sein sollen darüber, doch ich mochte das Gefühl nicht, ihren Willen gebrochen zu haben. Ich schüttelte den Gedanken ab und versuchte, mich zu erinnern, dass sie, sobald sie sich etwas erholt hätte, bei jeder sich bietenden Gelegenheit wohl die Flucht versuchen würde. Vielleicht schmiedete sie bereits jetzt einen Plan, der mir später zum Verhängnis werden würde, und gab nur vor, sich gerade einmal im Sattel halten zu können.

Ich wollte mich mit ihr in keiner Stadt zeigen, die auf unserem Weg lag, denn gefesselt, wie sie war, würden wir Aufmerksamkeit erregen. Die telegrafische Anbindung der Territorien hatte die Zeit, in der Informationen ihr Ziel fanden, verkürzt. Ich wollte keine Horde an Kopfgeldjägern oder gar die Duggery-Brüder an meine Fersen geheftet finden. Ich schätzte, dass vier oder fünf Tagesritte vor uns lagen, bevor wir Sioux City erreichen würden. Ich hatte ein wenig Verpflegung dabei, die wohl knapp ausreichen würde, und plante, die Nächte geschützt in Wäldchen zuzubringen, die hier an kleinen Wasserläufen standen. Wir würden auch bald einen geeigneten Lagerplatz finden müssen, denn die Sonne stand schon tief und ich musste noch Zeit finden, um Feuer zu machen, das uns in die Dunkelheit hinein wärmen würde, denn die Nächte waren kalt.

Da geschah das, was ich befürchtet hatte, und das den Ausgang unserer gesamten Reise auf eine Weise ins Verderben führen würde, wie ich es zu diesem Zeitpunkt nicht erahnen konnte. Alecto strauchelte. Erschrocken zügelte ich sie. Sie schnaubte auf, und als ich aus dem Sattel geglitten neben ihr stand, sah ich, dass sie das rechte Hinterbein abgeknickt hielt. Ich fluchte, leise jedoch, um Alecto nicht noch mehr aus der Ruhe zu bringen.

„Meine Gute", flüsterte ich ihr ins Ohr, kraulte ihren Widerrist und hob dann ihr Bein, um mir den Schaden aus der Nähe zu betrachten. Ich nahm den Umschlag von der Wunde, indem ich ihn dort aufknüpfte, wo Dippin ihn erst am Morgen mit geschickten Fingern festgebunden hatte. Die Wunde sah, oder täuschte ich mich, besser aus als noch am Vortag. In mir keimte Hoffnung auf. Ich hatte das Bein zu stark belastet, das war offensichtlich, doch wenn die Wunde dabei war zu heilen, dann musste ich nicht unbedingt mit dem Schlimmsten rechnen.

Als ich noch sehr klein war und wir in Montpelier gewohnt hatten, waren Pa und ich einmal an einem eisigen Wintermorgen dazugekommen, als einem benachbarten Farmer das Pferd gelahmt hatte. Es muss vor dem Weihnachtsfest gewesen sein, denn wir waren frühmorgens noch vor der Dämmerung losgezogen, um einige der kleinen Holzschnitzereien, die Pa allabendlich am Feuer fertigte und die sich gut als Spielzeug für die Farmerskinder eigneten, Pferde, Bären, Wölfe, aber auch Soldaten und Pfeifchen, gegen ein wenig Fleisch und Speck einzutauschen. Es war einer dieser klirrenden Wintermorgen in Vermont, die den Atem vor dem Mund gefrieren ließen. Als wir zum Farmhaus kamen, hörten wir den Nachbarn, Mr. Johnson, einen Mann etwa im Alter meines Vaters, den ich gerne mochte, weil er mit uns Kindern immer Schabernack trieb und geduldig war bei allem, was wir anstellten, bereits aus einiger Entfernung fluchen und schimpfen. Bald konnten wir ihn im blauen Licht der aufgehenden Wintersonne vor dem Stall stehen sehen, neben ihm seine Stute Blossom, in die Wolken ihrer beider aufgeregten Atemluft gehüllt. In der Nacht hatte es gestürmt und aus dem kurzen Gespräch, das Mr. Johnson mit meinem Vater führte, hörte ich heraus, dass wohl ein Farmgerät, dessen Name mir nicht geläufig war, so unglücklich auf den Weg vor dem Stall geweht worden war, dass Blossom sich in der Dunkelheit das Bein daran verletzt hatte und sie nun lahmte. Ich konnte nur ein klein wenig Blut im Schnee um Blossoms Bein herum entdecken und machte mir gleich mehr Sorgen um Martin, den ältesten von Mr. Johnsons Söhnen, der wohl das Gerät unachtsam am Vortag hatte liegen lassen, statt es im Stall zu verstauen. Ich konnte hören, wie aufgebracht Mr. Johnson war, und fürchtete, er würde Martin wohl hart bestrafen für seine Nachlässigkeit. Nach dem Wortwechsel mit meinem Vater gab Mr. Johnson ihm die Zügel in die Hand und verschwand im Haus. Pa schenkte mir keine Beachtung, sondern streichelte den Kopf der Stute und flüsterte ihr leise Worte zu, die ich nicht verstehen konnte.

Ich war zu klein, um zu wissen, was geschehen würde, und begriff noch nicht einmal, als der Farmer mit seinem Gewehr zurückkam, wohin die Sache führte. Erst als er, ohne lange zu zaudern, zum Schuss anlegte, packte mich das Entsetzen und ich weiß noch, dass mein Aufschrei mir lauter in den Ohren klang als sein Schuss, bevor das Pferd mit einem schrecklich dumpfen Geräusch zu Boden ging. Der letzte Schwaden ihres Atems hing noch in der Luft, einen guten Yard über ihrem Kopf, da tröpfelte schon ein kleines Rinnsal Blutes aus der Stirn der toten Stute in den Schnee. Ich kann mich nicht mehr erinnern, was danach geschah und ob wir auf dem Weg nach Hause miteinander sprachen, Pa und ich. Der Anblick der toten Blossom im blauen Licht der frühen Wintersonne jedenfalls will mir bis heute nicht aus dem Kopf.

Der Vorfall beschäftigte mich noch lange danach und ich lag Pa mit der immer gleichen Frage in den Ohren, warum nur Mr. Johnson sein Pferd erschossen habe. Von Pa erhielt ich die immer gleiche Antwort, dass es mit lahmen Pferden nun mal so geschähe, um ihnen Leid zu ersparen. Ich war mit seiner Antwort nicht zufrieden, da mir die Wunde an Blossoms Bein nicht so schwerwiegend erschienen war, doch als ich von Pa wieder und wieder dieselbe Antwort bekam, begann ich mich zu fragen, ob Pferde wohl gänzlich andere Wesen waren als wir Menschen. Dass bei Menschen auch schlimme Wunden heilen konnten, wusste ich bereits, nachdem ich miterlebt hatte, wie Pa nach dem Sturz aus einem unserer Kirschbäume lange Zeit nicht mehr aus dem Bett hatte aufstehen können und die Johnsons uns jeden Tag eines ihrer ältesten Kinder geschickt hatten, um auszuhelfen. Irgendwann also erschien es mir der einzig logische Schluss, dass Pferde nicht heilten, wie wir Menschen es taten, und als Pa mich darüber sinnieren hörte, wie merkwürdig es doch war, dass gerade Pferde für die harte Arbeit auf der Farm eingesetzt würden, verstand er endlich meine Verwirrung, lachte und erklärte mir, dass es ganz einfach so war, dass ein Pferd mit einem lahmen Bein nun mal nicht mehr zum Arbeiten taugte. Nun war ich noch entsetzter als zuvor, denn ich verstand, dass ein Pferd, das nicht mehr arbeiten konnte, kurzerhand getötet wurde und nicht einmal Pa etwas daran fand. Ich glaube, es war der Moment in meinem Leben, da ich begann, Menschen zu misstrauen.

Meiner Alecto würde es jedenfalls nicht so gehen. Solange sie zurechtkam auf drei Beinen, würde ich sie hegen und pflegen und eher jede meiner Annehmlichkeiten aufgeben, als sie dem Schinder zu überlassen. Ich dachte an den Prediger mit seinem steifen Bein. Was machte ihn im Grunde denn schon mehr wert als ein lahmes Pferd? Waren nicht beide Geschöpfe Gottes?

„Soll ich mir das Bein ansehen?“

Dippins Stimme war heiser.

Ich zögerte.

Sie verdrehte die Augen.

„Hast du Angst vor einem halbtot geschlagenen Weib in Fesseln, oder ist mein Ruf der einer, die Übermenschliches zu vollbringen vermag?“

„Wie viel Aug hättest du auf eintausendundfünfhundert Dollar?“

„Dann lass es bleiben. Mein Mitleid mit Gottes Kreaturen erstreckt sich nicht auf habgierige Ratten.“

„Und meines nicht auf Mörderinnen, deren garstiges Mundwerk nach einem Knebel schreit.“

Ich holte das Zinnkraut aus der Satteltasche und versuchte mich daran zu erinnern, was Dippin mir am Morgen gezeigt hatte. Ich knetete es in meiner Hand, doch es war trocken und so goss ich etwas Wasser drauf, um es geschmeidig zu machen. Bald klebten die kleinen, nadeligen Halme an meinen Fingern, anstatt sich ineinander zu verfilzen. Ich wollte einen zweiten Versuch starten und schüttelte mir das klebrige Zeug von den Händen. Da hörte ich, wie Dippin hinter mir vom Pferd stieg.

„Gib schon her“, sagte sie mit einiger Bestimmung, die mir nicht unfreundlich schien.

Ich sah ein, dass ich ihre Hilfe brauchen konnte. Jedoch blieb ich vorsichtig, und als ich ihr die Fesseln abgenommen hatte, zog ich meinen Revolver, um sie in Schach zu halten. Sie schnaubte verächtlich und so, wie sie ihren Blick dabei auf mich richtete, hätte man meinen können, dass sie einen Kopf größer wäre als ich, obgleich sie zu mir aufschaute. Sie nahm etwas vom Zinnkraut, steckte es sich in den Mund und kaute eine Weile darauf herum, bevor sie es in ihre Hand spuckte.

„Gib mir den Whiskey“, schuf sie mir dann an.

„Was?“

„Die Flasche mit Whiskey, die du aus meiner Satteltasche entwendet hast. Ich will die Wunde behandeln.“

Sie hatte also im Reiten ihre Taschen durchsucht, ohne dabei einen Laut zu machen. Tatsächlich hatte ich dort am Morgen eine Flasche mit etwas Whiskey gefunden und sie ohne viel zu überlegen an mich genommen. Als ich sie jetzt hervorzog, wurde mir unangenehm zumute, denn ich hatte den Inhalt der Flasche merklich reduziert, während ich ihr aufgelauert hatte. Ich mochte nicht, dass sie nun meine Schwäche kannte.

„Hier, nimm das und halte dein Pferd fest.“

Sie hielt mir das breiige Gewirk aus Zinnkraut hin. Ich zögerte. War das nur ein Trick, damit ich mich meiner Waffe entledigte?

„Mach schon!“

Ich sah mich um. Um uns offene Prärie. Sie würde mir nicht so leicht entkommen können, schließlich war es ein kurzer Weg von meiner Hand zu meinem Halfter.

Ich tat, wie sie mir auftrug, und fasste Alecto am Zaumzeug, während ich die Masse aus Spucke und Kraut hielt. Mit den Zähnen zog Dippin den Korken aus der Whiskey-Flasche und trank einen ordentlichen Schluck. Dann stellte sie sich neben Alecto. In einer Hand den Whiskey, hob sie Alectos Bein mit der anderen, als hätte sie es dem Pferd eingeflüstert, so leicht und behände war sie dabei.

„Halt sie fest“, beschwor sie mich, als wüsste ich nicht, was kommen würde.

Sie goss einen Schluck der braunen Flüssigkeit auf Alectos Wunde und musste sehen, nicht von deren Huf erwischt zu werden, als das Pferd ausschlug. Ich hielt Alecto am Kopf fest und wurde fast umgerissen, als sie nach hinten schnappen wollte. Dippin machte einen Satz zur Seite.

„Ein Eisen an den Kopf reicht mir für heute, danke schön!“

Sie wartete, bis Alecto sich beruhigt hatte, und legte dann den Umschlag auf das Bein. Ich hielt ihr dabei das Zinnkraut entgegen, und als sie es vorsichtig aus meiner Handfläche griff, war mir nur allzu bewusst, dass sie dabei die Hand berührte, die ihr beinah den Schädel eingeschlagen hatte. Weiß Gott, warum mir das nicht egal war. Zum Trotz nahm ich Dippin nach vollbrachter Tat deshalb ganz einfach den Whiskey ab. Gefangene hatten schließlich ihren Anspruch auf Annehmlichkeiten verwirkt. Vielleicht zog ich deshalb auch gleich den Strick um ihre Handgelenke etwas fester an, bevor ich sie so gefesselt wieder auf Windborne hievte. Mir selbst blieb nichts übrig, als ebenfalls auf den Rappen zu steigen, Alecto nun an den Knauf seines Sattels zu binden und zu hoffen, dass er mir nicht durchgehen würde, mit Dippin hinter mir auf seinem

Rücken, falls sie sich entschließen würde, ihm die Fersen in die Flanken zu stoßen oder er einfach nicht einverstanden mit einer neuen Reiterin war. Der Hengst schien jedoch unbeeindruckt und so ritten wir, bis wir bald glücklich einen Lagerplatz fanden, der uns bis zum Morgen vor der Prärie und deren weitem Blick schützen würde.

Ich tat kaum ein Auge zu in jener Nacht. Während ich nach Feuerholz suchte, ließ ich Dippin an den Stamm eines Baumes gelehnt zurück, ihre Hände hinter dem Rücken gebunden und mit gefesselten Beinen. Sie sah blass und erschöpft aus im Schein des Feuers, das ich erst zu entfachen geschafft hatte, als es bereits dunkel war. Ich wärmte Bohnen und löste ihre Hände, damit sie etwas zu sich nehmen konnte. Sie aß wenig, trank aber meine Wasserflasche leer. Danach band ich ihr die Hände wieder hinter dem Rücken und sie sank mehr um, als dass sie sich geordnet zur Nacht legte. Ich warf einige dicke, trockene Äste auf das Feuer, um es noch eine Weile am Laufen zu halten, und legte mich selber auf dem weichen Boden zur Ruhe.

Ich erwachte schon wenig später von einem Wimmern, das aus Dippins Richtung kam. Das Feuer war heruntergebrannt und ich konnte nur den Schatten ihrer Gestalt dort liegen sehen, wo sie zuvor in den Schlaf gefallen war. Ich warf ein paar dünne Zweige aufs Feuer und stocherte in der Glut, um mehr Licht zu bekommen. Ihr Wimmern verstummte und ich sah im Schein der hochzüngelnden Flammen ihre Augen mich anstarren.

„Bind mir die Hände los, bitte. Ich komme um vor Schmerzen."

Ihre Stimme klang heiser und gepresst.

Ich lachte auf.

„Bitte!", flehte sie. „Sei kein Unmensch. Wohin soll ich denn laufen hier im Dunkeln mit einem Kopf, der mir zu sehr dröhnt, um noch geradeaus zu schauen."

„Womit meinst du nur, mein verdammtes Mitleid verdient zu haben?"

„Mit dem Fleisch, das an meinen Knochen wächst, und dem Blut, das mir durch den Körper fließt, wie dir nicht entgangen sein kann, wo es noch an deinen verfluchten Kleidern klebt."

„Wie viel Mitleid hattest du mit der armen Dora Ginty, als du sie über den Haufen geschossen hast, statt dich mit dem Verbrechen zu begnügen, das du in Gang setztest, als die verdammte Geldgier dich in die Bank von Sioux City trieb?"

„Ich hab sie nicht über den Haufen geschossen. In allen meinen dreiundzwanzig Jahren habe ich kein Leben geraubt, nicht das des Vorarbeiters, der mich halbtot schlug, als meine Finger einen Cent an Garn mit Blut verdarben, weil sie sich an einer nach der anderen Spindel stachen, nicht das meiner Mutter, die mich nach jenem verdammten Whiskey schickte, den ich später, zur Pisse verwandelt, aus den Bretten bürstete, auf denen sie in die Bewusstlosigkeit gefallen war, und auch nicht das eines jeden verdammten Arschlochs, das sich glaubte, meiner Pussy bedienen zu können, auch dann noch, wenn ich unmissverständlich klargemacht hatte, dass ich eher ein Leben lang mein Brot mit Dreck ersetzt wüsste, als sie einem verdammten Schwanz zu überlassen, und schon gar nicht habe ich ein unschuldiges Leben je geraubt."

Ich dachte an Joe Bane, tot im Dreck am Ufer des Elm Creek.

„Deine Beine und wohin sie laufen sagen das Gegenteil. Unschuldige pflegen nicht vor dem Gesetz zu fliehen und dabei auch noch andere mit ins Verderben zu reißen. Denkst du, ich habe nichts darüber gehört, was sich in Norfolk zugetragen hat?", hielt ich ihr entgegen.

„Hältst du die linke Wange hin, wenn ein Lauf auf deine rechte zielt? Totgeschossen hab ich den verdammten Wichser aber nicht, oder hat dir der Wind auch diese Wahrheit nicht zugetragen?"

„Und Dora Ginty, hast du ihr auch bloß die linke Wange verwehrt, als sie einen Lauf auf dich richtete, oder ist es nicht eher so, dass es nicht in der Natur von Predigersfrauen in diesen hier Gefilden oder sonstwo auf Erden liegt, ein Eisen mit sich zu führen?"

„Die Alte geriet nicht mir ins Feuer, sondern dem Helfer des Sheriffs. Oder hast du schon einmal einen Menschen vornüberfallen sehen, wenn er auch von dort aus getroffen wurde? Bitte, binde mich los! Ich schwöre dir beim Allmächtigen, ich werde es dir vergelten mit allem Gehorsam, den du von mir verlangst."

„Dein Schwur auf den Allmächtigen ist wertlos, seit du dich entschieden hast, sein heiliges Gesetz zu brechen."

„So hör mich doch an, wenn ich dir sage, dass nicht ich es war, deren Kugel die Frau des Predigers traf! Ich mag eine Räuberin sein, doch wirst du zugeben, dass es genügend vielen Männern erlaubt ist, auf den Allmächtigen zu schwören, mit der gierigen Hand auf der Bibel sogar, wenngleich sie nicht weniger räuberisch sind als ich. Bloß, dass sie hinterhältig rauben und von den Schwächeren. Oder glaubst du, dass unsere Räuberbarone, wie sie in ihren Villen sitzen und sich an ihrem Reichtum erfreuen, ihn mit der bloßen Arbeit ihrer eigenen Hände herangeschafft haben?"

„Sieh da, eine verfluchte Sozialistin mitten hier im Westen. Ein echter verdammter Robin Hood, was?" Ich lachte sie aus. „Hör auf, dein Garn zu spinnen, auf dass du dich an der Spindel der echten Wahrheit nicht in deine räuberischen Finger stichst. Wenn du meinst, so von mir loszukommen, erzählst du mir doch jede Lüge, die sich als Wahrheit geriert."

„Ach, fick dich!"

Waren das Tränen, die ich in ihrer Stimme hörte? Heilige Maria Mutter Gottes! War sie dermaßen ausgebufft oder hatte ich sie so falsch eingeschätzt?

Ich schwieg. Sie drehte sich stöhnend und mit einigem Aufwand, den ihr die am Rücken gefesselten Hände bereiteten, vom Feuer weg.

„Wenn es stimmt, was du sagst, dann hast du nichts zu fürchten. Zumindest nicht, am Galgen zu landen. Wenn du erst sicher in Sioux City bist, kannst du deinen Fall erklären. Der Prediger selbst gab mir den Auftrag, dich lebendig dort hinzubringen, damit du deine Anhörung bekommst, und ich bin wahrscheinlich die einzige Kopfgeldjägerin weit und breit, die sich deiner unsterblichen Seele erbarmt, Dippin, und nicht bloß deinen verwesenden Leichnam an den Sheriff übergeben will."

Ihre Antwort sprach sie in die andere Richtung. Ihre Verzweiflung hörte ich jedoch trotzdem heraus.

„Wer wird meinen Worten schon glauben? Der Strick für meinen Nacken ist bereits geschlagen."

Ich wusste nichts darauf zu sagen. Eine Weile lang schaute ich ins Feuer, das bereits wieder dabei war, zur Glut zu erlöschen. Ich weiß nicht, was an dem, das sie gesagt hatte, mir das Mitleid in die Gebeine fahren ließ. Natürlich vertraute ich all ihren Versicherungen, mir zu gehorchen, nicht, doch ich wusste einen Weg, sie von den Fesseln zu befreien, wenn er mir auch den Schlaf rauben würde. Also knüpfte ich den Strick um ihre Handgelenke auf, gab ihr meinen Mantel, um sich damit zuzudecken, brachte das Feuer zum Laufen und setzte mich davor, um die weitere Nacht durchzuwachen. Dippin lag jetzt wieder zum Feuer hin, auf welches ich meinen Blick geheftet ließ, wenngleich ich bemerkte, dass sie mich eine Zeitlang ansah, statt die Augen für den Schlaf zu schließen.

„Danke."

Das war alles, was sie zu mir nach einer Weile sagte. Ich nickte, ohne zu wissen, ob sie es im schwachen Schein des Feuers sehen konnte.

Während sie schlief, vertrieb ich mir die Müdigkeit damit, meine Möglichkeiten genauer zu betrachten. Ich würde Alecto vorerst nicht reiten können. Zu zweit auf einem Pferd würden wir jedoch nur langsam vorankommen, davon abgesehen, dass ich Dippin und ihrem Rappen nicht traute. Ich schätzte, dass wir nur ein oder zwei Stunden von Stuart entfernt waren, einem kleinen Nest mitten in der Prärie, das noch nicht an das Netz der Eisenbahngesellschaft angeschlossen war. Wenn ich Glück hatte, konnte ich hier für das Geld, das mir der Prediger mitgegeben hatte, ein Pferd und etwas Proviant kaufen. Und Whiskey, der mir mehr fehlte, als ich es zugeben mochte. Es widerstrebte mir jedoch, mit Dippin nach Stuart hineinzureiten. Ich wollte keine Fragen provozieren oder schlimmer, stille

Mutmaßungen. Sollte sie sich die Nacht durch noch erholen, am Morgen würde ich versuchen, ob ich mit Windborne zurechtkam, und sie hernach an dieser Stelle an einen Baum gefesselt zurücklassen, sodass ich sicher sein könnte, sie bei meiner Rückkehr wenige Stunden später hier auch wiederzufinden.

POST

Sie verfluchte mich mit allerlei unflätigen Worten, während ich sie an den dicksten Baumstamm band, den ich nun bei Tageslicht in dem Wäldchen hatte finden können. Ich zog ihre Arme dabei gerade so weit nach hinten, dass ich mir sicher sein konnte, dass sie sich nicht würde befreien können, sie jedoch nicht unnötig Schmerzen leiden musste, denn ich wusste nicht, wie lange es dauern würde, bevor ich wieder zurück wäre. Ihre Wunde begann immer wieder zu bluten, und wenn auch weniger, als dass es mir ernsthafte Sorgen bereitet hätte, so doch genügend, um mein Bedauern zu erregen.

Als ich vor ihr hockte, um den Strick um ihre Fußgelenke zu kontrollieren, und ihrem lauten Gezeter und meinem eigenen Mitleid mit einem dreisten Grinsen begegnen wollte, fiel mein Blick auf ihre Brüste, die nun durch die in dieser Lage ausgebreiteten Arme unter ihrem Hemd hervortraten und sich mir mit jedem ihrer aufgebrachten Atemzüge entgegenstreckten. Ich verlor mich einen Moment lang und hatte nachher das unbehagliche Gefühl, dass sie meinen Blick zu deuten wusste, von dem ich nicht sagen konnte, wie lange er auf ihr gelegen war. Sie sagte nichts und machte keine Regung, dass sie sich irgendeiner Unziemlichkeit bewusst wäre, dennoch brandete meine Scham in mir hoch und verfolgte mich ein gutes Stück des Weges nach Stuart, wo mich schließlich dringendere Vorkommnisse beschäftigten und von der Erinnerung an den Vorfall befreiten.

Ich war am Bachlauf entlanggeritten und nach einiger Zeit an den ersten kleinen Feldern vorbeigekommen, die wohl bereits zu Stuart gehörten und auf denen Mais und Weizen wuchsen. In der Ferne konnte ich ein Farmhaus sehen, und als ich mich umblickte, entdeckte ich auf einem der Felder einen jungen Mann, der Weizen schnitt. Ich ritt an ihn heran.

„Guten Tag!“, rief ich von der Weite.

Er blickte auf und wartete mein Herankommen ab.

„Ist das der Weg nach Stuart?“, fragte ich, ohne von Windborne zu steigen. Der Mann war vielleicht zwanzig Jahre alt, groß und kräftig und trug ein erstaunlich weißes Hemd, dafür dass er hier mitten am staubigen Feld arbeitete.

„Ja, Ma'am.“

„Ich brauche ein Pferd, Sir. Ich zahle gut dafür, denn es ist dringend.“

Sein Blick glitt von meinem Gesicht hinab auf Windborne. Er fragte sich sicherlich, wozu ich ein zweites Pferd brauchte, wenn dieses hier so kräftig aussah.

„Ist es mir an diesem Tag vielleicht vergönnt, Sir, dass Sie ein Pferd mehr besitzen, als Ihre Arbeit es unbedingt verlangt?“

„Tut mir leid, Ma'am.“ Er schob seinen Hut in den Nacken, wischte sich mit seinem Ärmel den Schweiß von der Stirn und legte seinen Ellenbogen auf den Griff seiner Sense, die er in den abgemähten Strohhalmen abgestellt hatte, „ich besitze nur ein einziges Pferd, und da es dasjenige ist, das ich zur Ernte brauche, kann ich es nicht aufgeben, jetzt, um diese Jahreszeit.“

Ich sah, dass der Schweiß seiner Stirn einen schmutzigen Fleck auf seinem Ärmel hinterlassen hatte und jetzt fiel er auch ihm auf.

„Verflucht noch mal.“

Er wischte seinen Ärmel sinnlos an seiner Hose ab.

„Meine Frau, Ma'am“, er lachte verlegen, „ist in einer guten Familie aufgewachsen und beharrt darauf, mich in Hemden zu kleiden, die sie durch ihre Mutter freundlicherweise den langen Weg aus Boston an mich schicken lässt. Ich habe ihr gesagt, ein Hemd aus Boston wäre im Westen unzweckmäßig, aber sie will nicht aufgeben. Sie hat sich noch nicht daran gewöhnt, dass hier alle Mühe vergebens ist, wo der Staub der Prärie sogar durch die Wände hindurch den Weg in unser Farmhaus zu finden scheint."

Ich hatte keine Zeit für lange Reden.

„Bitte vergeben Sie mir, Sir, leider drängt mich die Zeit. Wen sonst kann ich hier in Stuart fragen, der mir ein Pferd verkaufen kann?"

„Ich kann es nicht sagen, Ma'am, doch wenn Sie weiterreiten, nach Stuart hinein, fragen Sie im Laden dort bei Mr. Oleson. Er kennt hier alle und kann Ihnen sicherlich Auskunft geben."

„Danke, Sir. Vielen Dank!"

Ich trieb Windborne an und erreichte nach kurzem Trab die Häuser von Stuart. Es war ein kleines Nest, das aus nur fünf Häusern und einer kleinen, einfachen Kirche bestand. Olesons Laden war an seinem Schaufenster zu erkennen. Ich band Windborne an einen Baum vor dem Gebäude und blieb auf meinem Weg nach drinnen kurz irritiert stehen, als ich sah, was da in der Auslage zu sehen war. Porzellanpuppen, eine Spielzeugeisenbahn, ein Paar zarter Seidenschuhe und ein Kleid voller Rüschen und Spitze, mit Puffärmeln und so viel Schnickschnack, wie er darauf nur Platz hatte. Nicht einmal in Sioux City oder Omaha hatte ich ein solches Kleid je gesehen. Was zum Teufel war das hier für ein Laden?

In dem Moment, als ich über die Schwelle trat, kreischte eine Stimme aus dem Dunkeln, an das meine Augen sich erst gewöhnen mussten: „Willkommen, willkommen, der Herr! Willkommen in Olesons Warenladen. Mein Name ist Harriet Oleson. Wie darf ich Ihnen behilflich sein?"

Bevor ich es mich versah, stand sie vor mir, Mrs. Oleson, packte mich am Arm und zog mich weiter in den Laden hinein. Sie war eine ältere Frau, die mir ein falsches Lachen ins Gesicht lächelte, das erstarb, als sie mich als Frau erkannte.

„Guten Tag, Ma'am", sagte ich, „ich bin auf der Suche nach einer Person hier in Stuart, die mir ein Pferd verkaufen kann."

Während ich redete, hörten wir von draußen eine Glocke läuten. Ich drehte mich um und sah durch das Fenster, wie die Tür zu dem kleinen Haus, das wohl die Schule sein musste, aufging und einige Kinder unterschiedlichen Alters herausliefen.

„Ein Pferd?“ Mrs. Oleson tat, als wäre es eine geradezu unerhörte Frage, die ich an sie gestellt hatte.

„Ja, Ma'am“, antwortete ich, und um es mir mit ihr nicht vollends zu verscherzen, wenngleich ich gar nicht wusste, wie ich überhaupt in diese Verlegenheit gekommen war mit meiner unschuldigen Frage, fügte ich hinzu, „und etwas Proviant für meine Reise.“

Mit einer Gleichzeitigkeit von Abscheu gegenüber meiner Person und Gier nach meinem Geld redete Mrs. Oleson auf mich ein und zog mich im Laden hin und her. Sie pries alles an, was zum Verkauf stand, insbesondere die albernen Kleider, von denen sie im Laden noch ein paar mehr zeigen konnte, erklärte mir, dass Menschen sogar aus Omaha hierherkamen, um die exquisiten Waren von Olesons zu erstehen, und war schließlich recht missmutig darüber, dass ich nichts kaufte als ein wenig Speck, einige Dosen Bohnen und Whiskey. Währenddessen hörte ich draußen den Radau der Schulkinder beim Spielen, bis ich eines von ihnen laut rufen hörte: „Willie, Willie, sieh dir das Pferd mal an! Was für ein Prachtkerl!“

Der Radau schlug in Gemurmel um, das näher an Olesons Laden herankam, bis die Kinder wohl davor standen, um, wie ich vermutete, Windborne zu bestaunen, während Mrs. Oleson mir noch immer den Kopf schwindlig redete.

Ich nahm eine Handvoll Karamellen mit, die ich als Kind selber gemocht hatte, zahlte und fragte Mrs. Oleson noch einmal nachdrücklich, ob sie nicht jemanden wüsste, der hier in Stuart ein Pferd für gutes Geld verkaufen wollte. Sie war dabei zu verneinen, da fiel ihr offenbar etwas ein.

„Nellie!“, rief sie mit so durchdringender Stimme nach draußen, dass ich zusammenzuckte. „Nellie!“

Hinter mir ging die Tür auf.

„Ja, Mutter?“

Ein Mädchen von vielleicht zwölf Jahren mit einem Kopf voller blonder Locken unter ihrem Bonnet trat in den Laden.

„Diese … Miss … hier sucht nach einem Pferd, Nellie, für das sie gutes Geld zahlen möchte, da es sich um eine dringende Angelegenheit handelt."

„Und?"

Ich war verblüfft von der frechen Antwort, die noch dazu von einem abschätzigen Blick auf mich begleitet wurde.

„Nun, Nellie, Schätzchen, mein Liebling, ich dachte an dein Pony, Millicent."

„Mutter! Ich soll mein Pony verkaufen? Mein Goldstück, meinen Liebling?"

Es war klar zu sehen, dass Nellie es gewohnt war, ihrer Mutter auf der Nase herumzutanzen, denn Mrs. Oleson duckte sich ein wenig, als sie nun mit ausgestreckter Hand auf Nellie zuging und ihr die Wange tätschelte.

„Nellie, Liebling. Ich dachte nur, Millicent steht doch die längste Zeit eigentlich im Stall. Nachdem du eine Woche lang recht glücklich mit ihr warst, schienst du die Freude an ihr ein wenig verloren zu haben."

„Mutter! Wie kannst du es wagen! Ich liebe meine Millicent! Gerade heute Morgen dachte ich daran, des Nachmittags mit ihr auszureiten, wenn der Schulunterricht nur endlich vorbei wäre."

„Nellie, Liebling, wir kaufen dir ein anderes Pony!"

Ich fragte mich bereits, was es mich kosten würde, dem verwöhnten Fratzen hier sein Pony, das immerhin besser sein konnte als gar kein Pferd, abzukaufen, wo dessen Mutter offenbar das Geschäft ihres Lebens witterte, da verzerrte sich das Gesicht des Mädchens und es begann zu plärren, als weinte es, was an den fehlenden Tränen jedoch leicht als Darstellung zu entlarven war.

„Ich will kein anderes Pony, Mutter! Ich will meine Millicent!", flennte das Kind lautstark und durchdringend.

Ich hatte es satt.

„Vielen Dank, Mrs. Oleson!", rief ich über das Plärren hinweg, das nun sofort erstarb. „Ich danke Ihnen recht herzlich. Ich kann es nicht guten Gewissens auf mich nehmen, Ihre

Tochter ihres geliebten Ponys zu berauben. Ich habe Ihnen zu viele Umstände gemacht, bitte, danke, vielen Dank."

Ich raffte meine Sachen zusammen und schaute, dass ich aus dem Laden kam. Dort standen acht oder neun Kinder um Windborne herum. Ein wenig abseits sah ich eine junge Frau, die wohl die Lehrerin hier in Stuart war. Sie lächelte mich entschuldigend an, als sie mich aus dem Laden kommen und auf das Pferd zugehen sah.

„Hey, Mister!", rief einer der Jungen, „ist das Ihr Pferd?"

„Nein und ja. Bin kein Mister, ist aber mein Rappe."

Ich grinste und hoffte, dass die Kinder es locker nehmen würden, eine Frau in Männerkleidern zu sehen. Meistens ging das gut, besser jedenfalls, als es dies bei Erwachsenen der Fall war. Ich packte den Proviant aus Olesons Laden in die Satteltaschen.

„Wow, Ma'am! Ich hab noch nie so ein Pferd gesehen! Ist bestimmt über zwanzig Handbreit hoch, nicht?"

„Neunzehn. Wie heißt du, Junge?"

„Willie. Willie Oleson."

„Oleson?"

„Ja, Sir, Ma'am."

„Das ist der Laden deiner Eltern?"

„Ja."

Ich nickte.

„Hier, Willie", sagte ich und hielt ihm die Tüte mit den Karamellen hin, „teile sie gerecht unter allen Kindern auf, in Ordnung?"

„Ja, Ma'am. Danke."

„Wollt ihr euch nicht alle bei der netten Lady bedanken?", rief die Lehrerin den Kindern zu, die ein wenig schüchtern umherstanden und nun taten wie geheißen.

Während Willie seinen Auftrag ausführte, stellte ich mich zur Lehrerin, von der ich hoffte, dass sie mir besser behilflich sein konnte, als Mrs. Oleson es gewesen war.

„Guten Tag, Miss." Ich lüftete meinen Hut. „Ich hoffe, Sie haben nichts dagegen, dass ich die Kinder ein wenig mit Süßigkeiten verderbe. Mrs. Oleson war sehr erpicht darauf, mir den gesamten Inhalt des Ladens zu verkaufen, und als ich die Kinder hier vor dem Laden hörte, hoffte ich, dass sie es mit ein paar Karamellen obendrauf dabei belassen würde und ich den Laden nicht in einem neuen Kleid würde verlassen müssen."

Sie lachte auf.

„Annie Goodlick mein Name, Miss. Sehr erfreut."

„Hester Ingram, sehr erfreut, Miss Goodlick."

„Ich bin auf der Suche nach jemand …", begann ich, doch bevor ich weitersprechen konnte, wurden wir von einem Geräusch unterbrochen.

Gemeinsam drehten wir unsere Köpfe zur Straße hin, von wo wo aus wir plötzlich herannahenden Lärm hören konnten, der sich schnell als das Getrommel von Pferdehufen vermischt mit lauten Rufen erwies. In einer Staubwolke kam dort eine Kutsche heran. Einen Moment lang schien der Kutscher mir in Not zu sein, denn er schrie uns aufgebracht etwas entgegen, das ich nicht verstehen konnte, und so startete ich in seine Richtung los. Ich sah, dass es eine Postkutsche war, die da herankam, und als der Kutscher auf Höhe der Kirche war, zügelte er seine beiden Pferde, hielt den Wagen an und sprang herunter.

„Die Duggery-Brüder sind hier", rief er, „sie haben Slim Meddlecox erschossen! Hütet euch! Die Duggery-Brüder sind los!"

Vielleicht brachte seine Profession es mit sich, dass er als Postkutscher meinte, seinen Neuigkeiten durch heillose Übertreibung Gewicht verleihen zu müssen, denn als ich ihn in Olesons Laden, wo ich ihm unter dem neugierigen Blick von Mrs. Oleson und Miss Ingram einen Whiskey ausgab, befragte, war nicht mehr die Rede davon, dass die Duggery-Brüder tatsächlich hier waren. Sie waren jedoch, das konnte niemand von uns – nicht die aufdringliche Mrs. Oleson, nicht die erschrockene Miss Ingram, noch ich – leugnen, mit Wahrscheinlichkeit in diese Richtung unterwegs und Slim Meddlecox war unzweifelhaft von ihnen niedergestreckt worden.

Um die blasse Miss Ingram zu beruhigen, schwächte ich während der Erzählung des Kutschers seine Mutmaßungen durch einige seinen Bericht in ruhigere Wasser lenkende Fragen ab und dämpfte seine Aufschneiderei hier oder da mit Tatsächlichkeiten, die er ausgelassen hatte. Es war die Wahrheit, dass ich für die Menschen hier in Stuart keinerlei Gefahr darin sah, worüber der Kutscher berichtete, jedoch spürte ich in mir selbst ein unheimliches Gefühl nach oben steigen, das mir die Kehle zuschnürte.

Slim Meddlecox, berichtete der Kutscher, war zwei Tag zuvor am Pine Creek erschossen worden, einem Kompagnon von Meddlecox zufolge von den beiden Duggery-Brüdern, die ihn, den Kompagnon, hatten laufen lassen, um die Nachricht zu verbreiten, dass es all jenen, die sich mit Mary Dippin anlegen wollten, ebenso ergehen würde. Meddlecox war also, wie auch ich, von Valentine aus nach Osten geritten und die Duggery-Brüder waren mir somit offenbar auf den Fersen. Ich konnte förmlich spüren, wie meine Faust noch vor wenigen Tagen Meddlecox im Gesicht getroffen hatte, und jetzt war er tot. Es war mir nicht leid um ihn zumute, aber ich war erschrocken darüber, dass die Duggery-Brüder ihn so mir nichts, dir nichts überwältigt und gemeuchelt hatten. Meddlecox mochte ein verdammtes Arschloch gewesen sein, doch er war weder dumm noch schwach gewesen.

Ich war meinerseits mit Dippin keinen weiten Weg gekommen, seit wir das Miller Hotel in Long Pine verlassen hatten, und mir stellten sich die Haare im Nacken auf, wenn ich daran dachte, dass die Duggery-Brüder bereits hinter mir stehen konnten, so nah waren sie vielleicht schon. Ich überließ den Kutscher der begierig nachbohrenden Mrs. Oleson und brachte Miss Ingram unter dem Vorwand, sie aus Schutzgründen zum Schulhaus hinübergeleiten zu wollen, aus dem Laden. Sie hatte die Kinder bereits dorthin zurückgeschickt, als diese sich aufgeregt um den Kutscher versammelt hatten, bevor der noch seine Erzählung beginnen konnte, und ich nutzte die wenigen Schritte, die wir ungestört nebeneinanderher gingen, um sie zu fragen, wer wohl in der Gegend ein

Pferd entbehren konnte, doch auch sie wusste keinen Farmer in dieser ärmlichen Gegend, der jetzt im Sommer ohne seine Tiere auskam.

Als ich mich verabschiedet hatte und nun völlig allein auf der Straße stand, fühlte ich mich plötzlich ungeschützt und verwundbar. Ich sah mich in alle Richtungen um und lauschte in die Ferne, ob ich etwas hören konnte, das mich alarmieren sollte. Ich zwang mich, ruhig zu werden und nachzudenken.

Ich hatte noch immer kein Pferd finden können, stattdessen aber zwei Banditen im Nacken, die weitaus schneller waren als ich mit meiner Last. Bis nach Sioux City waren es bestimmt noch immer fünf Tagesritte, so langsam wie wir waren auf nur einem Pferd. Fünf Tage für die Duggery-Brüder, um uns zu finden, Mary Dippin zu befreien und mir eine Kugel in die Eingeweide zu schießen – und wenn es nur als Exempel geschehen würde.

Ich schloss die Augen und dachte an Pa. Er hatte immer gesagt, wenn ein Problem unlösbar erschien, dann deshalb, weil man für die Lösung den falschen Weg suchte. Aber welcher war der richtige Weg? Oder zumindest einer, der besser war als dieser? Ich musste Mary Dippin nach Sioux City bringen und das so schnell wie möglich. Wenn aber der Prophet nicht schnell genug zum Berg kommt, Pa, dachte ich wie ein Stoßgebet. Wer hat denn je schon einen Berg versetzt, auf dass er zum Propheten kommt? Doch genau so einfach war es, verstand ich plötzlich, als wäre der Gedanke längst in meinem Kopf gewesen und nur nicht richtig zu fassen: Wenn Mary Dippin nicht nach Sioux City kam, dann musste Sioux City eben zu Mary Dippin kommen. Es war nicht die Lösung des Problems, aber ich konnte meine Situation zumindest verbessern.

Ich schwang mich auf Windborne und galoppierte aus Stuart hinaus in die Richtung, aus der wir gekommen waren. Ich fand den jungen Farmer auf demselben Feld, auf dem ich ihn vor nicht allzu langer Zeit verlassen hatte. Sein Hemd war inzwischen deutlich verschmutzt und ich war froh zu merken, dass ich innerlich darüber bereits schmunzeln konnte. Auf dem Ritt hatte ich wieder deutlich die Weite der Prärie verspürt und es schien mir unglaublich, dass die Duggery-Brüder uns so einfach finden konnten. Wir würden uns abseits des Flusses halten, fernab von Dörfern und Städten und die Schienen der Eisenbahn reichten noch nicht so weit hinter Sioux City in den Westen.

Zwar konnte mir der junge Farmer sein Pferd nicht verkaufen, aber ich wusste ihm ein Angebot zu machen, das er schließlich annahm, da es hundert Dollar waren, die ich ihm unter die Nase hielt. Ich ging mit ihm zum Haus, wo ich mir Papier und Tinte nahm und froh war zu entdecken, dass seine Frau aus besserem Hause auch Siegellack besaß. Ich schrieb auf:

An den Sheriff von Sioux City.

Sollte dieser Brief nicht versiegelt ankommen, wurde ich verraten und höchste Vorsicht ist geboten.

Mein Name ist Annie Goodlick, Tochter von Rutherford Goodlick. Ich bin von Westen her durch Long Pine auf dem Weg nach Sioux City mit der gefangenen Mary Dippin bei mir. Wir reiten etwa eine Meile südlich des Missouri River entlang. Ein lahmes Pferd verlangsamt den Fortgang unserer Reise und ich schicke von Stuart aus den jungen Farmer …"

„Wie ist Ihr Name, Sir?"

„Mason, Ma'am. Jedediah Mason."

„*… den jungen Farmer Jedediah Mason auf schnellstem Weg zu Ihnen, damit Sie mir mit einigen Männern entgegenreiten mögen. Die Duggery-Brüder sind uns dicht auf den Fersen und Eile ist geboten.*

Annie Goodlick

Ich versiegelte den Brief und beschwor den jungen Mason, für seinen mehr als großzügigen Lohn Eile zu machen und ihn schnellstmöglich an den Sheriff in Sioux City zu übergeben. Er brüstete sich, ein vorzüglicher Reiter zu sein, und versicherte mir, den Weg nach Sioux City zurücklegen zu können, bevor noch die dritte Nacht anbrach. Einen, vielleicht sogar zwei Tage würde ich so zumindest gewinnen können. Zeit, die wesentlich sein konnte, um der Rache der Duggery-Brüder zu entgehen.

Ich trieb Windborne kräftig an auf dem Weg zurück zu der Stelle, an der wir unser Nachtlager aufgeschlagen hatten und wo Dippin mich nun mit einiger Wahrscheinlichkeit noch immer erzürnt erwarten würde. Ich merkte jetzt, dass der Rappe unruhig wurde. Ob ich ihn als ungeduldige Reiterin dazu brachte oder ob er wusste, dass wir auf dem Weg zurück zu seiner Herrin waren, konnte ich nicht deuten. Jedenfalls wurde ich mir wieder gewahr, welche Kraft ich unter mir mit nichts als zwei Händen an den Zügeln und zwei Beinen an seinen Flanken zu kontrollieren hatte.

Als Dippin uns herankommen hörte, brach sie sogleich in lautes Fluchen aus. Bei ihr angekommen sah ich, dass sie erhitzt war und ihr Hemd durchgeschwitzt hatte. Einen Moment lang fürchtete ich, sie sei fiebrig und die nur behelfsmäßig verbundene Wunde an ihrer Schläfe habe sich entzündet, doch als ich sie losband, sah ich, was der wahre Grund für ihre Überhitzung war. Sie hatte offenbar mir einiger Verzweiflung versucht, den Strick, der sie an dem Baum festband, durchzuscheuern und mir so zu entwischen. Sie war damit auch gut vorangekommen, doch die Borke des Baumes hatte noch vor ihr aufgegeben und der blankgeriebene Stamm kam jetzt darunter zum Vorschein. Sie hatte so heftig an ihrer Flucht gearbeitet, dass sie ihre Arme und Hände blutig geschunden hatte, und so zuckte sie vor Schmerz zusammen, als ich die Knoten an ihren Handgelenken löste. Ich ließ es mir nicht anmerken, doch ich war erschüttert von meiner eigenen Überheblichkeit, ihren Willen zur Flucht derart unterschätzt zu haben. Der Strick war an einigen Stellen in dünne Fransen zerrieben und es hätte nicht viel gefehlt und sie wäre mir entkommen.

Ich hieß sie mit dem Revolver in der Hand auf das Pferd steigen, so dass sie hinter dem Sattel zu sitzen kam, und band ihre Hände wieder zusammen, als sie oben war. Ich musste ihr wohl einen Denkzettel verpassen und so zog ich den Strick an, dass sie im Schmerz kurz und wie mir schien durch zusammengebissene Zähne hindurch aufwimmerte.

„Jetzt bereust du es wohl“, sagte ich nur knapp.

Ihr Blick ging mir an die Gurgel, dass ich wohl auf der Stelle tot umgefallen wäre, hätte er sich in etwas Wirkliches verwandelt.

UNTERSCHIED

Wir ritten schweigend. Hier auf der offenen Prärie brannte die Sonne erbarmungslos auf uns herab und ich war mir über Dippins Anwesenheit hinter mir auf dem Rappen aufdringlich gewahr, spürte ich doch die Hitze, die ihr Körper gegen meinen Rücken ausstrahlte. Wenn nicht gerade eine leichte Brise von vorn etwas Kühlung brachte, drückte mich die feuchte Schwüle ihres Atems im Nacken, sodass es mir nach einer Weile erschien, als wäre allein Dippin für das heiße Elend verantwortlich, das von dort aus zäh wie Teer Zoll für Zoll mein Inneres entlangkroch, bis ich dachte, daran ersticken zu müssen.

„Gottverdammt!", fuhr ich sie an, als es mit meiner Geduld zu Ende war. „Wenn du mir deinen Atem zwischen die Schultern zielen musst und keinen anderen Ort findest, wo du ihn weniger aufdringlich ablassen kannst, so wär's mir lieber, du hörtest überhaupt damit auf, Luft zu holen."

Kaum war es so aus mir herausgebrochen, reute es mich bereits. Nicht etwa, weil sie mir leidtat, sondern weil ich Schwäche gezeigt hatte.

Erst sagte sie gar nichts und atmete unbeirrt weiter. Dann spuckte sie ins Gras.

„Wenn du nur ausreichend deine Ohren anstrengst und genau dem Wind lauschst, der uns von Osten entgegenbläst, dann hörst du vielleicht leise murmelnd das Lallen einer Alten, die die Welt um Verzeihung bittet, so etwas wie mich in die Welt gesetzt zu haben. Vielleicht vermag das dein Gemüt zu besänftigen. Denn faulige, alte Luft, in der Prärie aufgeschnappt und vor den Füßen des Sheriffs ausgehaucht, wenn du ihm meinen Kadaver vor die Füße wirfst, wird dich schließlich auch nicht froh machen, wo nur frische, süße Luft einen Galgen rechtfertigt, der mir ebendiese aus den Lungen presst und dir deinen Lohn einbringt, der dich den Weg auf mein Pferd und vor meine Nase hat finden lassen. Wenn dich deine Entscheidung aber reut, so lass mich laufen. Es liegt allein an dir."

„Heilige verdammte Scheiße! An dir ist eine Schreiberin verlorengegangen, so verliebt bist du in deine eigenen Worte! Als wäre die beschissene Prärie nicht öde genug, muss ich denn all den Windungen folgen, die dein Maul reimt?"

„Mir war nicht gewahr, dass es deinen Kopf überanstrengt, mehreren Worten gleichzeitig zu folgen."

„Im Gegenteil, es ist nicht Anstrengung, an der ich leide, sondern am Überdruss ob der mageren Ausbeute, mit der ein Mensch zurückbleibt, wenn er deinen langschweifigen Ausführungen allzu schnell zu folgen vermag."

Darauf kam von ihr nichts mehr und ich spürte freudigen Triumph in mir, das Wortgefecht gewonnen zu haben. Ich meinte, damit die Scharte, die mein Aufbrausen wohl verursacht hatte, wieder ausgewetzt zu haben, und war vollauf zufrieden damit, mich behauptet zu haben.

Wir waren eine Weile geritten und tatsächlich hatte ich Dippins Atem nicht mehr gespürt, da schien sie unser Gespräch nun doch fortsetzen zu wollen.

„Wenn's nicht allerweil so scharf gegen mich ginge, Goodlick, und wenn uns nicht die Umstände in eine Lage gebracht hätten, die uns zu Gegnerinnen macht, nichts wäre mir lieber, als mit dir ein Wortgefecht ums andere auszutragen. Dir wird's wohl nicht anders ergangen sein in deinem Leben, dass auch dein Witz nur allzu oft ins Leere geht, das in den Köpfen anderer herrscht."

„Du sagst es", antwortete ich, „mit einer Präzision, wie sich wohl nur eine belanglose Banalität sagen lässt: Wenn es verdammt noch mal bloß anders wäre, wäre es wohl anders."

Ich wünschte mir, dass sie ihren unverschämten Mund hielte, und war froh, dass sie von da an schwieg. Ich begann zu verstehen, warum Dippins Name mit solcher Ehrfurcht belegt war. Menschen ließen sich nur allzu gern blenden, war jemand nur unterhaltsam genug und dann noch so verträglich für die Augen. Dann vergaßen sie schnell, welch Verheerung auch eine so unschuldig wirkende Gestalt wie Dippin auf ihrem Weg hinterlassen haben konnte: die Ersparnisse knochenharter Arbeit geraubt, Körper gebrochen, Leben zerstört. Dippin schien es gewohnt zu sein, ihre Worte wie Taten einzusetzen, und ich konnte mir ausmalen, dass sie damit wohl oft genug ihr Ziel erreichte. Je mehr ich darüber nachdachte, wie sie hinter mir saß und sich daran freute, dass jemand ihrem Witz ebenbürtig war, statt Reue zu empfinden für das, was sie dem Prediger angetan hatte, egal, ob es nun eine Kugel aus ihrem Revolver gewesen war oder nicht, welche die Predigersfrau getroffen hatte, wo es doch jedenfalls die von Dippin verschuldeten Ereignisse waren, welche diese das Leben gekostet hatten, desto zorniger wurde ich. Doch ich schwieg. Dippin würde heute nicht einsichtiger sein als am Abend zuvor, und so brodelte mein Zorn in mir weiter und ich versuchte, ihm damit zu begegnen, mir vorzustellen, wie es durch meine Hände geschehen würde, dass sie für ihre Taten büßen würde.

Es gelang mir nicht besonders gut, meinen Zorn zu vergessen, denn als wir schließlich an einem kleinen Bachlauf kurz Rast machten und aßen und tranken, musste ich mich anstrengen, Dippin nicht einfach in der Sonne auf dem Rücken ihres Pferdes braten zu lassen. Aber auch Windborne sollte seine Rast bekommen und so zerrte ich Dippin grob vom Pferd und band ihre Hände los. Ich hielt genügend Abstand, damit sie mich nicht ohne Vorwarnung überwältigen konnte. Mir zu entwischen, gab es für sie in der erbarmungslosen Weite der Prärie keine Möglichkeit.

Als sie gegessen hatte, stand Dippin ohne ein Wort der Erklärung auf und sah nach Alecto. Wieder war ich beeindruckt, wie gut sie sich es auf das Pferd verstand. Alecto schien ihr blind zu vertrauen und ich bekam es fast mit der Eifersucht. Doch ich ließ Dippin gewähren, denn alles andere hätte nicht zum Wohl meines Pferdes gereicht.

„Die Entzündung liegt tief“, bekundete sie mir nach ihrer Untersuchung des Beins. „Du solltest dir Sorgen machen.“

Ich fragte mich, ob sie wohl einen Grund hatte, mich anzulügen, doch mir fiel nichts ein, was ihr einen Vorteil verschaffen konnte, wenn wir beide uns ihr Pferd teilen mussten. Außer vielleicht, dass wir dadurch langsamer unterwegs waren. Doch sie konnte nicht wissen, dass die Duggery-Brüder bereits in unserer Nähe waren, stattdessen musste sie sich wohl eher hüten, dass wir nicht von einem anderen Kopfgeldjäger eingeholt würden, dem ihr Leben nicht am Herzen lag. Und so wie Alecto noch immer vorsichtig auftrat, schien mir Dippins Einschätzung nun doch wahrhaftig.

„Sogar ohne Reiterin auf ihr wird jeder Tagesritt eine Anstrengung, die ihre Kräfte übersteigt. Sie braucht Ruhe, sonst wird eine Kugel aus deinem hier Revolver bald für sie bestimmt sein.“

„Du meinst, dich auf mein Pferd besser zu verstehen, als ich das tue? Und das soll ich dir glauben? Du trachtest einfach danach, den Fortgang der Reise zu verzögern, mehr nicht. Ich kann’s dir nicht einmal verdenken, doch glaub mich nicht naiv, Dippin.“

„Du hältst dich für schlau, doch du bist nichts als unbarmherzig gegen diese unschuldige Kreatur.“

„Ich? Unbarmherzig? Ich würde ein lahmes Pferd genauso wenig wie den lahmen Prediger dem Schinder überlassen, denn in meinen Augen sind sie beide Gottes Geschöpfe, ohne Unterschied.“

Ich sah sie triumphierend an und konnte das Erstaunen in ihren Augen sehen.

„Ja, das überrascht dich wohl, Dippin, nicht? Du hast noch immer nicht verstanden, dass es gerade meine Barmherzigkeit ist, die mich schickt, dich deiner gerechten Strafe zuzuführen. Mitleid mit dem Prediger, Gerechtigkeit für das allzu kurze Leben seiner Frau. Nicht Rache, denn um dich, Dippin, und was aus dir wird, schere ich mich nicht.“

Noch während ich sprach, hatte sie den Kopf gesenkt und sich von mir abgewandt. Vielleicht steckte doch etwas Reue in ihr. Meine Reden schienen langsam an ihr Gewissen zu dringen und ich war zufrieden mit mir.

Mehr sprachen wir an dem Tag nicht mehr, bis wir unser Nachtlager aufgeschlagen hatten. Wir hatten wieder in Richtung Missouri River abdrehen müssen, um einen geschützten Platz zu finden, denn das Land hier war so trocken, dass kaum etwas darauf wuchs außer trockenes Gras und hier und da ein wenig Buschwerk.

Es dauerte, bis ich genügend Feuerholz herbeigeschafft hatte, um damit die Kälte, die uns bevorstand, zu vertreiben, und ich war erschöpft. Ich spürte, dass die vorangegangene durchwachte Nacht mir in den Gliedern steckte, und verstand, dass Dippin die Zeit bis zum Morgen gefesselt und ich schlafend zubringen musste, wenn ich am nächsten Tag einen klaren Kopf behalten wollte.

Ich war überrascht, als Dippin begann, sich mit mir um das Lager zu kümmern. Sie hatte sich offenbar den Tag über gut erholt und schien wie verwandelt, voller Kraft und aufmerksam. Ich bemerkte, dass sie es wohl nicht mochte, meinem Treiben tatenlos zuzusehen. Stattdessen tat sie, was ihr einfiel, um den Platz für die Nacht zu richten. Ich wollte das Feuerholz zu einem Haufen schichten, da hieß sie mir zu warten. Sie sah sich im Umkreis des Lagerplatzes um.

„Komm", sagte sie, „pack mit an."

Ich war zu überrascht, um mich zu verweigern. Einige Yards entfernt ragte ein flacher Stein aus dem Boden und gemeinsam gruben wir ihn aus und schleppten ihn zu der Stelle, die ich für das Feuer ausgesucht hatte. Dort setzten wir ihn ab und Dippin begann, um den Stein herum Feuerholz zu schlichten. Nach einer kleinen Weile hatte sie das Feuer entfacht und gut um den Stein herum verteilt. Einen Moment lang verwirrt, begriff ich jetzt, was sie da tat, und tatsächlich sah ich bald, wie sie ohne ein Wort oder eine Frage zu den Vorräten griff, die ich bereitgestellt hatte.

„Messer", sagte sie.

„So weit kommt's noch."

Hielt sie mich für verrückt?

Sie zuckte nur mit den Achseln: „Dann öffne du die Dosen und schneide etwas von der Speckseite hier ab."

Ich gehorchte. Sie stellte die offenen Dosen auf den Stein, legte die Speckstücke, die ich mit Kraft von der Seite abgeschnitten hatte, sodass sie meine Finger fettig zurückgelassen hatten, darauf und setzte sich ans Feuer. Ich stand vor ihr und begriff, dass ich ihr noch eine ganze Weile dabei zugesehen hätte, wie sie ihre Dinge verrichtete, ohne die Zeit vergehen zu spüren, hätte sie ihr Tun nicht von sich aus beendet. Ich kam in Bewegung und steckte das Messer, das ich noch in der rechten Hand hielt, in meinen Gürtel hinten am Rücken. Dann leckte ich mir das Fett von den Fingern, bevor ich sie an meiner Hose abwischte. Dippin beobachtete mich. Ich musste aufpassen, das Messer gut verstaut zu halten, denn wahrscheinlich hatte sie es darauf abgesehen. Ich setzte mich ihr gegenüber ans Feuer.

Bald begann der Speck auf dem Stein zu brutzeln und der Duft machte mir den Mund wässrig. Ich wendete ihn und briet ihn auf beiden Seiten knusprig. Die Flammen züngelten an den Bohnen hoch, und als sie dick und träge zu blubbern begannen, holte ich sie mit einem Lappen vom Feuer. Ich stach mit dem Messer in den Speck, um ihn vom Stein zu heben, und hielt das erste Stück Dippin hin, die es mit spitzen Fingern nahm und von einer Hand in die andere warf, bis es kühl genug war, um gegessen zu werden. Ohne Messer hatte sie zu tun, das harte, faserige Fleisch in Stücke zu beißen. Ihre Lippen glänzten fettig im Schein des Feuers, bis sie sie mit dem Ärmel ihres Hemds abwischte und mit einem letzten Schmatzen ein leises, wohliges „Mmh" von sich gab. Dann löffelte sie ihre Dose mit Bohnen in einem Tempo leer, als fürchtete sie, es könnte ihre letzte Mahlzeit sein. Zugegeben, viele hat sie nicht mehr vor sich.

Sie hatte fertig gegessen, da war ich noch nicht einmal bei den Bohnen angelangt und nun hätte sie nichts anderes mehr zu tun gehabt, als mich beim Essen zu betrachten, hätte sie sich nicht stattdessen nach hinten sinken lassen, um auf den Rücken zu liegen zu kommen. Ich aß weiter. Ihr Verhalten war mir unerklärlich. Ein uneingeweihter Beobachter, käme er zufällig an dieser Szene vorbei, könnte meinen, wir wären zwei Trapperinnen oder Scouts, die sich hier nach einem anstrengenden Tageswerk ausruhten.

„Könnten meine letzten Tage sein", hörte ich sie in keinem speziellen Tonfall sagen.

„Hm", kam es aus mir, obwohl ich genauso gut hätte schweigen können.

Eine Weile lang war sie still und das einzige Geräusch in der Dunkelheit war mein Löffel, der am Blech der Dose kratzte.

„Als ich zum ersten Mal die Sterne hier im Westen gesehen habe, Sterne, wie ich sie in New York nie zu sehen bekommen habe, weil sie hier an einem Himmel hängen, der sich weiter spannt, als ein einzelner Blick je zu erfassen vermag, da habe ich mich unendlich gefühlt."

Ich hörte auf zu essen.

„Unendlich, als wäre alles möglich. Nichts hier war mir vertraut. Ich habe die Hektik einer Stadt herbeigesehnt, denn die Stille war mir unerträglich. Ich habe keinen klaren Gedanken fassen können. Ich hätte nie gedacht, dass Stille in den Ohren und im Kopf rauschen kann, sodass sie jeden Gedanken übertönt. Ich dachte, ich würde den Westen nicht überleben. Es gab keinen Weg, für meinen Unterhalt zu sorgen, der für eine wie mich nicht direkt ins Hurenhaus geführt hätte. Ein Kind, das in Fabriken großgeworden ist und auf Straßen, auf denen hunderte Mäntel darauf warten, dass man sich aus ihnen bedient, wenn man nur geschickt genug ist. Plötzlich war jedes Geschick vergebens, denn die wenigen Mäntel, die hier im Westen über die Prärie wandern, geben nicht genug her, um davon zu überleben. Zwei Wochen lang habe ich es ausgehalten im Hurenhaus, dann habe ich einem Kerl eine Flasche über den Kopf gezogen, nur weil mir sein biergetränkter Atem in die Nase gekommen ist, als er auf mir lag. Ohne darüber nachzudenken. Einfach zugeschlagen. Dann habe ich das Weite gesucht, doch ich hab ihn hinter mir fluchen gehört und bin vor Angst gelaufen und gelaufen, bis ich raus war aus der verdammten Stadt. Ich habe geglaubt, der Westen hat mich besiegt. Und dann, in derselben Nacht, habe ich zum ersten Mal nach oben geblickt."

Sie schwieg und ich dachte, sie hätte ihre Erzählung beendet. Ich wusste nichts zu sagen und die Stille lag schwer in der Luft. Ich fragte mich schon, ob sie eingeschlafen sei, da sprach sie weiter.

„Sogar hier, unter diesen Bäumen, deren Äste über uns den Himmel in kleine, wenig beeindruckende Stücke schneiden, gefangen und ohne eine wohlmeinende Seele an meiner Seite, weiß ich, dass die Sterne noch immer mir gehören."

Wieder schwieg sie eine Zeitlang, bevor sie fortfuhr: „Ob meine Augen wohl die Gabe besitzen, Gitterstäbe in Äste zu verwandeln? Oder der Richter mir's vielleicht gar zugesteht, dass sie unter einem Nachthimmel den Strick um meinen Hals legen?" Ihre Stimme verlief sich in der Dunkelheit.

Ich warf die beinahe leere Dose ins Feuer, das kurz aufflammte. Ich verstand, was sie vorhatte. Weil ich eine Frau war, dachte sie, sie könne mich mit sehnsüchtigen Geschichten einlullen, mich auf ihre Seite ziehen, sodass sie mich würde überwältigen können oder ich sie freiwillig gehen ließ. Doch sie konnte sich gerne in mich verbeißen wie in ein Stück Leder, ich würde nicht vergessen, wofür sie Buße zu tun hatte. Ich biss ein Stück vom Kautabak und spuckte den Saft in die Glut.

Sie richtete sich wieder auf. Das Licht des Feuers flackerte in ihrem Gesicht und ich konnte nicht erkennen, welchen Ausdruck sie darauf trug.

„Du sollst etwas wissen", begann sie. „Die einzige Lüge, derer ich mich dir gegenüber schuldig gemacht habe, war es, vorzugeben, ein Mann zu sein. Darin stehst du mir jedoch in nichts nach. Auch du scheinst mir darüber hinaus ehrlich gewesen zu sein, das hoffe ich zumindest, denn wenn es stimmt, dass der Prediger dich beauftragt hat, mich lebend nach Sioux City zu bringen, so weiß ich, dass ich bei dir aufgehoben bin, bis ich einen Weg finde, meine eigene Haut zu retten."

„Durch deine Flucht."

„Vielleicht, wenngleich ich meine, dass es um meine Chancen nicht gut bestellt ist, solange du mich gefangen hältst. Ich weiß, wer du bist."

Der Satz fuhr mir ins Gebein. Ich kann nicht sagen, was es war. Etwas an dieser Frau wurde mir unheimlich. Sie sprach auf eine Weise, wie ich noch nie jemand hatte sprechen hören. Wenn andere Sätze an meine Ohren drangen, drang mir dieser in die Brust, sodass es schmerzte. Ich bekam es mit der Angst. Einen Moment lang schien es, als wüsste sie Dinge über mich, deren Existenz mir nicht einmal selber gewahr war. Mein Mund war trocken und ich kaute schnell weiter auf dem Stück Tabak herum.

„So, so", ich räusperte mich, „du weißt also, wer ich bin."

Ich griff zum Whiskey und nahm einen Schluck, als beendete ich das Gespräch damit.

„Ja. Dein schlechter Ruf eilt dir voraus."

Mir wurde heiß. Vom Whiskey und vor Zorn.

„Ach, halt doch den Mund!"

Ich musste mich zusammenreißen. Mit einem verächtlichen Schnauben begann ich: „Gerade du willst mich über meinen schlechten Ruf belehren, wo …"

„Ja", unterbrach sie mich, „gerade ich. Gerade ich kann ahnen, wenn einem Weibsstück ein schlechter Ruf vorauseilt, dass die Wahrheit eine andere ist. Ich habe sie reden gehört, die Männer, wie sie sich das Maul zerreißen über die Kopfgeldjägerin Annie Goodlick, die lächerliche Gestalt, die sich wie einer von ihnen geriert und gar nicht bemerkt, wie hinter ihrem Rücken die Finger auf sie zeigen und Leute die Köpfe schütteln oder ihre Lippen zu einem Grinsen verziehen. Nie jedoch habe ich jemanden darüber lachen gehört, was du tust, Goodlick, immer nur darüber, wer du ihnen zu sein scheinst. Ich habe feine Ohren, die den Unterschied zu hören vermögen."

Ich starrte sie über das Feuer hinweg an.

„Zeit, mich schlafen zu legen", war alles, was mir über die Lippen kam.

Ich stand auf, um den Strick zu holen, der etwas abseits des Feuers lag. Als ich mich wieder zu ihr umdrehte, hielt sie mir, den Rücken zu mir gewandt, bereits stumm ihre Hände entgegen. Ich stapfte mit festen Schritten auf sie zu und knüpfte den Strick fest um ihre Handgelenke. Dann drückte ich sie auf den Boden und, ohne sie anzusehen, hockte ich mich vor sie und schlang den zweiten Strick um ihre Beine. Ich war dabei näher an ihrem Gesicht, als mir in dem Moment lieb war, denn sie saß nach vorn gebeugt und ich dachte nicht daran, es ihr zu verbieten und dadurch vielleicht auch noch meine Unsicherheit zu erkennen zu geben.

„Danke", sagte sie plötzlich so nah an meinem Ohr, dass ich zusammenzuckte, „dafür, dass du mich letzte Nacht in Ruhe hast schlafen lassen. Ich habe nicht mehr, um es dir zu vergelten, als meine Aufrichtigkeit. Ich weiß, wer du wirklich bist, Annie Goodlick. Wir beide sind nicht so verschieden, wie du glaubst."

Ich blickte ihr mitten ins Gesicht: „Abgesehen von dem Strick, der bereits um deinen Hals liegt."

Sie war eine grandiose Schauspielerin, dachte ich mir, als sie nun ihren Blick senkte und den Kopf ein wenig zur Seite drehte, als hätten meine Worte sie verletzt.

„Ja", sagte sie leise, „da hast du wohl recht. Aber der Unterschied zwischen jenen, die mit einem Strick um den Hals enden, und jenen, die sanft in ihren Betten entschlafen, ist meistens nicht so groß, wie die Zweiteren gerne glauben wollen."

SCHWERE BEINE

Wäre ich nicht so erschöpft gewesen, sie hätte mich mit ihren Worten wohl um den Schlaf gebracht in jener Nacht, doch die Gedanken, die mir durch den Kopf gingen, trübten sich, als ich erst unter meinem Mantel lag, schnell unter einer drückenden Müdigkeit und verwandelten sich in eine Reihe wirrer Träume, von denen mir nur der letzte wirklich erinnerlich ist.

Ich fand mich dort am Ufer des Elm Creek. Es war ein kalter Morgen. Ich fror und sah mich in alle Richtungen um, da ich mir nicht erklären konnte, was ich hier tat. Da fiel mir ein, dass ich hier war, um Joe Bane zu töten, und beinah vergessen hätte, dass ich mich noch nicht um ihn gekümmert hatte. Wohl deshalb hielt ich auch meinen Revolver gezogen, dessen Knauf kalt in meiner Hand lag. Da kniete er auch, Joe Bane, neben mir im Sand, nass und zitternd, aber unversehrt. Also lag die Tat noch vor mir. Er versuchte mich anzuflehen, ihn am Leben zu lassen, doch es wollten ihm keine ordentlichen Worte gelingen, es gurgelte nur unverständlich aus seiner Kehle und er wurde panisch. Ich zögerte einen Moment zu lang, denn plötzlich hörte ich das Geräusch von Hufen und sah am Ufer entlang Mary Dippin auf Windborne herangaloppieren, auf dem Weg, Joe Bane zu befreien und mein Vorhaben zu durchkreuzen. Windbornes Mähne flatterte im Wind und Dippin schrie mir etwas entgegen, das ich nicht verstand. Ich richtete den Lauf meines Revolvers jetzt gegen sie, da war sie urplötzlich neben mir und flüsterte mir ins Ohr: „Kein Mucks!"

Ich fuhr im Traum davon so zusammen, dass ich aus dem Schlaf schreckte, und brauchte einen Moment, um mich zurechtzufinden. Doch schnell spürte ich das Eisen an meinem Kopf.

„Rühr dich bloß nicht", verlangte eine Männerstimme neben meinem Ohr. Ich konnte mein Gesicht nicht wenden, denn wer immer auch das Arschloch war, das mich überfiel, es drückte mir den Lauf seines Revolvers hart gegen die Schläfe, sodass mein Kopf an den Boden gepresst wie in einem Schraubstock saß. Jetzt riss mir der verdammte Scheißkerl den Mantel weg und seine Hand suchte im schwachen Licht der letzten verbliebenen Glut nach meinen Waffen. Einen Moment lang schöpfte ich Hoffnung, als er zuerst meinen Revolver fand, doch seine Hand wanderte weiter und bald hatte er auch das Messer entdeckt, das noch immer im Gürtel an meinem Rücken steckte. Verdammte Scheiße.

Ich versuchte Dippin auszumachen, die mir gegenüber am Feuer lag. Ich sah jedoch nicht mehr als ihre Augen in der Dunkelheit glänzen. Sie war also wach und lag offenbar regungslos, um sich die Szene mit anzusehen.

„Hoch mit dir, los, komm schon, auf die Beine", schnarrte der Mann jetzt und stieß mir den Lauf seines Eisens hart in die Rippen.

Ich gehorchte. Jetzt sah ich ihn endlich. Er war ein stämmiger, kleiner Kerl, nicht viel größer als ich, mit breiten Schultern und kurzen Beinen. Er hatte seinen Hut tief in die Stirn gezogen und darunter konnte ich nicht viel mehr ausmachen als einen dunklen, buschigen Schnurrbart und unrasierte Wangen.

„Rüber da, komm schon! Mach!"

Er stieß mich in Richtung Dippin und ich stolperte im Dunkeln die paar Schritte an der Feuerstelle vorbei. Dort drückte er mich unsanft zu Boden, sodass ich einige Fuß weit entfernt von Dippin zu sitzen kam.

„Keine Faxen, sonst zieht dir bald der Wind durch die Brust."

Er hielt seinen Revolver auf mich gerichtet und zog mein Messer, das er sich zuvor in den Gürtel gesteckt hatte, um damit jetzt Dippins Fesseln zu lösen. Er säbelte mit einer Hand an dem Strick um ihre Beine und ich hatte ein paar Momente lang Zeit, um mir ein Bild von meiner unglücklichen Lage zu verschaffen.

Natürlich fragte ich mich, ob es die Duggerys waren, die uns entdeckt hatten, einer, der Dippin befreite, der andere, der vielleicht Wache hielt. Ich lauschte ins Dunkel um den Lagerplatz, ob ich etwas hören konnte wie etwa das Knacken von Ästen oder kleine Brocken von Geröll, die unter den Schritten eines Menschen knirschten, doch ich konnte über das Keuchen und leise Fluchen des Kerls hinweg, der mit dem Messer offenbar nicht so schnell vorankam, wie er es gehofft hatte, nichts hören, das auf die Anwesenheit eines weiteren Menschen schließen ließ. Zudem, so dachte ich mir, würde Dippin wohl nicht so still und leise bleiben, wenn einer der Duggerys sich hier an ihren Fesseln zu schaffen machte. Er musste ein weiterer Kopfgeldjäger sein, der vielleicht mehr durch Zufall über uns gestolpert, vielleicht dem Schein unseres Feuers in der Dunkelheit nachgeritten war und nun seine Chance ergriff.

Der Schuft, der mich hier meines Kopfgeldes beraubte, schien über Gebühr damit beschäftigt, gleichzeitig, ohne wohl viel Sicht darauf zu haben, den dicken Strick an Dippins Beinen zu durchtrennen und dabei immer wieder zu mir zu blicken, um mir nur ja keine Möglichkeit zu geben, seine Pläne zu durchkreuzen. Er kniete nicht allzu weit von mir entfernt und ich versuchte einzuschätzen, ob ich ihn wohl mit einem flinken Manöver überraschen und überwältigen konnte. Er streckte mir die Hand, mit der er seinen Revolver auf mich richtete, viel zu weit entgegen, sein erhobener Arm lag unsicher in der Luft und solange er sich auf das Messer in seiner anderen Hand konzentrierte, begann der Lauf immer wieder, mich aus dem Schussfeld zu verlieren. Ich stützte mich leise und behutsam an den Händen auf, hob meinen Hintern unmerklich an und schob meine Hüften nach vorn, bis meine Knie wie Federn gespannt waren. Mir blieb nicht viel Zeit. Ich konnte sehen, dass der Strick fast durchtrennt war, denn er zerrte jetzt mit dem Messer nur noch an den letzten Fasern. Ich fasste meinen Mut zusammen, verlagerte mein Gewicht nach links und schlug mit dem rechten Bein in Richtung seines Revolvers aus.

Alles geschah schnell genug, dass er es nicht kommen sah, und glücklich erwischte ich sauber und mit einiger Wucht die Unterseite des Revolverknaufs. Es war so dunkel, dass ich nicht sehen konnte, was genau nun passierte, doch ich hörte einen dumpfen Aufprall neben Dippin, auf der mir abgewandten Seite. Beide waren überrascht und sahen erst zu mir hin, da ich sogleich auf die Beine sprang und mich dem verdammten Scheißkerl entgegenstellte. Seine Hand war jetzt leer und er begriff endlich, was geschehen war und was den dumpfen Aufprall verursacht hatte. Dippin war jedoch auch so schnell wie er und stürzte sich bereits mit noch immer gefesselten Händen in Richtung des Geräuschs, das der Revolver beim Fallen verursacht hatte. Sie war vielleicht eine oder zwei Sekunden schneller als er und tastete schon am Boden nach der Waffe, als es kurz schien, er wolle sich auf sie stürzen, doch da besann er sich, griff an sein Halfter und zog meinen Revolver, den er vorhin dort eingesteckt hatte. Doch Dippin war schnell darin gewesen, den Boden im Dunkeln zu ertasten, und während er zog, richtete sie schon, auf dem Rücken liegend, seinen eigenen Revolver auf ihn. Beide erstarrten und auch ich war überrascht und wartete ab, was nun geschehen würde. Dippin bewegte sich als Erste. Sie strampelte den zerschnittenen Strick von ihren Fußgelenken und rappelte sich auf die Beine. Auch er stand nun auf.

„Tja", sagte Dippin, „das sieht nun wohl nach einem Patt aus. Wie betrüblich."

Sie versuchte, es lässig klingen zu lassen, aber ich glaubte zu hören, dass ihr wohl der Schrecken noch in den Gliedern saß, denn ich meinte, ein klein wenig Zittern in ihrer Stimme auszumachen. Vielleicht ging jedoch auch nur ihr Atem schwer.

Mein Verstand setzte wieder ein und ich mochte ganz und gar nicht, in welcher Situation ich mich wiederfand. Hier standen sich nun drei verfeindete Wesen gegenüber und ich war das einzige ohne Waffe. Besser, es fiel mir nun schnell etwas ein, um die Waage wieder zu meinen Gunsten ausschlagen zu lassen.

„Lass den Revolver fallen“, wies der Kerl mit recht ruhiger Stimme Dippin an. „Du stehst einzig noch aufrecht ohne eine Kugel in der Stirn, weil es mich reuen würde, deine toten Glieder bis an mein Pferd schleppen zu müssen. Mach jedoch nicht den Fehler zu glauben, dass es mich nicht mehr reuen würde, mich hier lange mit dummen Spielchen aufzuhalten.“

An den Bewegungen seines Kopfes konnte ich sehen, dass er versuchte, auch mich im Blick zu behalten.

„Tja“, sagte Dippin, „du vermeinst wohl, hier in einer Situation zu sein, die aufs Wesentliche anders erscheint, als es den Tatsächlichkeiten entspricht. Besser wartest du noch einen kleinen Moment ab und hörst mir zu, bevor du dich ins Unglück stürzt mit deiner falschen Wahrheit.“

Ich kam plötzlich gar nicht mehr auf die Idee, in das Geschehen einzugreifen oder etwas zu sagen, stattdessen wartete ich einfach gespannt darauf, wie Dippin sich nun aus der Affäre ziehen würde.

„Siehst du, Johnny, oder wie immer auch dein Name sein mag, zum Ersten bedenkst du vielleicht nicht, wen du hier vor dir hast und wie flink meine Finger den Abzug bedienen, auch wenn deine Kugel schon den Lauf deines Revolvers verlassen hat. Du wärst, das sage ich dir im Vertrauen, nicht das erste verdammte Arschloch, das diesen Fehler begeht. Zum Zweiten, Johnny, kannst du selbstverständlich nicht wissen, dass ich wohl wie eine einfache Gefangene aussehen mag, so wie du die Lage hier, wie es mir scheint, beurteilst, doch wahr ist, dass ich unter dem Schutz dieser Kopfgeldjägerin stehe.“

Jetzt wandte sie ihren Kopf in meine Richtung und mir schien es, als wollte sie mir etwas mitteilen mit dem langen Blick auf mich, den sie auch noch hielt, als sie schon weitersprach.

„Wenn ich nun also meine Lage selber so recht betrachte, bringt es meine eigene Sache am ehesten ein Stück weiter, wenn ich diesen hier Revolver …“

Bevor sie den Satz zu Ende gesprochen hatte, warf sie mir den Revolver, den sie in den gefesselten Händen hielt, in einem hohen Bogen entgegen und, aufmerksam gemacht von ihrer vorangegangenen Geste, war ich gegenwärtig genug, um ihn aus der Luft zu fangen.

„… nun ja, du verstehst schon, Johnny", beendete sie ihre Rede, während ich, so flink ich im Dunkeln konnte, den Revolverknauf fasste und den Lauf gegen den Schuft richtete.

Er war herumgewirbelt, sicherlich verdutzt von der Richtung, die das Geschehen nun eingeschlagen hatte, wenngleich ich das in der Dunkelheit nicht ausmachen konnte, und jetzt waren wir beide es, die einander mit gezogenen Waffen gegenüberstanden.

„Tja, Johnny", meinte Dippin, während sie jetzt begann, die Fesseln an ihren Händen mit den Zähnen zu lösen, „wenn du nicht spüren willst … wie sich ein Kopfgeld um deinen eigenen Nacken anfühlt … dann schießt du die liebe Annie Goodlick hier … ein rechtschaffenes Weib … das sich in ihrem Leben noch nichts zuschulden hat kommen lassen … besser nicht über den Haufen."

„Und wenn du meiner Gefangenen auch nur den Lauf der Waffe entgegenhältst", sagte nun ich und versuchte dabei so unbeeindruckt zu klingen, als hätte ich mit nichts anderem gerechnet als dem, was soeben geschehen war, „dann wird eines deiner Beine um ein Stück Blei schwerer sein als das andere."

„Verdammtes Miststück!", presste er hervor.

„Kein Grund, ausfällig zu werden." Dippin war noch immer damit beschäftigt, sich ihrer Fesseln zu entledigen. „Am besten … senkst du erst einmal die Waffe. … Meine Fesseln hier sind im nächsten Moment schon gelöst und dann hast du neben dir auch noch ein Paar Hände mit einer Freiheit, die du nicht unterschätzen solltest."

„Waffe runter", herrschte ich ihn jetzt an, „und dann sag mir, wie du uns gefunden hast."

Während er zu überlegen schien, wie er seine Lage nun noch verbessern konnte, sah ich, wie Dippin endlich den Strick um ihre Handgelenke gelöst hatte. Sie machte keine Anstalten, die

Flucht zu versuchen, aber ich wurde nun unsicher, wen von den beiden ich wohl besser mit der Waffe in Schach halten sollte.

„Du“, rief ich dem Kopfgeldjäger deshalb barsch entgegen, „leg endlich die verdammte Waffe auf den Boden und dann tretet ihr beide langsam ein paar Schritt zurück.“

„Komm schon, Johnny“, wies ihn Dippin an, „wenn du erst deine Waffe abgelegt hast, können wir doch alles in Ruhe besprechen.“

„Halt's Maul, Dippin“, fuhr ich sie an und sie hob wie zur Entschuldigung die Hände und machte ein paar Schritt nach hinten, wie ich es von ihr verlangt hatte.

Der Scheißkerl rührte sich nicht vom Fleck und machte noch immer keine Anstalten, seine Waffe auf den Boden zu legen. Stattdessen begann er zu reden, sicherlich um Zeit zu gewinnen und einen Ausweg aus seiner Lage zu finden, und als ich seine ersten Worte gehört hatte, glaubte ich es tatsächlich zu meinem Vorteil, ihm etwas mehr Zeit zu geben.

„Wie ich euch gefunden habe, fragst du? Siehst du, Goodlick, es ist ein ganz anderer Schurke, hinter dem ich her bin, denn niemand in diesen hier Gefilden meint Mary Dippin noch in der Nähe, alle wähnen sie bereits weiter im Westen, in den Black Hills, um sich dort unter die anderen Gesetzlosen zu mischen. Mein Weg nun führte mich zufällig durch Atkinson und ich ritt auf dem Weg nicht weit außerhalb des Städchens, da traf ich auf einen geschwätzigen Postkutscher, der gar nicht aufhören wollte, mir zu erzählen, was alles ihm unterwegs widerfahren war. Er redete und redete und sagte so einiges, das mich überzeugte, meine ursprünglichen Pläne, nach Süden zu reiten, besser sein zu lassen und mich stattdessen hier in der Gegend umzusehen, ob ich nicht einen Büffel anstatt eines Hirsches erlegen könnte.“

Ich ließ ihn reden. Weiß Gott, warum. Ich hätte ihm spätestens, als er vom Kutscher sprach, der nur derjenige gewesen sein konnte, dem ich in Stuart begegnet war, den Mund verbieten sollen. Ich frage mich heute, ob ich bereits abgelenkt war von der Sache, die mir einige Momente später siedendheiß in den Sinn schießen würde, und ich deshalb seiner Erzählung und wohin sie führte, nicht genügend Aufmerksamkeit schenkte.

„Siehst du, Goodlick, der Kutscher erzählte, dass er soeben durch Stuart geritten war, wo er einem eigenartigen Menschen begegnet sei. Einem Dreikäsehoch, der auf einem außergewöhnlichen Pferd unterwegs war. Aufmerksam, wie ein Kopfgeldjäger zu sein hat, fragte ich ihn nun ganz genau, was es mit dem Dreikäsehoch und seinem Pferd auf sich hatte, und ich konnte mich des Eindrucks nicht erwehren, dass es sich vielleicht um den legendären Windborne handelte, bei dem Pferd, von dem er da sprach, und wenn er es war, dann würde wohl auch Mary Dippin nicht weit sein. Denn es erschien dem Kutscher auf meine Nachfrage hin urplötzlich ganz plausibel, dass der Dreikäsehoch gar keiner gewesen war und in Wahrheit eine Frau in Männerkleidern."

Was für ein Schnitzer. Nicht einmal hatte ich daran gedacht, dass mich jemand für Dippin halten könnte, wenn ich auf Windborne unterwegs war. Sie war so berühmt für ihre Schönheit und ich so ein ungelenkes Wesen, überhaupt in allem waren wir einander unähnlich, doch eine Frau auf einem solch auffälligen Pferd musste Misstrauen erregen, kam es den falschen Leuten unter. Ich sah kurz zu Dippin hin, die noch immer still ein paar Schritte schräg hinter dem Kerl stand, ganz entspannt schien sie mir, die Hüften leicht geknickt, die Arme locker an den Seiten. Gar nicht mehr wie eine Gefangene sah sie aus. Da schoss es mir heiß durch den Körper. Ich hatte ihr doch die Hände am Abend am Rücken zusammengebunden, um nämlich genau das zu verhindern, was ich wenige Moment zuvor mit eigenen Augen gesehen hatte, dass sie mithilfe ihrer Zähne die Fesseln lösen konnte und mir fliehen würde. Warum also waren ihre Hände nun vorn am Körper gefesselt gewesen, als der Kerl uns überfallen hatte. Ich war verwirrt und aufgebracht davon, nicht zu verstehen, was hier vor sich ging. Als er weitersprach, hörte ich kaum noch zu.

„Also ritt ich den Missouri River entlang und durch eine glückliche Fügung kam ich auf euer Feuer und schlich mich heran, um zu sehen, wer sich hier so versteckt abseits aller bewohnten Gegenden aufhielt. Zu meiner Freude waren es zwei Frauen, eine von ihnen gefesselt, und um wen es sich wohl handelte, war an dem hier Pferd gut zu erkennen. Leicht zu überwältigen, die beiden, wie mir schien. Ebenso leicht jedenfalls wie Tom Duggery, mit dem ich es jedoch, da kannst du dir sicher sein, ebenfalls aufgenommen hätte. Denn so eindringlich wie der Kutscher mich beschworen hatte – wie du dir bestimmt bereits zusammengereimt hast, schließlich war er auch dir gegenüber, wie er zugab, mehr als freigibig mit seinen Nachrichten gewesen –, dass Duggery in der Gegend, ja, dem Einfaltspinsel von Kutscher praktisch auf den Fersen sei, hatte ich vermutet, dass er es wohl sei, den ich hier auffinden würde. Welchen Fang ich in dieser Gegend machen konnte, war mir schließlich einerlei, so es nur ein so wertvoller war."

Ich sah, wie Dippin sich aufrichtete. Verdammt Scheiße. Sie roch die Freiheit.

„Glücklich, dass ich Duggery zuvorgekommen bin. Vielleicht solltest du, Goodlick, nun deine eigene Lage noch einmal überdenken, denn ein Weib, auch wenn es ein solches ist wie du, tut wohl besser daran, sich in den Schutz eines Mannes zu begeben, wenn ihr die Gefahr im Nacken sitzt. Warum sollten zwei wie wir, die auf derselben Seite des Gesetzes stehen, gegeneinander tun? So teilen wir uns doch das Kopfgeld, wenn wir Mary Dippin an den Sheriff von Sioux City übergeben. Sie hat an beiden Seiten einen Arm, gemacht für eine unserer Hände jeweils, um sie in eine Zelle zu werfen."

Mein Mund war trocken. Zu wissen, dass ihre Retter bereits in der Nähe waren, würde in Dippin wohl ein Feuer entfachen. Dem Kerl hier traute ich jedoch keine Handbreit. Sein Angebot war ein als Baldrian getarnter Schierlingsbecher.

„Wenn ich nicht noch immer dein Eisen, Johnny, an meiner Schläfe spüren würde, könnte ich dir vielleicht Glauben schenken, dass das, was du sagst, aus Klugheit und wahrhaftiger Einsicht kommt. Wärst du herangeritten an unser Lager, statt dich anzuschleichen, hättest du dich freundlich zu erkennen gegeben, statt uns zu überfallen, würdest du die

Waffe auf den Boden legen, statt sie auf mich zu richten, wer weiß, ob ich nicht tatsächlich ein wenig Vertrauen aufbringen könnte."

Er schien zu überlegen. Zumindest schwieg er einen Moment lang. Ich beobachtete Dippin, die still unseren Worten gefolgt war. Sie wirkte nun angespannt, jeden Moment bereit, loszustarten, ob auf uns zu oder von uns weg, wusste ich natürlich nicht. Doch ich vermeinte zu erkennen, dass ihr Körper bloß noch darauf wartete, auf alles, was nun weiter geschehen würde, zu reagieren.

„Gut", sagte der elende Schuft vor mir jetzt, „ich lege meine Waffe nieder, wenn es das ist, was du sehen willst, um die Trophäe mit mir zu teilen."

Er bewegte sich vorsichtig, hielt die Waffe weit ausgestreckt vor sich und senkte seinen Arm langsam zu Boden. Hätte er den Revolver einfach auf den weichen Boden unter seinen Füßen fallen lassen, wäre ich nicht stutzig geworden, doch so passte ich auf. Als seine Hand fast am Boden angekommen war, sah ich gerade noch, wie sie nach oben ging. Im gleichen Moment sprang Dippin an ihn heran. Ich konnte nicht sagen, ob sie es auf die Waffe abgesehen hatte oder ebenso wie ich bloß darauf reagierte, dass er schoss. Ich machte einen Satz zur Seite, während Dippin sich auf ihn stürzte. Sein Schuss hallte durch die Dunkelheit, doch der Schuft hatte mich verfehlt und nun würde er es mir büßen, der verdammte Scheißkerl. Ich machte meine Hände frei und mit einem grollenden Schrei warf ich mich auf die beiden, die vor mir auf dem Boden miteinander rangen. Ich versuchte gleichzeitig, auf sie beide einzudreschen und den Revolver aus seiner Hand zu greifen. Ich bekam ein Knie ab, das mich in den Magen stieß, einen Ellenbogen, der mich am Wangenknochen traf, sodass es in mir dröhnte, und gerade als ich einen harten Tritt gegen die rechte Wade bekam, fiel ein zweiter Schuss. Es schien mir, dass wir alle drei davon erschrocken ein wenig nachließen in unserem Kampf, doch der Eindruck war trügerisch, denn während der Kerl kurz innehielt, drosch ihm Dippin plötzlich so hart einige Male aufs Maul, dass ich meine Chance bekam, ihn zu entwaffnen. Ich machte schnell, um ihm den Revolver zu entreißen, sodass ihn nicht Dippin in die Finger bekommen würde, und hatte Glück. Kaum lag das Eisen in meiner Hand, rappelte ich mich auf und stand nun da, einen Revolver in der Hand zog ich auch den anderen und richtet sie auf die beiden, die noch immer am Boden lagen.

„Hoch mit euch, los, steht auf!“, schrie ich sie keuchend an, und als sie die Waffen in meinen Händen sahen, gehorchten sie.

Ich atmete tief. Mein Wangenknochen schmerzte, doch nach einigen kräftigen Atemzügen ließ das Pochen nach. Dafür spürte ich jetzt, wie meine rechte Wade, die vorhin den Schlag abbekommen hatte, brannte. Ich konnte auf dem Bein auch nur schwer stehen und blickte hinab. Es dauerte einen Moment, bis ich mir gewahr wurde, dass das rechte Hosenbein an der Wade dunkler war, und ich beugte mich kurz und ohne die beiden aus den Augen zu verlieren hinab, um zu fühlen, ob mein schlimmer Verdacht richtig war. Das Hosenbein war nass und warm. Was ich als Schlag gegen mein Bein verspürt hatte, war seine Kugel gewesen, die mich in die Wade getroffen hatte.

„Verdammte Scheiße“, entfuhr es mir, doch ich richtete mich sogleich wieder auf, um den beiden keine Gelegenheit zu geben, mir zu entkommen.

„Was ist los?“, fragte Dippin.

„Nichts, das dich kümmern müsste“, gab ich durch die Zähne zurück, damit sie keinen Platz ließen, durch welchen ein Schmerzenslaut passte.

Ich atmete tief durch und überlegte, was nun zu tun sei.

„Dippin“, fuhr ich sie schroff an, „hol einen Strick und binde dem Dreckskerl die Hände am Rücken. Und glaub ja nicht, dass ich dich dabei nicht im Visier habe.“

Sie tat, wie ich es von ihr verlangt hatte.

„Du machst also gemeinsame Sache mit dieser Gesetzlosen?“ Der Schuft war tatsächlich so dreist zu protestieren. „Wer sich zu den Hunden legt, Goodlick, wird mit Flöhen aufwachen.“

„Halt dein verdammtes Maul, du Scheißkerl! Wenn du noch einmal den Mund aufmachst, so schwöre ich dir, schieß ich dich über den Haufen."

Ich war wütend, darüber, was soeben hier alles vor sich gegangen war, darüber, dass ich nicht wusste, wie es nun weitergehen sollte, und darüber, mit dem Schmerz, der sich stetig in meinem Bein ausbreitete, keinen klaren Gedanken mehr fassen zu können. Ich meinte es ernst, dass ich kurz davor stand, ihn über den Haufen zu schießen, und ich denke, er konnte es wohl in meiner Stimme hören, denn er schwieg.

Ich wartete, bis Dippin ihn gefesselt hatte, und hieß sie dann, etwas Reisig aufs Feuer zu werfen für mehr Licht.

„Du", herrschte ich den Kerl an, „leg dich auf den Boden und keinen verdammten Mucks. Dippin, komm her, hilf mir."

Ich wusste, dass ich Blut verlor. So war kein Weiterkommen mit den beiden. Ich setzte mich auf den Boden und musste mich bemühen, dabei nicht vor Schmerz aufzustöhnen.

„Du musst mir das Bein verbinden", sagte ich zu ihr und klang dabei hilfesuchender, als ich es wollte.

„Dein Bein?"

„Ja, mein Bein! Frag nicht so blöd!"

Ich fühlte mich ausgeliefert, doch sie kniete sich ohne ein weiteres Wort einfach vor mich hin und besah sich die Wunde. Ich wagte kaum, einen Blick auf meine Wade zu werfen, als sie vorsichtig das Hosenbein hochschob. Als sie dabei jedoch Luft durch die Zähne zog, konnte ich nicht anders, als nun auch hinzusehen. Ich begann zu zittern, obwohl ich schnell sah, dass es zum Glück ein glatter Durchschuss war, der am Knochen vorbeigegangen war. Ein dünnes Rinnsal von Blut floss auf beiden Seiten meines Bein entlang hinab in meinen Schuh. Dippin blickte zu mir hoch. Ich weiß nicht, was ich in ihrem Gesicht zu sehen erwartet hatte, aber sicherlich nicht diese vor Schrecken geweiteten Augen, die meinen Blick suchten, um sich zu versichern, dass ich den ihren erwiderte. Bevor ich sie noch antreiben konnte, kam nun Leben in sie. Plötzlich schien sie ganz sachlich. Sie stand auf und suchte einige Dinge zusammen. Ich sah, dass der Kerl, der sich vorhin folgsam auf den Bauch gelegt hatte, seinen Kopf hob, um zu sehen, was vorgefallen war.

„Ich hab gesagt, du sollst dich nicht rühren!“, rief ich. „Behalt deinen scheißverdammten Kopf unten!“

Er gehorchte und konnte nun nicht mehr sehen, wie Dippin zurückkam an die Stelle, wo ich saß, und sich vor mich kniete.

„Jetzt beißt du wohl besser die Zähne zusammen“, wies sie mich an.

Dann groß sie einen ordentlichen Schluck Whiskey über mein Schienbein, sodass er an beiden Seiten meiner Wade hinunterlief und einiges von dem Blut abwusch. Ich hätte schreien mögen, doch ich riss mich mit aller Macht zusammen, und ein leises Stöhnen war das Einzige, was aus mir kam. Mir wurde übel, doch ich besah mir die Löcher links und rechts an meinem Bein, um meinem Kopf etwas zu geben, das er fassen konnte. Ich stellte mir vor, wie klein und unbedeutend die Narben sein würden, welche die Wunde zurücklassen würde. Alles nicht so schlimm. Nichts, das mich beunruhigen musste. Ein Durchschuss, ein kleiner, unbedeutender Durchschuss.

„Alles in Ordnung?“, fragte Dippin, die nun wohl wartete, bis der schlimmste Schmerz vorübergegangen war, um dann die Wunde zu verbinden.

Ich wollte etwas Gehässiges zurückgeben, ihr zynisch antworten, ja, bis auf den Durchschuss an meinem Bein sei wohl alles in Ordnung, aber ich riss mich am Riemen, denn sie nahm nun den Lappen, den sie in der Hand hielt, derselbe, sah ich, mit dem ich ihre Kopfwunde verbunden und den sie bei der Mittagsrast abgelegt und notdürftig ausgewaschen hatte, und wischte mir vorsichtig das Blut vom Bein, wo der Whiskey es nicht ganz weggespült hatte. Als ich spürte, wie sie mit dem in ein Knäuel zusammengeballten Stoff vorsichtig darüber strich, kam in mir plötzlich eine Dankbarkeit auf, die mich aus der Fassung brachte.

„Ja“, antwortete ich deshalb nur, „alles in Ordnung“, und musste es dabei belassen, denn hätte ich weitergesprochen, ich wäre vielleicht in Tränen ausgebrochen.

Es blutete schon wieder weiter aus der Wunde und Dippin machte schnell, den Verband anzulegen. Sie zog ihn fest an und verknotete ihn geschickt. Mehr konnte sie nicht tun, doch sie besah sich das Ergebnis noch einen Moment lang. Ich bemerkte, wie sie kurz drauf und dran schien, ihre Hand an die Unterseite meiner Wade zu legen, doch sie zog sie zurück, ohne mich zu berühren, und legte sie stattdessen kurz warm auf meinen Rist am oberen Rand meines Schuhs, um damit das Ende der Verarztung zu erklären.

„Hilf mir auf", sagte ich, ohne ihr zu danken, und hielt ihr meine Hand hin, die sie mit festem Griff fasste und mich auf die Beine zog.

Ich prüfte, ob ich stehen konnte, und ging ein paar Schritte, um ein Gefühl dafür zu bekommen, ob ich auf dem Bein würde laufen können. Ich atmete durch und sah mich um. Mir war kalt und so warf ich mir meinen Mantel über. Unser Kampf hatte uns so lange beschäftigt, dass mir schien, die Sonne würde wohl bald aufgehen.

„Los", sagte ich zu Dippin, die bloß dastand und, wie es aussah, darauf wartete, was ich nun weiter entscheiden würde, „wir packen das Lager zusammen. Johnny hier wird so freundlich sein, uns sein Pferd zu verkaufen, für einen Preis, der mir für sein entgegenkommendes Benehmen angemessen erscheint."

Ich hinkte auf den Scheißkerl zu, packte ihn am Kragen und zerrte ihn mit einiger Anstrengung auf den Rücken. Ich hätte ihm gerne einen Tritt verpasst, doch mit dem kaputten Bein musste ich mich darauf beschränken, ihm zwei harte Backpfeifen zu geben. Dann griff ich in meine Hosentasche nach einer Münze, die ich ihm auf die Brust warf, von wo aus sie auf den Boden kullerte.

„Danke, Johnny", sagte ich, als hätten wir soeben noch freundlich Konversation betrieben, „dass wir uns so schnell einig geworden sind."

BIENEN BETÖREN

Mit der Waffe im Anschlag trieb ich die beiden vor mir her durch die langsam endende Dunkelheit zu jener Stelle, wo der Kopfgeldjäger sein Pferd angebunden zurückgelassen hatte. Mit einer Hand hielt ich mich dabei an Alectos Zügeln fest, um nicht versehentlich zu stürzen, unsicher wie ich auftrat. Der mit unseren Vorräten beladene Windborne trottete brav an Alectos Sattel geleint als Letzter unserem Zug hinterher. Der Weg führte uns an den Rand des kleinen Wäldchens, und dort angekommen bestimmte ich, dass Dippin auf dem Hengst des Kerls reiten würde und ich weiterhin auf Windborne. Es erschien mir zu unsicher, Dippin auf ihrem eigenen Pferd reiten zu lassen, das kräftiger war als der neue Hengst und Dippins Befehle dazu wohl auch ohne viele Worte verstehen würde.

Ich seilte die Pferde aneinander, und als es gerade hell genug war, um den Boden unter uns zu sehen, ritten wir los, ich auf Windborne voran, dahinter Alecto, damit ich auf ihren Tritt reagieren konnte und nicht zu schnell machte, und Dippin hintendrein, mit gebundenen Händen auf dem sandfarbenen Hengst des Kopfgeldjägers, welchen wir ohne seine Waffe, die ich in der Satteltasche verstaut hatte, zurückließen.

Ich lenkte unsere kleine Karawane nun wieder weg vom Missouri River auf die Prärie hinaus. Ich war müde und geschwächt und brauchte all meine Kraft, um auf dem Pferd zu bleiben. Mit meinem verletzten Bein ritt ich unsicher und merkte, dass Windborne nervös war. Bei der ersten Gelegenheit, die sich uns bot, hielt ich an einem kleinen Bachlauf an, um Rast zu machen. Es war noch lange nicht Mittag, doch meine Lider waren schwer und ich befürchtete, bald aus dem Sattel zu rutschen, wenn ich nicht aufpasste.

Endlich waren wir auf zwei Pferden unterwegs und nun hielt ich der Anstrengung nicht stand. Ich war missmutig. Dippin und ich hatten kein Wort miteinander geredet, seit wir aufgebrochen waren, und mich plagten Gedanken, die mir zwar wie Nebelfetzen durch den Kopf geisterten, die ich jedoch nicht so lange festhalten konnte, dass ich mir einen Reim darauf machen konnte.

Ich glitt von Windborne herab und ließ mich ins hohe Gras fallen, um einen Moment lang durchzuatmen, bevor ich meine Wasserflasche auffüllen wollte. Um Dippin kümmerte ich mich nicht. Sie würde schon herunterfinden von dem Hengst, und wenn sie ihre Fesseln gelöst haben wollte während der Rast, sollte sie doch zu mir kommen. Ich sah auch gar nicht zu ihr hin, doch hörte, wie nach einiger Zeit, in der sie wohl darauf gewartet hatte, dass ich ihr vom Pferd half oder irgendetwas sonst tat, das Leder ihres Sattels knarzte, sie ins Gras sprang, wohl vornüberfiel und sich leise fluchend aufrappelte.

„Deine Nächstenliebe steckte dir also im Bein, wie mir scheint, und wurde durch bloß eine kleine Kugel feinsäuberlich von deinem restlichen wenigen Charme getrennt“, sagte sie dann und kam auf mich zu.

Sie ließ sich neben mich ins Gras fallen, beugte sich nach vorn und hielt mir ihre Hände entgegen. Ich knüpfte mit schwachen Fingern den Strick auf. Sie blieb sitzen, stützte sich auf den Händen ab, lehnte sich dabei etwas zurück, sodass ihr Kopf hinter meinem war und ich ihn nicht mehr sehen konnte, und streckte ihre Beine aus.

„Ein ungewöhnlicher Sitz für eine Tugend, das Bein. Wo verbirgst du deinen Glauben, Goodlick? In der Pussy?“

Sie wollte mich wohl zum Reden bringen, denn sie neckte mich damit dem Tonfall nach bloß.

„Dort verberge ich meine Hoffnung, Dippin", gab ich zurück.
Es dauerte einen Moment, bis ihr aufging, dass ich einen Witz gemacht hatte, und sie lachte auf.

Die Pferde machten sich jetzt daran, aus dem Bachlauf zu saufen und das trockene Gras zu rupfen. Windborne führte die Seilschaft an und die beiden anderen mussten ihm, aneinandergeleint wie sie waren, wohl oder übel folgen. Ich hätte mich am liebsten schlafen gelegt, so erschöpft war ich, und wusste deshalb nicht mehr, wie viel Zeit ich damit zugebracht hatte, einfach vor mich hinzustarren, als Dippin dann irgendwann einen lauten Seufzer ausstieß, im Sitzen herumschwang und sich mir zuwandte.

„Dann sind's nun wohl schon zwei kaputte rechte Beine, also, die meiner Pflege bedürfen. *Plane qualis dominus*, nicht wahr?"

„Latein, Dippin?", fragte ich müde, ohne viel nachzudenken, einfach, um nicht zu schweigen.

„Notdürftig. Gerade so viel, um, wenn's darauf ankommt, das Mädchen aus der Gosse dahinter zu verbergen und einem noblen Herrn dabei das Geld aus der Tasche und den noblen Damen die Ringe von den Fingern zu ziehen. Damit bloß jemand zu amüsieren, behalte ich mir für Todgeweihte vor."

Das verdammte Stück hatte mich zum Grinsen gebracht.

„Lass mich dein Bein sehen."

Ich schluckte eine Regung nach unten.

Sie wartete nicht auf meine Antwort und griff vorsichtig das Hosenbein, um es nach oben zu schieben. Der Verband war an der Innenseite blutgetränkt, kein Wunder, hatte das Bein doch an Windbornes Flanke gerieben während des Ritts. Doch an der Außenseite schien die Wunde geschlossen zu sein, zumindest war nur wenig Blut durchgesickert, das an den Rändern des Flecks auch schon dunkel und braun wurde. Sie knüpfte den Lappen auf und zog ihn vorsichtig von den Wunden. Dennoch schrie ich auf. Der Stoff hatte sich mit den Wunden verklebt und es riss ordentlich, bis sie den Verband endlich gelöst hatte. Es begann auch gleich wieder zu bluten, während Dippin sich besah, was unter dem

Lappen zum Vorschein gekommen war. Jetzt, wo die Sonne darauf fiel, zeigte sich deutlich, was ich in der Nacht bei Feuerschein höchstens hatte erahnen können. Ich hätte besser nicht hingesehen. Die Wunde an der Außenseite meines Beins war nicht allzu groß. Dort war die Kugel wahrscheinlich eingedrungen. Innen an der Wade sah es schlimmer aus. Mir wurde übel. Ich sah, wie die Haut bleich auf dem darunterliegenden dunkelroten Fleisch lag. Die Stelle, der die Haut fehlte, war vielleicht so groß wie ein Centstück, doch die Schwarte der Haut darum herum war eingerissen und so weiß, dass sie beinah tot aussah. Ich zitterte. Der dreckige Lappen in Dippins Hand war mir kein angemessener Schutz für das rohe Fleisch, das mir wie ein Einfallstor in mein Inneres erschien. Mir wurde schwarz vor Augen, doch ich riss mich zusammen, schloss die Augen, die mir nun ohnedies keine Hilfe waren, und versuchte, meine Balance zu halten, um nicht noch im Sitzen umzukippen.

„Wird schon", sagte Dippin und stand auf, um den Lappen auszuwaschen. Ich atmete tief durch und öffnete die Augen wieder, um ihr zuzusehen, wie sie am Ufer hockte, den Hut in den Nacken geschoben, und wie ihre Schultern sich bewegten, während sie mein Blut aus dem Gewebe rieb. Mir kam mit einem Mal der Traum der vorangegangenen Nacht in den Sinn. Ich am Ufer des Elm Creek, Dippins Mund nah an meinem Ohr, wie sie „kein Mucks" geflüstert hatte. Vielleicht wollte ich mich einfach nicht richtig erinnern, denn in der Nacht war ich davon noch erschrocken hochgefahren, doch jetzt schien es mir, als wäre es das Flüstern wie von einer Sorgenden gewesen, das mein Traum mir vorgegaukelt hatte. Was zum Teufel!

Sie war fertig damit, das Stück Stoff, in das nun mein Blut zu dem ihren gesickert war, auszuwaschen, und kam zurück zu der Stelle, an der ich saß. Sie breitete den ausgewrungenen Lappen auf den Spitzen der Grashalme aus, um ihn in der Sonne trocknen zu lassen. Dann ging sie zu Windborne und kramte in seiner Satteltasche. Sie füllte meine Flasche mit Wasser und brachte sie mir, damit ich meinen Durst löschen konnte. Auch sie selber nahm einen Schluck. Dann zog sie den Whiskey hervor, den sie wohl, ohne dass es mir aufgefallen war, in die Hosentasche gesteckt hatte. Sie trank kräftig, bevor sie die Flasche an mich weitergab. Als sie sich dann daran machte, die Stelle der Wunde, die noch offen war, wieder mit Whiskey zu reinigen, protestierte ich mit einem undefinierten Laut.

„Ach, komm", meinte sie mit einem ungläubigen Blick auf mich, „beiß die Zähne zusammen."

„Sei bloß sparsam", gab ich zurück, denn ich hatte gesehen, wie niedrig der Schnaps schon stand, und wusste, dass ich in ein, zwei Tagen lieber mein Bein verlöre, als nichts mehr zu trinken zu haben. Noch einmal würde ich in keine Stadt reiten können, so wie mein Ritt nach Stuart ausgegangen war.

Sie hob eine Augenbraue und schüttelte den Kopf.

„Du bist tatsächlich ein eigenartiger Dreikäsehoch. Sagtest du mir eben, dass du deinem heilen Magen den Whiskey eher vergönnst als deinem kaputten Bein?"

„Manche würden es auch Weitblick nennen, sich um das Ende des Alkohols schon zu sorgen, wenn die Flasche noch nicht leer ist."

„Den Weitblick eines Esels, der im Nebel die Spitze seiner Schnauze für das Ende der Welt hält. Achtung jetzt!"

Sie goss einen sparsamen Schluck Whiskey über die Innenseite meiner Wade.

„Was kümmert's dich, Dippin", presste ich hervor, während ich das Brennen an meinem Bein zu vergessen versuchte. „Was zum Teufel, wirklich, kümmert's dich, ob ich an dem Schuss auch noch mit Verspätung verrecke?"

Sie rupfte einen Halm aus, steckte sich das Ende in den Mund, um darauf zu kauen, und schüttelte dann den Kopf.

„Goodlick, warum bist du eher verwirrt von Stücken, die nur scheinbar nicht zusammenpassen, als daran zu glauben, dass ich die Wahrheit sage?"

„Womit?"

„Na, ich sagte doch, gestern Nacht, dass ich unter deinem Schutz stehe, tat ich das etwa nicht? Bevor ich dir, wie du dich sicherlich erinnerst, einen Revolver zuwarf, aus meinen eigenen Händen, damit du mich beschützen würdest damit."

Ich schwieg. Meine Gedanken reichten nicht aus, um zu entscheiden, ob das, was sie sagte, Sinn ergab oder ich es einfach mit einer vollkommen Verrückten zu tun hatte. Wahrscheinlich hielt sie mein Schweigen für Nachdenklichkeit oder gar Zustimmung, denn sie klopfte mir jetzt mit einer sachlichen Geste aufs Knie und stand auf, um etwas abseits ins Gras zu pissen.

„Gibst du mir etwas von deinem Kautabak ab?", rief sie mir von dort aus zu, während ich hörte, wie es unter ihr plätscherte. So lange sie mich nicht nach meinem Whiskey fragte, war mir alles einerlei, also griff ich in die Tasche meiner Weste und warf ihr den Tabak zu, sobald sie wieder aus der Hocke aufgestanden war. Sie fing ihn geschickt aus der Luft.

„Siehst du, Goodlick, wie gut wir miteinander tun, wenn nur beide wollen?"

Warum musste sie mich immer wütend machen mit ihrer falschen Vertrautheit?

„Mit vereinten Kräften schaffen wir es auch noch, dich vor den Richter zu stellen, Dippin, bin ich mir sicher."

Sie warf mir den Tabak zurück.

„Immer so garstig, Goodlick. Du scheinst wieder erholt zu sein."

Ich hatte keine Kraft, ein weiteres Wortgefecht mit ihr auszutragen.

„Wenn's dir nicht davon die Kehle verlegt, sodass du daran erstickst, Dippin, dann halte deine weiteren Worte für den Moment zurück. Ich bitte dich um deinetwillen, denn je mehr du mich verärgerst, desto fester wird der Knebel sein, den ich dir ins Maul stopfen will, sobald ich die Kraft finde, ihn dir anzulegen."

Sie schwieg, doch ihr Blick war prüfend. Kurz setzte sie an, etwas zu sagen, machte es mir den Anschein, doch dann senkte sie den Kopf und machte sich daran, sich um Alecto zu kümmern.

Wir rasteten noch eine Weile, und als der Verband im hohen Gras neben mir getrocknet war, knotete ich ihn mir selber um das Bein, damit Dippin bloß nicht glaubte, dass ich darauf wartete, dass sie mir weiter aushalf.

Als ich schließlich den Aufbruch beschloss, brannte schon die Mittagssonne auf uns herab. Widerstandslos ließ sich Dippin auf den Sandfarbenen setzen, ihre Hände wie immer am Rücken gefesselt. Ich konnte es mir noch immer nicht erklären, wie es in der vergangenen Nacht vor sich gegangen war, dass sie sich von selber hatte befreien können, doch im Augenblick schien es mir nicht notwendig, darüber weiter nachzudenken. Meine Aufmerksamkeit reichte ohnedies gerade dafür, die drei Pferde und meine Gefangene im Blick zu behalten. Es war wohl reines Glück, dass nicht dieses Stück Seil um ihre Handgelenke es war, das ihr vorzeitig den Nacken brach, als uns beide nur wenig später eine erstaunlich unscheinbare Gefahr beinah ins Unglück stürzte.

Wir waren ein Stück geritten und mein Bein hatte wieder begonnen, heftig pochend zu schmerzen. Da kamen wir an einem verdorrten Baum vorbei, der vergebens der Hitze der Prärie zu trotzen versucht hatte. Als wir näher kamen, hörte ich ein Summen an meinem Ohr und schlug in die Luft. Ich sah mich um. Vor einem Astloch des Baumes sah ich ein Flirren. Ein Bienenvolk hatte wohl den hohlen Baumstamm bezogen. Ich drehte meinen Kopf umher, als ich nun mehr und mehr Summen hörte. Plötzlich erschien es mir, dass die Biester überall um mich herum waren, und ich schlug mit beiden Händen panisch in alle Richtungen. Windborne, der von meiner unsicheren Reiterei bereits den ganzen Tag lang nervös gemacht worden war, reichte es jetzt offenbar. Er stieg und ich konnte mich gerade noch schnell genug nach vorne werfen, um durch seine Bewegung nicht aus dem Sattel zu fallen. Dann brach er aus. Ich hörte Dippin hinter mir rufen, doch ob sie damit mich oder den Hengst meinte, konnte ich nicht verstehen, denn das Blut stürzte mir in die Ohren.

Windborne galoppierte los und ich hörte Alecto hinter mir wiehern, als das Seil sie nachzog. Ich ließ die Zügel und damit das letzte bisschen Kontrolle los, das ich über das Pferd hatte, und klammerte mich an den Knauf des Sattels, während ich mich umdrehte und meine Alecto sah, wie sie mit aufgerissenen Augen versuchte, mit dem Tempo des Hengstes mitzuhalten. Schon strauchelte sie und das Seil riss ihren Kopf nach vorn, sodass ihr Gewicht jetzt an Windborne hing, der erbarmungslos weiterpreschte. Ich hatte keinen Blick auf Dippin, die wohl auf ihrem eigenen Hengst auch schwer zurechtkommen musste, allein Alecto gehörte meine Aufmerksamkeit. Sie würde sich den Nacken brechen, bevor Windborne seinen Galopp beendete. Ich hörte förmlich die Muskeln an ihrem Hals reißen.

Mit zitternden Händen, durchgeschüttelt vom bebenden Galopp, versuchte ich, mein Messer aus dem Gürtel zu ziehen. Es schien mir eine Ewigkeit, bis ich es in den Händen hatte und mit aller Kraft so schnell ich konnte das Seil zu durchtrennen versuchte, das straff gespannt von meinem Sattel aus nach hinten zu Alecto führte. Schon begann die Kraft in meinem rechten Bein zu weichen, und ich drohte, meinen Halt auf dem Hengst zu verlieren, doch ich säbelte und säbelte an dem Strick, ohne einen Gedanken daran zu verschwenden, was mit mir geschehen würde. Endlich gab das Seil nach, die letzten Fasern rissen und sobald Alecto merkte, dass sie frei war, wirbelte der Staub unter ihr auf, als sie sich mit den Beinen in den Boden stemmte, um nach einigen Schritten schließlich anzuhalten. Windborne flog unbeirrt weiter. Ohne die beiden anderen Pferde im Schlepptau legte er nur noch an Geschwindigkeit zu, und so konnte ich mich nicht darum kümmern, den beiden Pferden und Dippin nachzublicken, während sie hinter uns schnell kleiner wurden.

Ich versuchte nun mit einiger Verzweiflung, wieder mehr Halt auf dem Hengst zu finden. Kraftlos, wie ich war, schien es mir eine Zeitlang, dass ich den Kampf gegen ihn verlieren würde. Also beschränkte ich mich für den Augenblick darauf, die Hände an den Sattelknauf geklammert mein kaputtes Bein locker an seiner Flanke baumeln zu lassen, damit wieder Kraft hineinkam. Ich atmete durch, während er mit jedem Satz mehrere Yards auf einmal nahm und ich mich an den Rhythmus seines Galopps gewöhnte. Es schien mir eine

Ewigkeit, bis ich endlich wieder einigermaßen zur Ruhe kam. Ich fasste nun seine Zügel und bearbeitete den Hengst noch einige Minuten lang, bevor er endlich zur Besinnung fand und schließlich in einen lockeren Trab fiel. Sein Fell war nass vor Schweiß und Schaum tropfte ihm in Flocken vom Maul, doch dann schnaubte er aus und ich wusste, dass er mir nun wieder gehorchen würde. Sofort wendete ich ihn und machte mich auf den Weg zurück in die Richtung, aus der wir gekommen waren. Er hatte eine schier unglaubliche Strecke zurückgelegt auf seinen langen Beinen, die er mit aller Kraft zur Flucht genutzt hatte.

Um meine Beunruhigung nicht wieder auf das Pferd zu übertragen, log ich mir so gut ich konnte selber vor, dass alles in Ordnung sei, doch in Wahrheit wusste ich, dass mit diesem Ausbruch des Hengstes wohl alles zu Ende war. Ich konnte nicht sagen, wie lange Windbornes Flucht gedauert hatte, lange genug jedoch, dass Dippin bereits über alle Berge sein würde. Vielleicht, so hoffte ich, konnte ich am hohen Gras noch sehen, in welche Richtung sie sich aufgemacht hatte und so ihre Fährte aufnehmen, doch schlau wie sie war, hatte sie wahrscheinlich Alecto in die eine Richtung geschickt, während sie auf dem neuen Hengst in die andere davonritt und mir, derart Verwirrung gestiftet, endgültig davonkommen würde.

Mit regelrechter Erschütterung fand ich Dippin jedoch neben beiden Pferden gemütlich im Gras sitzen, in der Nähe des Baumes, wo mir Windborne durchgegangen war. Ich verstand einfach nicht, was zum Teufel hier vor sich ging.

„Auf Pferdediebe wartet der Strick", rief sie mir entgegen, als ich mich schließlich in Hörweite befand. Dann empfing sie Windborne mit einer Umarmung, kraulte ihn am Widerrist und schalt ihn freundlich für seinen Ausbruch.

Ich konnte keine Sorge mehr aufbringen. Es war mir in diesem Moment egal, welches Spiel sie trieb. Erschöpft sah ich nach Alecto, die von allem unbeeindruckt schien und wohl keinen Schaden davongetragen hatte von dem wilden Ritt. Sie stupste einfach ihr Maul gegen meinen Kopf, schnaubte mich kurz an und fraß weiter an den trockenen Büscheln zu ihren Hufen.

Ich fiel ins Gras auf den Rücken, sodass mein Hut mir vom Kopf kullerte.

„Was macht das Bein?"

Mit geschlossenen Augen schnaubte ich bloß, unwillig, Dippin zu antworten. Ich hörte sie umhergehen, bevor sie schließlich an mich herankam und sich neben mich setzte. Sie stieß mir die Whiskeyflasche gegen den Arm und ich öffnete die Augen.

„Wie kommt es, Dippin", begann ich, setzte mich auf und nahm die Flasche, „dass mein Whiskey den Weg zu mir stets nur noch durch deine Hand findet."

Ich nahm einen Schluck.

„Das kommt allein aus der Güte meines Herzens."

„Kannst du mir aus der Güte deines Herzens heraus auch erklären, wie es kommt, dass ich dich in Fesseln hinter mir gelassen habe und dich nun wiederfinde in voller Beweglichkeit. Glaub nicht, dass mir dies nicht schon vergangene Nacht gewahr wurde, als du dich ganz unverschämt direkt vor meinen Augen befreit hast."

„Sicherlich kann ich das. Wäre mir daran gelegen, dich in die Irre zu führen, hätte ich es wohl geschickter angestellt und hätte nicht so offenherzig hier darauf gewartet, dass du mir mein Pferd zurückbringst. Siehst du, mit nur ein wenig Geduld und etwas mehr Geschick ist es mir ein Leichtes, zwischen meinen gefesselten Armen hindurch zu schlüpfen und die Hände so nach vorne vor den Leib zu bekommen. Ein brauchbarer kleiner Trick für zierliche Gaunerinnen, die mitunter im Netz eines Sheriffs landen, um durch dessen Maschen zu entfliehen."

Ich dachte nach.

„Noch vor zwei Tagen hast du mich flehentlich darum gebeten, den Strick zu lösen, damit er dich beim Schlafen nicht plagt."

„Vor zwei Tagen, als noch dein Revolverknauf auf meiner Stirn eingeprägt war, habe ich gezögert herauszufinden, wie sehr dein Finger dich gejuckt hätte, mir mein Geschick aus dem Fleisch zu schießen. Gestern Nacht schien es mir, so tief wie du schliefst, ganz unbedenklich, es mir ein wenig gemütlicher zu machen. Der verdammte Kopfgeldjäger kam mir in die Quere, einfach im Morgengrauen meine Hände wieder hinter dem Rücken zu verbergen, ohne dass du auch nur ein Stück klüger gewesen wärst. Doch was sollte ich heute noch dabei bleiben, dir etwas vorzugaukeln, das du bereits als Lüge entlarvt hast?"

Ich glaubte ihr nicht und sie sah es mir wohl an.

„Was soll ich von dir", setzte Dippin jetzt ungeduldig nach, „die du geschworen hast, mein Leben zu schützen, wegfliehen in einer Gegend, in der wer weiß wie viele Kerle mir nach dem Leben trachten? Das einzige Gefallen, das ich an meiner momentanen Lage finde, ist, dass jede andere Lage eine noch unbekömmlichere wäre. Du bist mein kleinstes Übel, Goodlick, mehr nicht."

Sie spuckte Tabaksaft ins Gras, so abschätzig, wie auch ich es oftmals tat, wenn ich meinem Gegenüber meine Verachtung zeigen wollte.

Ich verstand. Sie wartete darauf, von den Duggery-Brüdern befreit zu werden. Ich war nicht ihre Kerkermeisterin, ich war ihre Leibwache, oder so dachte sie zumindest. Doch sie würde sich noch anschauen, das verdammte Miststück, wer hier den Kürzeren ziehen würde. Nicht ihr musste also meine ganze Aufmerksamkeit gehören, sondern den Verfolgern, die uns auf den Fersen waren, und ich hatte keine Scheu, die Herausforderung anzunehmen. Ihre Rede weckte in mir nichts als Widerstand. Egal, wie erschöpft ich war, der Ritt musste weitergehen.

„Dann steig auf", wies ich Dippin an. Ich steckte den Whiskey in die Hosentasche und wollte aufstehen, doch mein Bein gab unter mir nach und ich strauchelte. Dippins Hand griff mich am Unterarm und fing mich auf.

„Obacht", sagte sie. „Als meine wackere Beschützerin solltest du fest auf beiden Beinen stehen."

Ich entwand mich ihrem Griff.

„Verscherz es dir nicht mit mir, Dippin", brummte ich.

„Nichts liegt mir ferner. Wenn du einen Moment noch Geduld hast, beweise ich dir auch gerne, dass mir dein Wohlergehen am Herzen liegt. Gib mir dein Messer. Du wirst es mir danken und dein Pferd ebenso."

„Wir reiten", gab ich zurück.

„Du willst also nicht besser und mit mehr Kräften vorankommen?"

„Wovon sprichst du?"

„Von einer Arznei, die ich an deiner Stelle nicht zurücklassen würde." Sie deutet auf den verdorrten Baum. „Gib mir dein Messer." Sie streckte ihre Hand aus.

Ich wog ab, was sie nun wohl wieder vorhaben konnte. Ich muss gestehen, ich war neugierig. So wenig ich wusste, was sie mit dem Messer vorhatte, so wenig besorgt war ich. Sie hatte sich von ihren Fesseln befreit. Sie hatte auf meine Rückkunft gewartet. Sollte sie sich doch mit meinem Messer bewaffnen. Wenn sie damit auf mich zukam, würde ich meinen Schwur an den Prediger vergessen und mich mit einer Kugel revanchieren. Ich zog meinen Revolver und hielt ihn ihr entgegen, während ich mein Messer ins Gras vor sie warf.

„Charmant wie immer", murrte sie, während sie es aus den Halmen klaubte.

Dann ging sie ans Werk. Sie machte sich an Windbornes Satteltasche zu schaffen und ich behielt sie genau im Auge. Als sie sich von dem Hengst wegdrehte, hielt sie eine Dose Bohnen in der Hand und kniete sich ins Gras, um sie mit dem Messer zu öffnen. Was zum Teufel? Was wollte sie jetzt mit Bohnen? Kaum hatte sie die Dose geöffnet, kippte sie den Inhalt neben sich auf den Boden aus. Dann wusch sie das Blech mit Wasser aus meiner Flasche, schüttelte es aus und steckte es in die Tasche ihrer Hose. Sie warf mir das Messer zurück und ich hatte zu tun, es im hohen Gras zu finden.

„Sieh gut zu, Goodlick, das wirst du so schnell nicht noch einmal sehen", sagte sie dann, ohne in meine Richtung zu blicken, und ging langsam auf den Baum zu, von dem das vorangegangene Unheil seinen Ausgang genommen hatte.

„Bleib weg", wies sie mich noch unnötig an, denn nichts lag mir ferner, als ihr in Richtung des Bienennestes hin zu folgen.

Behände kletterte sie an dem Baum nach oben. Mit einer Hand an einen Ast geklammert steckte sie jetzt die andere in das Astloch, mitten durch das Flirren der Bienen hindurch, die dort ein und aus schwirrten. Ich glaubte meinen Augen nicht, was sie sahen. Jeden Moment rechnete ich damit, dass die Biester zum Angriff übergehen würden, doch nichts dergleichen geschah. Dippin hätte genauso gut ein Glas Honig aus einem Regal im Vorratskeller holen können, so ruhig blieb sie. Als ihre Hand wieder zum Vorschein kam, hielt sie ein großes Stück Wabe. Sie hängte sich an den Ast, an den sie sich zuvor geklammert hatte, schwang einen Moment lang hin und her und ließ sich von dort zu Boden fallen. Dann stopfte sie das tropfende, klebrige Stück in die Dose, die sie jetzt aus der Hosentasche zog. Mit einem breiten Grinsen im Gesicht drehte sie sich zu mir, leckte sich die Finger, kam auf mich zu und hielt mir triumphierend ihre Beute entgegen. Ich sah zum Baum zurück, noch immer beklommen, ob die Bienen nicht doch noch ausschwärmen würden.

„Was zum Teufel, Dippin?", fragte ich, als sie bei mir angekommen war, sich ins Gras setzte und mir bedeutete, es ihr gleichzutun.

„Es gibt Kreaturen, die sich von meinem Charme eher betören lassen als eigensinnige Kopfgeldjägerinnen. Lass mich dein Bein sehen."

Ich gehorchte, doch setzte ich mich nicht zu ihr ins Gras, sondern stellte mein Bein vor sie, sodass sie zu mir aufblicken musste. Sie schob das Hosenbein hoch und knüpfte nun wiederum den Verband auf. Der wilde Ritt auf Windborne hatte die Wunde ordentlich aufgerissen und es schmerzte furchtbar, als sie ein Stück der Bienenwabe aus der Dose griff, es zwischen den Fingern weich knetete und in die Wunde schmierte. Ich schrie auf, doch sie ließ sich nicht aus der Ruhe bringen und stopfte auch in die andere Seite des Durchschusses ein weiteres Stück honigtriefendes Wachs. Mir brach der Schweiß aus und ich wünschte, ich hätte mich zuvor gesetzt, denn einen Moment lang war ich mir sicher, ich würde in Ohnmacht fallen. Dippin wischte ihre klebrigen, blutigen Finger an ihrer Hose ab, spuckte den Kautabak ins Gras, klaubte ein weiteres Stück Wachs aus der Dose und steckte es sich in den Mund.

„Mmh … Hier. Damit du zu Kräften kommst. Kalkweiß steht deiner hübschen Nase nicht gut an." Sie hielt mir das Blech entgegen, und während sie den Verband festzog, riss auch ich mir ein Stück ab.

„Jetzt bleibt dir auch dein geliebter Whiskey."

Während ich auf dem Wachs kaute und den süßen Honig herauslutschte, bekam auch Alecto noch einen Umschlag mit Bienenwachs ab und, so versorgt, machten wir uns endlich wieder auf. Ich sah keinen Sinn mehr darin, Dippin zu fesseln. Der Revolver des Kopfgeldjägers steckte unangetastet in Windbornes Satteltasche und mein Messer und mein Eisen hatte ich bei mir.

FREIHEIT

In jener Nacht lagerten wir inmitten einiger Bäume weitab vom Missouri River. Ich beschloss, diesmal kein Feuer zu machen, um nicht in der Dunkelheit die Aufmerksamkeit unserer Verfolger auf uns zu ziehen. Ich suchte einen halbwegs weichen Platz aus und wir aßen zu Abend. Dippin hieß ich, sich mir gegenüberzusetzen, sodass ich auch im Dunkeln ein Auge auf sie haben konnte. Ich öffnete Bohnen für uns beide, schnitt mit einiger Mühe Speck von der Seite und gab ihr davon ab. Wir aßen schweigend. Mir fehlte die Wärme einer richtigen Mahlzeit, also gönnte ich mir nach dem Essen einen ordentlichen Schluck Whiskey. Dann biss ich ein Stück vom Kautabak ab und bot ihn auch Dippin an. Statt ihn mir aus der ausgestreckten Hand zu nehmen, stand sie auf und setzte sich neben mich. Den Kautabak nahm sie natürlich.

„Es ist kalt", erklärte sie, warum sie nicht mir gegenüber sitzen geblieben war.

Ich hatte mich in alles gehüllt, was ich bei mir hatte, doch auch ich fror und ich wusste, dass die Nacht äußerst ungemütlich werden würde. Dippin hatte sich gerade so nah an mich gesetzt, dass sie mich nicht berührte, dennoch spürte ich ihren Körper neben mir und war froh über das bisschen Wärme, das von ihm ausging.

Ich war so erschöpft, dass ich erst meine Kräfte sammeln musste, um Dippin für die Nacht zu fesseln. Trotz allem fürchtete ich, dass sie die Gelegenheit vielleicht doch nutzen würde, um mir davonzukommen. Ich würde sie diesmal einfach derart fesseln, dass sie ihre Hände nicht nach vorn bringen würde.

Ein weiterer Strick um den Bauch, an dem ich ihre Hände zusätzlich anbinden wollte, würde ihr die Flausen aus dem Kopf treiben. Doch vorerst saß ich zusammengesackt und unfähig, auf die Beine zu kommen, und starrte in die Dunkelheit.

„Wie weit noch nach Sioux City, meinst du?", fragte Dippin leise in die Dunkelheit.

Ich wusste, dass es mindestens noch drei Tage sein würden, vier vielleicht, nach all den Schwierigkeiten, die unsere Reise bereits verlangsamt hatten.

„Zwei", antwortete ich, um nur ja nicht zu viel Hoffnung in ihr aufkommen zu lassen, von den Duggery-Brüdern befreit zu werden. Ich hoffte, dass sie die Gegend schlechter kannte, als ich das tat, und meine Lüge nicht durchschaute.

Sie schwieg lange.

„Hastings, der Sheriff von Sioux City, ist ein verdammter Schweinehund", sagte sie dann. Sie klang anders als den restlichen Tag über, nachdenklich, klein irgendwie. Wie kurz war ihr Leben gewesen, das sie derart vergeudet hatte.

„Aus der Sicht einer Gaunerin ist wohl jeder Sheriff ein Schweinehund", antwortete ich.

„Mitnichten", protestierte sie und fuhr etwas lebhafter fort, als sie angesetzt hatte. „Sheriffs sind so verschieden, wie Leute eben nun sind. Erwischst du einen Schweinehund, bricht er dir die Rippen, auch wenn du dich schon ergeben hast, dann kann es ihm auch Freude machen, dich zu quälen, bloß um jenen zu gefallen, die aus Gehässigkeit dabei jubeln. Doch glaub mir, nach allem, was ich unter den Gesetzlosen gelernt habe, hat noch keiner von ihnen je vor einem Verbrechen zurückgescheut, weil darauf eine Strafe gestanden hat, und wenn's der eigene Kopf war, den sie dabei in die Schlinge gelegt haben."

„Na dann, lass alles Recht fahren und uns ein neues Gomorrha errichten."

Sie dachte nach.

„Du selbst hast doch nicht einmal Hand an mich gelegt, einfach um dich deiner Überlegenheit zu vergewissern. Tatest du nicht alles, was geschehen ist, aus Gerechtigkeit?"

Ich schwieg.

„In den falschen Händen wird Recht zu Unrecht, ist, was ich sagen will."

Sie suchte nach meiner Zustimmung, doch den Teufel würde ich tun, ihr auch mit einem Wort nur recht zu geben.

„Wie kannst gerade du", sie schien von meinem Schweigen verärgert zu sein, „so wie du daherkommst, mit deinen Hosen und dem Spott, der ihnen am Saum hängt, daran glauben, dass das, was recht ist, von Gerechten gemacht ist? Sag, wie oft ist dir der Weg verwehrt geblieben, weil du eine Frau bist, und wie viele Dinge tatest du in der heimlichen Dunkelheit der Nacht, weil die darauffallende Sonne dieser Welt sie zum Unrecht erklärt hätte?"

Sie hatte getroffen. Sie war zu schlau, um nicht zu treffen. Sie hatte mich beobachtet und sich alles richtig zusammengereimt. Mein Kopf surrte, als er mir alles vor Augen holte, was sich nur an ihren Worten anhalten konnte. Die Erinnerung an jeden Kummer, so schien es mir, welchen ich bereits glaubte, hinter mir gelassen zu haben, an ohnmächtigen Zorn, wenn nicht einmal Pa mich tun ließ, wie ich wollte, einfach nur, weil ich ein Mädchen war, das er zu einer Frau erziehen wollte, an Lizzies nächtens geflüsterte Liebesworte, die bei Tag einer Unverbindlichkeit wichen, die mich jedes Mal aufs Neue zu treffen vermochte, an die Blicke, immer, überall, an das Getuschel, das sich nicht einmal bemühte, meine Ohren zu verfehlen, alles das überkam mich jetzt. Ich hatte nichts, was ich Dippin wahrhaftig entgegensetzen konnte.

„Gott hat das Recht gemacht", sagte ich, um ihre Worte wegzuwischen.

Sie schnaubte auf.

„Dann sag mir, Annie Goodlick, hat Gott nicht auch dich gemacht?"

Sie war aufgebracht, so sehr, dass ich den Eindruck bekam, dass sie mit dem Satz nicht gegen mich anging, sondern gegen die Welt. Wir schwiegen beide. Ich konnte spüren, wie sie sich neben mir wieder fasste.

„Nichts anderes will ich sagen, Annie", sie stieß mit ihrem angewinkelten Knie sanft gegen das meine, „als dass er auch mich gemacht hat."

Unwillkürlich drehte ich den Kopf zu ihr, doch ich wendete meinen Blick sofort ab. Ich war mir nicht sicher, was sie sagen wollte, ob sie tatsächlich das sagte, was ich zu hören glaubte. Und genau das war wohl ihre Absicht. Sie wägte ihre Worte, so viel wusste ich über Mary Dippin bereits. Sie legte es darauf an, mich zu verunsichern, warum jedoch, blieb meinen Mutmaßungen überlassen.

„Du wirst nicht meine Rettung sein, Annie", fuhr Dippin dann fort. „Doch wenn sich unsere Wege bald trennen, auf welche Weise auch immer sie auseinanderführen, sollst du wissen, dass mich dabei das Bedauern begleitet, dass wir uns verfeindet gegenüberstanden und nicht in Freundschaft."

„So reuen dich deine eigenen Taten doch, wo gerade sie es sind, die uns verfeindet gegenüberstehen lassen."

Sie dachte nach.

„Mehr reut es mich, dass ich keinen Weg finde, dein Vertrauen zu gewinnen, wenngleich ich ohne Unterlass jede Gelegenheit dafür verwende, es mir zu verdienen. Ist es nicht, wenn die Menschheit sich aller ihrer Kleider entledigt hat, soll's wohl ein nobler Gehrock sein oder eine löchrige Hausschürze, das, was darunter übrig bleibt, der Wunsch nämlich, verstanden zu sein als das, was wir sind?"

„Was wir glauben zu sein", warf ich ein.

„Hältst du's nicht für die Wahrheit, was wir glauben zu sein?"

„Nach meinem besten Wissen liegen das, was wir glauben zu sein, und unsere Taten viel zu oft auseinander."

„Sicherlich", sinnierte sie, „denn wer ist in Taten schon frei?"

Wir schwiegen eine Zeitlang und gerade, als ich mir einen Ruck geben wollte, um den Strick zu holen, sprach sie weiter.

„Stell dir vor, du findest dich allein und von allem Glück verlassen, kein Weg nach vorn und keiner zurück, mit nichts außer der Gewissheit, dass die verstreichende Zeit und Gottes Gesetz erbarmungslos von dir verlangen zu überleben, da lehrt dich jemand, dass du dein eigenes Glück zu schmieden imstande bist, wenn du es nur wagst, auf die Unbedarftheit anderer zu vertrauen. Freiheit, Annie. Würdest du die Hand wegschlagen, die dich die Freiheit lehrt?“

Tatsächlich dachte ich darüber einen Moment lang nach. Ich vermutete, sie sprach über die Duggerys, die sie wohl in jenem Moment ihres Lebens aufgeklaubt hatten, da sie sich, wie sie es mir geschildert hatte, vom Westen besiegt meinte. Doch es gab immer einen Weg und wer dachte, keinen zu sehen, blickte bloß in die falsche Richtung.

„Ja, das würde ich, wenn die Hand nämlich am Arm eines Schurken hinge.“

Sie schüttelte neben mir den Kopf und ließ ihn dabei resigniert nach vorne sinken.

„Dann hast du ein glückliches Leben geführt.“

Ich fühlte mich unbehaglich. Tagelang hatte ich nichts getan, als jedem von Dippins Gedanken etwas entgegenzusetzen, und fragte mich jetzt, ob es mir zum Prinzip geworden war und ich begonnen hatte, gegen meine Natur zu gehen. Wie oft hatte ich Pa dafür bewundert, dass er noch in jedem Menschen etwas Gutes gefunden hatte? Ich hatte mich oft gefragt, ob es dieser Charakterzug gewesen war, der ihn, der sicherlich aus nichts anderem als der Not heraus zu seiner Profession gekommen war, den freundlichen Menschen bleiben ließ unter den rauhen Gesellen, die all seine Tage bevölkerten. Waren es nun Halunken oder bloß andere Kopfgeldjäger, welche die Moral zumeist auch nicht hochhielten. Hatte Dippin nicht recht? Was wusste ich schon darüber, wie es war, nichts und niemanden im Leben zu haben, das ihm eine gutherzige Richtung geben konnte? Vielleicht urteilte ich zu harsch über sie. Doch was hätte ich schon sagen können, das nicht einmal mir selbst zynisch erschienen wäre. Trieb ich sie nicht einen Weg entlang, der ihrem Leben ein Ende setzen würde als Entschädigung für das Leben, das sie geraubt hatte?

Schweigend legten wir uns zur Ruhe. Sie machte keine Regung, als ich sie fesselte, und ließ es einfach geschehen. Ich konnte lange nicht einschlafen in jener Nacht, so kalt war mir, ich glitt wieder und wieder in unruhigen Schlaf und als ich kurz vor dem Morgengrauen daraus erwachte und Dippin hinter mir spürte, wie sie sich für etwas Wärme wohl an mich gelegt hatte, fiel mir kein böser Gedanke dazu ein. Ich versuchte, schnell wieder einzuschlafen, doch die Kälte war mir bis in die Gebeine gekrochen und jetzt, wo ich wach war, hatte ich zu tun, mich vom Zittern abzuhalten. Vorsichtig, um sie davon bloß nicht aufzuwecken und mich dabei erwischen zu lassen, rückte ich ein kleines bisschen näher an Dippin heran, um mich zumindestens am Rücken vor der Kälte zu schützen. Sie lag auf der Seite, ihre Hände vor sich an den Bauch gebunden, den Kopf ohne Schutz auf dem kalten, erdigen Boden voller kleiner Äste und Kiesel. Ich selbst hatte meinen Kopf auf das Knäul meines Mantels gelegt und spürte jetzt den leichtesten Hauch von Dippins warmem Atem an meinem Nacken, dort, wo jener auf dem groben Stoff lag.

Urplötzlich und mit einer Wucht, die mich regelrecht aus dem Hier und Jetzt zu reißen schien, um mich an einem anderen Ort zu einer anderen Zeit und beinah in einem anderen Leben, wie mir schien, wieder auszuspucken, kam mir Lizzie in den Sinn und wie sich ihr heißer, schneller Atem in meinem Nacken angefühlt hatte, ihre Finger in meiner Pussy, ihr Unterarm gegen meinen Hintern gedrückt, während ich zwischen ihrem schweren Körper auf mir und dem trockenen Boden von Mr. Connollys Weizenfeld unter mir so heftig gekommen war, dass ich nicht mehr darauf geachtet hatte, leise zu sein, während um uns die Heuschrecken aus den geknickten Halmen heraus in Sicherheit gesprungen waren.

Niemand hatte mich je wieder so besinnungslos gemacht wie Lizzie. Sie war die Tochter unseres Nachbarn Donoghue, einem freundlichen Mann, der aus Irland stammte und dessen Farm nicht weit von der unseren gelegen war, als wir noch in St. Charles bei Des Moines gewohnt hatten. Lizzie und ich waren im selben Alter, und als ich am ersten Tag in der kleinen Dorfschule so unsicher in der Tür gestanden war, war sie auf mich zugekommen, hatte sich bei mir untergehakt und mich, aufgeregt, eine neue Spielkameradin vor sich zu haben, ins Schulhaus gezogen.

Ich war damals gerade vierzehn und hatte davor die Schule in Middlebury besucht, die mit dieser kleinen Dorfschule in St. Charles nicht zu vergleichen war. In Middlebury hatten die Nonnen ein strenges Regiment geführt, und wenngleich ich den Kindern hier in St. Charles in allem, was gelehrt wurde, weit voraus war, war mir die Art, wie die Kinder hier miteinander umgingen, fremd auf eine Art, die mich ihnen unterlegen machte.

Das Ende eines Schultages hier, wo bereits am frühen Nachmittag die Glocke läutete, bedeutete, dass auch für die Kinder die Arbeit auf der Farm losging, und deshalb holten sie aus der Zeit, die in den Unterrichtspausen zur Verfügung stand, alles heraus, was sie nur konnten. Hier wurde nach besten Kräften miteinander herumgetobt, wie ich es in Middlebury nie erlebt hatte, wo immer drauf geachtet worden war, dass wir Mädchen uns still verhielten und die Zeit nach dem Unterricht und zwischen den regelmäßigen Gebeten mit Handarbeiten zubrachten. Wenn es keine Socken zu stopfen gegeben hatte und keine Hemden zu flicken, dann hatten wir Fäustlinge gestrickt oder Bonnets genäht. Hier in der Schule von St. Charles hätte ich während meiner ersten Tage kaum gewusst, wie mir in all dem chaotischen Durcheinander geschah, wäre da nicht Lizzie gewesen, die mich sogleich in alles einwies, was es zu wissen gab, während sie mich ihrerseits in einem endlosen Wasserfall nach allem befragte, was ich ihr über Dinge sagen konnte, die ihr in meinem Leben als besonders erschienen.

Ich lernte von ihr, dass jedes Rennen vom Schulhaus bis zur großen Eiche vor der Kirche begonnen wurde mit „Pferdeschellen, sagt uns, wie spät ist es bloß? Ein Uhr ist's, zwei Uhr, das Rennen geht los!“ und dass die Kleinen dabei schon an der Eiche starten durften, weshalb der Reim besonders laut gerufen werden musste, damit alle das Startsignal hören konnten. Ich lernte, dass Jacks nur die Mädchen spielten und Murmeln nur die Buben, dass im Sommer Kirschkern-Weitspucken die wichtigste Disziplin überhaupt war und erst im vorangegangenen Sommer Billy, der Älteste in der Klasse, den Rekord von sechs Yards gebrochen hatte, den seine Schwester Elizabeth ganze vier Jahre lang gehalten hatte, obwohl sie nun schon seit zwei Jahren verheiratet war und jetzt in Pennsylvania lebte, und auch was am Kirschkern-Weitspucken überhaupt das Wichtigste war, dass nämlich entweder die Eltern einen eigenen Kirschbaum besaßen, wie Billys und Elizabeths Eltern, oder man geschickt darin sein musste, heimlich von fremden Bäumen Kirschen zu stehlen, damit man genügend Kerne zum Üben hatte.

Ich erzählte Lizzie im Gegenzug von den Nonnen und wie streng sie mit dem Rohrstock gewesen waren und übertrieb dabei ganz unmäßig, weil Lizzie meine Geschichten umso mehr mochte, je entsetzlicher sie waren. Am liebsten erzählte ich ihr aber von Vermont und vom Schnee, der oft so hoch gestanden hatte, dass ich vollständig darin verschwinden konnte, wenn ich nur tief genug grub. Alles, sagte ich dann, alles nur Vorstellbare konnte man aus Schnee formen. So viel Schnee, erzählte ich ihr, gab es in Vermont, dass man eine ganze Welt daraus hätte bauen können, hätte man nur Hände gehabt, die groß genug waren. Und dann stellten wir uns miteinander vor, was alles wir uns aus Schnee bauen wollten, würde ich sie einmal mit nach Vermont nehmen, um ihr das Haus zu zeigen, nach dem ich noch immer Heimweh hatte. Ein Pferd, sagte ich dann, würde ich aus Schnee bauen, ein eigenes Bett, nur für sich allein, antwortete Lizzie, ein Gewehr, einen ganzen Berg an Zuckerstangen, einen Schnurrbart, eine Burg, einen Kirschbaum, ein Kleid mit Puffärmeln, ein Paar Hosen mit Puffbeinen, einen Hut mit Puffkrempe, ein Paar Schuhe mit Puffsohlen. Wir malten uns gemeinsam aus, was wir uns wünschten, bis wir das Spiel so weit ins Absurde trieben, dass wir vor Lachen nicht mehr weiterkonnten. Das war das Spiel, das nur wir beide miteinander spielten und niemand sonst.

Ich war verliebt. Ich verstand damals nicht, dass es so war, aber ich glaube, dass ich mich bereits in der Minute, in der Lizzie mich damals ins Schulhaus zog, in sie verliebte. Vielleicht ging es ihr nicht viel anders, denn wir waren von Beginn an unzertrennlich. Jedoch vergingen noch viele Jahre, bis wir das auch verstanden und danach handelten, und noch mehr Jahre bis zu jenem Tag in Mr. Connollys Weizenfeld, als Lizzie mich so besinnungslos machte und wir einander bereits in jeder Hinsicht so vertraut waren, dass wir wussten, welche Stellen am Körper der anderen wir drücken, reiben, beißen, an welchen wir saugen oder wie wir in ihn stoßen mussten, damit die andere dabei den Kopf verlor.

Dabei waren wir zu Beginn noch so zaghaft miteinander gewesen, bei jeder neuen Geste und jeder Berührung, die einen Schritt weiterging, ängstlich, damit im Gegenüber einen Widerstand heraufzubeschwören, der alles zunichtemachen würde, was wir hier so vorsichtig voreinander offenbarten. Als wir jedoch beide erst einmal versichert waren, dass der herbeigefürchtete Widerstand sich wohl bei keiner von uns einstellen würde, waren wir ineinander gestürzt mit einem Begehren, das mir so unaufhaltsam und überwältigend erschienen war wie die Wasser der Niagarafälle, die ich als Kind gesehen hatte und die mir bis heute in ehrfürchtiger Erinnerung sind.

Auf unserem Weg aus Vermont nach Westen hatte Pa mit mir einen Umweg gemacht, um mir die Fälle zu zeigen, und ihr Anblick hatte mich mit meiner kindlichen Fähigkeit zu staunen daran glauben gemacht, dass alles in meinem Leben möglich sein konnte, wie es so vor mir ausgebreitet zu liegen schien, ein schneebedecktes Feld eines klaren Wintertags, unberührt und still, aus dem alles geformt werden konnte, wenn ich nur zugriff. Es war wohl die Hoffnung aller, die nach Westen gingen, das Leben mit den eigenen Händen zu dem zu machen, was für sie Glück bedeutete, egal, ob sie damit schnellen Reichtum meinten oder einfachere Dinge, wie mit eigener Bestimmtheit ein Stück Land zu bestellen, wie Pa es sich für uns erhofft hatte. So jedenfalls hatte es sich mit Lizzie angefühlt, als wäre alles nur Vorstellbare möglich, sogar das eigentlich Unvorstellbare. Was unziemlich war, wurde plötzlich zu etwas Reinem und ich begann zu ahnen, dass Dinge, von denen ich gelernt hatte, dass sie keinen Platz in der Welt hatten, geschehen konnten, ohne die Welt in einen Abgrund zu reißen. Ganz im Gegenteil machten sie mir die Welt zu etwas Erhabenem, von dessen Existenz ich bisher keine Ahnung gehabt hatte. Dinge schienen sich ineinanderzufügen, sodass ich verstand, dass alles, was ich davor je getan oder wer ich zuvor gewesen war, bloßes Flickwerk gewesen war. Ein verzweifelter Versuch, hier und da ein Stück an ein anderes zu nähen, um notdürftig etwas Ganzes daraus zu machen, das meinen Namen trug. Plötzlich, durch meiner Liebe zu Lizzie, verstand ich, wer ich war.

Doch ich hätte wissen sollen, mich zu hüten. So unschuldig reiner Schnee auch schien, es war gefährlich, sich an ihm die Hände zu erfrieren, sodass sie Blasen schlugen, vergaß man über die eigene Freude daran, in ihm zu spielen, die Zeit. An Lizzie nämlich erfror ich mir mein Herz, sodass ich es danach nie wieder spüren konnte wie zuvor. Als ich an jenem Tag in Mr. Connellys Feld alle Vorsicht aufgab und mich in Lizzies Hände stürzen ließ, wie ich es unzählige Male zuvor bereits getan hatte, im hohen Gras der Waldlichtung, im Heu unserer kleinen Scheune, zwischen dicken Maishalmen und duftenden Mohnblumen, richtete das, was wohl mein seufzender Schrei gewesen war, eine Katastrophe an, denn er fand das Ohr von Connelly.

Als mich in jener Nacht auf dem Weg nach Sioux City Dippins warmer Atem an meinem Nacken so unvermittelt dorthin katapultierte, sodass ich beinah die trockenen Halme unter mir riechen konnte, musste ich kämpfen, nicht von der Erinnerung überwältigt zu werden. Lizzie und ich, wie wir vor Schreck innegehalten hatten, als wir Connolly hatten rufen hören, um das offensichtlich unzüchtige Vorgehen in seinem Weizenfeld zu stoppen. Wie wir starr vor Panik gelauscht hatten, als wir ihn durch die Ähren hindurch direkt auf uns zuwaten hörten, verschreckt wie zwei Feldhasen, die die Sense auf sich zukommen sahen und dennoch nicht den Instinkt besaßen, vor ihr zu fliehen. Meine Hände vor der nackten Brust, Connellys ungläubiger Blick, der sich schnell mit Abscheu gefüllt hatte, die Angst, die sein Schweigen zurückließ, als er sich ohne ein Wort umgedreht hatte, Lizzie, wie sie, kaum war Connelly außer Sichtweite, ohne einen weiteren Blick auf mich ihr Kleid hochgezogen hatte und aus dem Feld nach Hause gelaufen war.

Es hatte mich immer geschmerzt, wie unverbindlich Lizzie sich mir gegenüber zeigen konnte, wenn wir nicht alleine miteinander waren, doch den Momenten waren all jene entgegengestanden, in denen wir im Verborgenen miteinander gewesen waren und die alles aufwogen. Nach dem Vorfall in Connollys Feld war mit einem Mal alles vorbei. Connolly, ordnungsliebender Eiferer, der er war, hatte nicht lange gewartet und unsere beiden Väter verwarnt, was hier Unsittliches zwischen ihren Töchtern vor sich ging. Lizzie leugnete alles und behauptet beharrlich, dass Connolly einen falschen Eindruck hatte von einer Situation, die nichts gewesen sei als Vertrautheit zwischen besten Freundinnen. Mit mir sprach sie jedoch kein einziges warmes Wort mehr hernach und hielt mich auf Distanz, als wüsste sie kaum, wer ich war.

Mein Pa sagte nicht viel, doch ich glaube, er machte sich Sorgen um mich, und als ich, verletzt und liebestrunken wie ich war, Lizzie keine Ruhe geben wollte, sodass mein Verhalten schließlich in der kleinen Gemeinde von St. Charles den Eindruck zu erwecken begann, dass ich es war, die Lizzie mit meiner unnatürlichen Aufmerksamkeit bedrängte, während sie nichts anderes je getan zu haben schien, als freundlich gegen mich zu sein, auf die etwas romantische Art, wie junge Mädchen das manchmal eben taten, beschloss er, mich von dem Ort fortzubringen. Ob zu meinem Schutz oder dem seinen, darüber sprachen wir nicht.

Es war jedoch der Grund dafür, dass wir in Aurora landeten, auf dem Stück Land, das uns nicht ernähren konnte, und Pa schließlich keinen Ausweg ließ, als sich einen anderen Weg zu suchen, um für unser Auskommen zu sorgen. Er warf es mir nie vor, dass ich dafür verantwortlich war, dass er seine Hoffnung auf ein ruhiges Farmleben aufgeben musste, und ich entschuldigte mich nie bei ihm dafür. Es war eines der größten Versäumnisse meines Lebens, das mich immer wieder einholte und mir die Seele schwermachte, dass ich ihm nie gesagt hatte, dass ich verstand, was es ihn gekostet hatte, meine Unfähigkeit, mich ein wenig am Riemen zu reißen, ein wenig den Blick neben mich zu wenden dorthin, wo er stand, dass ich mich hatte überwältigen lassen von einem Gefühl, das mir vorgegaukelt hatte, es sei rechtens, mich ihm vorbehaltlos zu ergeben.

Über all diese Gedanken konnte ich nicht mehr weiterschlafen, und als die ersten Sonnenstrahlen durch die Bäume schienen, stand ich auf, weg von Dippins warmem Körper, löste ihre Fesseln und begann, Windborne zu beladen.

FEUER

Es wurde ein schweigsamer Ritt. Wir machten gute Zeit. Alecto lief geschmeidig und auch mein eigenes Bein schien ausreichend erholt von der Nachtruhe. Auch als wir zu Mittag lagerten, sprach Dippin kein Wort. Ich versorgte mich und Alecto selber, weil ich keine Worte finden konnte, die das Schweigen durchbrechen würden und mir nicht zu allzu vertraulich oder zu harsch erschienen.

Ich musste mich bemühen, nicht immer wieder zu Dippin hinzublicken, doch wie ich es auch versuchte, ich bekam meinen Kopf nicht ordentlich unter Kontrolle. Ich fragte mich, ob sie die Wahrheit gesagt hatte, dass sie so war wie ich. Wenn es das überhaupt gewesen war, was sie mir in der Nacht zuvor gesagt hatte. Doch jedes Mal, wenn ich mir gewahr wurde, dass ich sie mit meinem Blick erforschte, hielt ich mir schnell vor, dass es nicht von Bedeutung war. Es war bloß eine mir altbekannte Sehnsucht, mich in den Augen einer anderen zu erkennen, weiter nichts. Doch was zählte schon das Erkennen, wenn die Augen jene einer bereits Toten waren.

Ich ärgerte mich über mich selbst. Einige Male nämlich ertappte Dippin mich dabei, wie ich zu ihr sah, und auch wenn ich jedes Mal schnell meinen Kopf abwandte, sie verstand nun wohl, dass sie mich aufgerüttelt hatte. Deshalb war ich froh, als wir wieder auf die Pferde stiegen und mein Blick keine Gelegenheit mehr fand, sich von mir unbemerkt auf Dippin zu richten.

So hatten wir den ganzen Tag kein Wort miteinander gesprochen, bis wir schließlich unser Abendlager aufschlugen.

Wieder wagte ich es nicht, in die Nacht hinein Feuer zu machen, doch da wir gut vorangekommen waren, lagerten wir bereits, als es noch hell war, und ich warf schnell ein paar Äste aufeinander, damit wir zumindest das Essen wärmen konnten.

„Hier", sagte ich blödsinnigerweise, als ich ihr ein Stück gebratenen Specks reichte, doch es war das erste unverfängliche Wort, das mir einfiel an diesem Tag.

Während wir aßen, ging die Sonne unter und ich löschte das Feuer schnell wieder, bevor die Dunkelheit seinen Schein weithin über die Prärie tragen würde.

„Morgen also Sioux City."

Ich brummte unbestimmt, statt mit einer Lüge oder gar der Wahrheit zu antworten, dass wir nämlich Sioux City sicherlich nicht am nächsten Tag erreichen würden.

„Meine Retter zieren sich", begann Dippin und lachte zaghaft und, wie mir schien, einigermaßen unbehaglich.

Sie war nervös. In einem fort zupfte sie an ihrem Hosenbund, streckte mal das eine Bein aus, mal das andere.

„Erzähl mir etwas, bitte, ich ertrag die Ruhe nicht."

„Was soll ich dir erzählen?"

„Irgendetwas, bloß schweig mich nicht an, wenn du einen barmherzigen Knochen im Leib hast."

Ich überlegte, doch mein Kopf schien völlig leer.

„Wo bist du aufgewachsen?"

„Leg dich schlafen."

„Bist du hier im Westen aufgewachsen?"

„Nein", sagte ich und stand auf, um den Strick zu holen. „Ich bin müde. Starr von mir aus in die Nacht, ich leg mich schlafen."

Ihre Hände waren klamm und ich passte auf, den Strick nicht allzu eng anzuziehen. Ich kann nicht sagen, was es war, dass ich mich so vehement weigerte, mit ihr zu sprechen in jener Nacht. Jedes Wort, das ich versuchte, blieb mir in der Kehle stecken.

Erst als ich von ihr abgewandt unter meinem Mantel lag, kam ein Satz aus mir: „Ich glaube nicht, dass wir morgen Sioux City erreichen."

Sie antwortete nicht. Es war sicherlich kein allzu großer Trost und ich verfluchte mich, überhaupt etwas gesagt zu haben. Was zum Teufel hatte ich ihr denn damit überhaupt bedeuten wollen? Dass ihr ein weiterer Tag noch unter dem weiten Himmel der Prärie blieb? Ein kurzer Tag mehr, als sie gedacht hatte, auf dem Weg zum Galgen? Was anderes würde sie denn heraushören, als dass sie noch Hoffnung auf Befreiung haben konnte? War ich denn von allen guten Geistern verlassen?

Ich lag eine Weile schlaflos und konnte hören, dass auch sie nicht schlief und sich von einer Seite, so gut sie es in ihren Fesseln konnte, zur anderen wälzte. Ich war es wohl, der als Erster von uns beiden die Augen zufielen, und als ich am Morgen darauf erwachte, merkte ich den winzigsten Moment lang, dass ich wohl erwartet hatte, sie wieder an mir liegen zu spüren. Doch sie lag abseits, ihre Augen geöffnet, und starrte in die Luft. Ich hielt es für möglich, dass sie die ganze Nacht lang wach gewesen war, und mir wurde bei dem Gedanken unwohl zumute. Doch was konnte ich schon tun, um ihr die beinah verronnene Zeit, bis sich ihr Schicksal beschließen würde, leichter zu machen? Die letzten Schritte gingen wir alle einsam.

Ich stand auf und löste Dippins Fesseln, doch sie blieb einfach liegen, während ich Windborne belud, und rührte sich nicht. Auch ich wollte an diesem Tag nicht so recht. Wahrscheinlich war ich erschöpft. Ich holte die Blechdose mit dem Bienenhonig und setzte mich, um mein Bein zu versorgen. Ich zupfte vorsichtig das Wachs vom Vortag aus den Wunden und besah mir die Schusslöcher. Sie sahen gut aus. Mir schien, dass bereits eine dünne Hautschicht über das offene Fleisch wuchs und die Hautlappen um die Wunde herum langsam wieder Farbe bekamen. Ich war einigermaßen beruhigt, denn nachdem mein Bein gestern durch Windbornes Ausbruch derart beansprucht worden war, hatte ich eine Verschlechterung erwartet. Das Bienenwachs schien mir wahrhaftig die Wirkung zu tun, wie Dippin sie mir versprochen hatte. Ich wollte es ihr nicht allzusehr danken, schließlich half sie mir nicht um meinetwillen aus, sondern weil meine Unversehrtheit geradewegs ihrem eigenen Schutz diente, nichtsdestotrotz war ich froh, dass ich in meiner Lage nicht völlig auf mich allein gestellt war.

Ich sah zu Dippin, die sich zur Seite gedreht hatte und, den Kopf auf den Rücken ihrer rechten Hand gebettet, von mir abgewandt lag. Ich stand vorsichtig auf, hielt mein verdrecktes Hosenbein hochgezogen, humpelte mit der Dose voller Wachs in der Hand gebeugt zu ihr hinüber und ließ mich hinter ihrem Rücken nieder.

„Hilfst du mir?", fragte ich sie.

Erst dachte ich, sie würde weder antworten noch sich rühren, da setzte sie sich auf. Sie rieb sich die verschwollenen Augen.

„Zeig her."

Ich schwenkte mein angewinkeltes Bein in ihre Richtung. Sie rieb ihre Hände, um Leben in sie zu bringen, und tastete dann mit sanftem Druck die Wade rund um die Wunden herum ab, während sie sich alles genau ansah. Ihre Finger waren eiskalt auf meiner Haut.

„Tut's weh", fragte sie.

„Nicht sehr."

Sie nickte zufrieden.

„Sieht auch gut aus. Hier", sie hielt mir die Dose entgegen, „knete das Wachs weich. Meine Hände sind zu kalt."

Ich tat, wie sie es mir auftrug, und als ich ihr erst den einen und dann den anderen Klumpen reichte, war ich mir mehr als alles andere der Berührung ihrer Finger gewahr, die das klebrige Zeug von meinen zupften. Als Dippin damit fertig war, die Wundlöcher mit dem Wachs zu verschließen und den Lappen herumgebunden hatte, seufzte sie kurz, stand auf und klopfte sich den Staub vom Hosenboden.

„Na dann."

„Warte", sagte ich. „Lass uns Feuer machen."

Sie sah mich überrascht an.

„Mir ist kalt", setzte ich schnell nach.

Dippin runzelte die Stirn. Zurecht, würden wir doch eine Stunde später schon wieder in der Sonne schwitzen, die bereits kräftig durch die Äste der Bäume hindurchschien. Doch meine Glieder waren schwer an diesem Tag und ich wollte den Moment noch ein wenig hinauszögern, in dem wir uns auf einen weiteren anstrengenden Ritt machen mussten.

„Ich will Kaffee kochen, zur Stärkung."

Ich wusste, dass ich mich eigenartig benahm, doch Dippin zuckte nur mit den Achseln und begann, Feuerholz zusammenzutragen. Schnell hatten wir gemeinsam ein ordentliches Häufchen beisammen, und während sie es zum Lodern brachte, kramte ich in Windbornes Satteltasche, wo ich alle unsere Vorräte untergebracht hatte.

„Verdammt", log ich dann, „ich war mir sicher, dass ich etwas Kaffeepulver dabei habe, doch mir scheint, ich hab mich geirrt."

Ich war keine gute Lügnerin und fürchtete, dass Dippin mir an der Nasenspitze ansah, dass ich die Geschichte erfand.

„Nun sei's drum", fuhr ich fort, „dann will ich mich noch ein wenig am Feuer wärmen, bevor wir losreiten."

Ich ließ mich neben Dippin am Feuer nieder. Sie sah mich unverwandt an und anstatt, wie ich gehofft hatte, neben mir sitzen zu bleiben und die Wärme des Feuers zu genießen, stand sie auf. Ich war enttäuscht und hielt meine Augen auf die Flammen gerichtet. Dann hörte ich Dippin in den Satteltaschen kramen. Kurz darauf kam sie ans Feuer zurück und stellte eine Kanne in die Flammen. Sie hob den Deckel, goß Wasser aus meiner Wasserflasche ein und zog einen kleinen Lederbeutel hervor, den ich bereits entdeckt hatte, als ich an jenem Morgen, als ich ihr in der Bucht bei Long Pine aufgelauert war, ihre Satteltaschen durchsucht hatte, an dessen Inhalt ich mich jedoch nicht mehr erinnern konnte, außer dass er mir unverdächtig erschienen war.

„Tee", sagte Dippin und warf eine Handvoll von dem Zeug in die Kanne zum Wasser.

„Tee?", grinste ich sie an, denn wer trank schon Tee hier im Westen, außer feine Damen oder nicht ganz so feine Damen, die zeigen wollten, dass sie der gehobenen Gesellschaft angehörten, auch wenn sie, oder zumeist ihre Ehemänner, bloß schnellen Reichtum in schlammigen Flussbetten und dreckigen Minenschächten gefunden hatten. „Wie prätentiös."

Sie antwortete, indem sie mir von oben herab ein „Hm" schenkte, doch ansonsten schwieg sie und stocherte mit einem Ast im Feuer.

Es dauerte nicht lange, bis das Wasser in der Kanne kochte und Dippin dieses mit einem Lappen griff und den Tee in unsere Blechnäpfe goss. Ich konnte mich nicht einmal mehr daran erinnern, wann ich zuletzt Tee getrunken hatte, so lange war es her. Ich erwartete nichts und empfand, dass es eben das war, was ich hier bekam. Wir hätten genauso gut heißes Wasser trinken können. Schlimmer noch, beim Heranführen an den Mund stieg mir erst ein leicht würziger Hauch in die Nase, und als das Gesöff hernach nach rein gar nichts schmeckte, schien es deshalb nach weniger sogar zu schmecken als Wasser.

„Tee", sagte Dippin jetzt, „so wie du ihn hier trinkst, liegt gern in den Häusern unserer reichsten Schwestern und Brüder umher und ist sicherlich nach goldenen Kandelabern und Silberbesteck das Letzte, das sie vermissen, nachdem eine verlorene Seele und ihre gesetzlosen Kumpanen zum Dienstboteneingang hinein, mit langen Fingern durch das Haus und zum Herrschaftseingang wieder hinausgezogen sind. Die moralische Verkommenheit, mit der er in meinen Besitz gekommen ist, ist ihm jedoch, wie du sicherlich jetzt nach den ersten Schlucken schon beurteilen kannst, nicht anzumerken."

„Mehr noch", antwortete ich, „ist ihm sogar weniger noch anzumerken."

Ich stand auf und holte meinen letzten Rest von Whiskey. Dann goss ich jeweils einen Schluck, so gleichmäßig, wie ich den Schnaps nur aufteilen konnte, Dippin und mir in die Blechnäpfe.

Sie sah mich an und sagte zwar nichts, doch ich glaubte einen Moment lang zu sehen, wie in ihren Augen Dankbarkeit über meine freundliche Geste stand. Ich heuchelte, so redete ich mir ein, meine Nettigkeit bloß. Mir stand nach nichts anderem der Sinn, als sie mit ein wenig vorgespielter Gutmütigkeit auf die Beine zu bringen, denn wie beschwerlich, schließlich, würde der Ritt werden, wenn sie so antriebslos bliebe. Doch ich glaube, ich ertrug es einfach nicht, sie niedergeschlagen zu sehen, und vor allem nicht meine Hand darin.

Das Feuer war schnell heruntergebrannt und ich bedeckte die Glut, so gut ich konnte, mit Erde und wir brachen auf. Statt die Pferde hintereinander zu seilen, band ich Alecto und den Hengst des Kopfgeldjägers an meinen vorderen Sattelknauf und so ritten wir an diesem Tag nebeneinander über die Prärie. Alecto an meiner rechten, Dippin auf dem Sandfarbenen an meiner linken Seite. Wenn Dippin sich wunderte, was ich mir dabei dachte oder was meinen Sinnenswandel ausgelöst hatte, so fragte sie nicht. Sie sprach überhaupt nicht und schien in ihre trübsinnig Stimmung vom Morgen zurückgefallen zu sein.

Wir lagerten erst spät zu Mittag, da wir lange Zeit keinen geeigneten Platz fanden. Wir brauchten dringend Wasser, doch ich wollte den Missouri River weiterhin meiden, um nicht entdeckt zu werden. Als wir endlich einen kleinen Bachlauf fanden, wo wir unter ein paar Bäumen auch Schatten zum Rasten fanden, war die Mittagszeit lang vorbei. Ich war verschwitzt und Dippin ebenso. Kaum waren wir abgestiegen, warf sie ihren Hut zur Seite ins Gras, ging schnurstracks auf den Bach zu und weiter in ihn hinein. Ich sah ihr zu, wie sie mitten im Wasser stand. Sie hob den Blick zum Himmel und blinzelte in die Sonne, dann streckte sie die Arme an den Seiten aus und ließ sich nach hinten fallen. Sie tauchte unter und verschwand aus meinem Blick. Ich erschrak und geriet einen Moment lang fast in Panik, weil ich fürchtete, dass sie vielleicht dabei war, sich zu ersäufen, doch da tauchte sie schon wieder auf. Sie schnellte aus dem Wasser auf die Beine, prustend, die Arme von sich gestreckt, sodass sie einen Schwall Wasser mit nach oben zog und es um sie herum in der Sonne glitzerte und schimmerte. Sie schenkte nichts um sich herum Aufmerksamkeit, nicht mir und nicht den Pferden, die sich einige Yards flussaufwärts vollsoffen. Es gab nur sie und das klare, kalte Wasser des Bachlaufs. Sie schöpfte es mit den Händen und schüttete es über ihren Kopf, ließ es über ihr Gesicht laufen, trank, prustete, tauchte wieder bis zum Hals unter, legte den Kopf nach hinten, schloss die Augen und blieb eine Weile so, während ihr Haar sich in der Strömung ausbreitete. Sie hob die Arme und strich nun mit den Händen an der Wasseroberfläche entlang, als streichelte sie die Wellen. Als ein Schwall Wasser über ihr Gesicht schwappte, schnappte sie nach Luft und kam wieder auf die Beine. So stand sie dann einfach in der Strömung des Bachlaufs, die kleine Wellen um ihre Schenkel spülte, zog mit gespreizten Fingern Bahnen in die Flut und blickte in die Ferne, von der Sonne weg nach Osten. Ihre Kleider klebten ihr am Körper und ich konnte nun so richtig sehen, wie klein und dünn sie war. Wie ein Kind sah sie aus in ihren Hosenträgern und dem Hemd, das schwer vom Wasser an ihren Hüften hinabhing. Der Anblick schnürte mir die Kehle zu. Ich wandte meinen Kopf ab, als sähe ich etwas Verbotenes. Ich hatte Durst, doch ich brachte es nicht über mich, meine Wasserflasche aufzufüllen aus dem Bachlauf, der in jenem Augenblick Dippin gehörte.

Ich kann mich heute nicht mehr erinnern, wie es geschah, dass wir lagerten und dann weiterritten. Den Anblick von Mary Dippin im glitzernden Wasser eines unbedeutenden Bachlaufs mitten in der Prärie Nebraskas, die gläserne Zerbrechlichkeit des Augenblicks, macht mir heute noch das Herz schwer, auch wenn ich weiß, dass alles, was ich damals von dem Augenblick glaubte, gelogen war. Es war vielleicht die Sehnsucht nach einer Unschuld, die es auf dieser Welt nicht gibt, die sich damals so schwer auf meine Seele legte, wie sie es auch heute manchmal tut, wo ich mit anderen Augen auf den Moment zurückblicke und auf eine Mary Dippin, die jetzt eine so andere für mich ist, als sie es damals noch war.

Wir aßen wohl und rasteten, sicherlich jedoch nicht für lange Zeit, denn wir mussten noch ein Stück geritten sein, um einen weiteren sicheren Lagerplatz für die Nacht zu finden. Die Sonne stand bereits tief und langsam zog die Abendröte auf, von der ich nach allen meinen Jahren auf der Prärie noch immer nicht genug bekommen konnte. Die Welt in Rosenhonig getaucht. Es verging kaum ein Abend auf der Prärie, an dem mir dieser Satz nicht in den Kopf kam.

Lang bevor sie meine Geliebte geworden war, war es Lizzie und mir zur Gewohnheit geworden, dass ich sie abends zurück zum Farmhaus ihrer Eltern begleitete. Wir waren den Weg stets Hand in Hand gegangen und ich hatte dabei trotz der Heimlichkeit meiner Liebe eine unendliche Freiheit meiner Seele verspürt. An einem jener Abende hatte ich innegehalten, um ihre Aufmerksamkeit auf den besonders schönen Anblick der untergehenden Sonne zu lenken und um ein wenig Zeit zu gewinnen, bevor ich mich am Tor zur Farm ihrer Eltern von ihr würde verabschieden müssen. Lizzie hatte ihren Arm um meine Taille gelegt, ihre Stirn gegen die meine gelehnt und gemeint, dass sie wohl dank unserer täglichen Spaziergänge im Abendrot die Welt in meinem Beisein nie wieder anders sehen würde, als in Rosenhonig getaucht.

Damals war mir dieser Satz schöner erschienen als alles, was ich je gehört oder gelesen hatte. Wenn er mich später noch immer durch die untergehende Sonne auf der Prärie begleitete, so war ich ihm überdrüssig, wie er sich in meine Gedanken schlich. Er schien mir schwülstig, das sehnsüchtige Schwelgen eines Mädchens, das vom Leben nichts wusste, in klebrige Worte gegossen. Ich dachte auch nicht über Lizzie nach, wenn der Satz sich mit der Abendröte mitten in meine Gedanken drängte, wo auch immer diese gerade waren. Er gehörte zu meinen Tagen wie Pas Stimme im meinem Kopf, die mir noch immer Anweisungen gab, wie ich mein Pferd richtig zu satteln hatte, wenn ich Alecto nur die Decke auflegte, oder wie mein schnelles Vaterunser vor dem Zubettgehen, dessen Worte mich nicht mehr gerührt hatten, seit ich ein Kind gewesen war.

An jenem Abend jedoch, auf der Prärie mit Dippin neben mir, als dieser Satz mir in den Sinn kam, dachte ich an Lizzie und daran, dass ich niemand in meinem Leben je wieder so geliebt hatte wie sie. Der Schmerz darüber, Lizzies Liebe verloren zu haben, war verblasst, bloß eine Schwermut überkam mich in dem Augenblick, dass das größte Glück meines Lebens bereits in der Vergangenheit lag. Meinen Blick solcherart nach innen gerichtet, war Dippin es, die die beiden Reiter herankommen sah.

WURST

„Wir bekommen Gesellschaft“, sagte sie.

Ich schreckte aus meinen Gedanken und blickte auf. Ein gutes Stück entfernt kamen zwei Reiter von Nordosten aus auf uns zu. Sie wirbelten eine Staubfontäne auf, und auch wenn ich es aus der Entfernung noch nicht sehen konnte, ließ dieser Umstand mich vermuten, dass sie schnell unterwegs waren. Erschrocken zügelte ich Windborne und wir hielten an. Ich sprang vom Pferd und machte Eile, Dippin die Hände zu fesseln. Dann holte ich den Revolver des Kopfgeldjägers aus der Satteltasche, lud ihn und steckte ihn am Rücken in meinen Gürtel. Ich stieg wieder auf Windborne, zog meinen Revolver, kontrollierte, ob seine Trommel glatt lief, und hielt das Eisen in der rechten Hand im Anschlag, während ich mit der linken wieder die Zügel aufnahm.

Die beiden Reiter waren nun schon nah an uns herangekommen. Sie trieben ihre Pferde im Galopp und hielten geradewegs auf uns zu. Noch bevor sie in Schussweite kamen, knallte ich in die Luft. Windborne tänzelte unter mir. Die beiden Reiter zügelten ihre Pferde und hielten an.

„Ho!“, schrie einer der beiden, „kein Grund für einen nervösen Finger am Abzug, wer ein rechtschaffener Kerl ist!“

„Dann gib dich selber als einer zu erkennen“, antwortete ich.

„Ah!“, rief er. „Mir scheint, ich hab es mit einem Weib zu tun, das auf die Entfernung in ihrer Verkleidung als Bursche durchgeht. So versuch ich’s auf diese Weise, Ma’am: Mein Name ist William Hastings, Sheriff von Sioux City. Ich bin unterwegs auf Nachricht des jungen Farmers Jedediah Mason aus Stuart hin, der mir einen Brief überbrachte vor zwei Tagen, ich solle mich auf den Weg nach Westen machen."

Bestimmt war es nicht so, dass ich vergessen hatte, dass der Sheriff, so ihn meine Nachricht erreicht hatte, wohl schon auf dem Weg und in unserer Nähe war. Doch in jenem Moment, als er sich vor mir zu erkennen gab, spürte ich neben der Erleichterung, dass es nicht die Duggery-Brüder waren, die mir hier entgegenkamen, zu meiner eigenen Überraschung auch eine bedrückende Schwere in mir. Vielleicht war es bloß meine Erschöpfung, die ich jetzt, wo ich froh sein konnte, nicht mehr allein mit Dippin unterwegs zu sein, jetzt, wo Hilfe gekommen war, zu spüren begann. Zwar hatten wir noch den Weg nach Sioux City vor uns, doch mit dem Eintreffen des Sheriffs waren nun die letzten Schritte meiner Reise angebrochen und der ewig gleiche Trott der letzten beiden Tage, der keinen Rhythmus außer dem Unterschied zwischen Tag und Nacht gefunden hatte, hatte die Zeit wohl in einen ewig scheinenden Fluss verwandelt gehabt, der nun jäh unterbrochen wurde.

Ich schnalzte mit der Zunge und drückte Windborne meine Fersen in die Flanken, um unseren Zug näher an die beiden Männer heranzuführen. Auch sie setzten sich in Bewegung, und als wir schließlich voreinander standen, konnte ich den Seven Point Star am Revers des Sheriffs erkennen. Hastings war ein älterer Mann mit welligem Haar, das bis auf seine Schultern fiel. Ein ausladender Schnurrbart verdeckte seine Lippen und die nach außen gezwirbelten Spitzen standen beinah über sein schmales Gesicht hinaus in die Luft. Er zog seinen Hut und behielt ihn in den Händen, während wir von den Pferden herab miteinander sprachen. Der andere neben ihm war ein junger Bursche, der in seine Kleidung noch nicht ganz hineingewachsen schien. Er kaute jedoch offenbar an einem Stück Tabak, denn er spuckte einen Strahl vom Pferd, der, anstatt ihm die Lässigkeit eines erwachsenen Mannes zu verliehen, wie er sich das so offensichtlich erhoffte, bloß einen noch deutlicheren Hinweis auf seine Jugend gab.

„Sagt, wie kam der Brief bei Ihnen an, Sheriff?"

„Versiegelt, Ma'am, seien Sie ohne Sorge. Annie Goodlick, wie ich annehme?"

Dann musterte er Dippin von oben bis unten.

„Ja, Sir. Ich habe den jungen Mason aus Stuart losgeschickt und tat gut daran, denn schon in der daraufolgenden Nacht wurden wir von einem Schurken überfallen, der mich mit einer Kugel ins Bein traf, welche mir den Weg beschwerlich macht."

Der Sheriff reagierte nicht sonderlich auf meinen Bericht.

„Mary Dippin", sagte er stattdessen. „Dich erkenn ich kaum wieder. Wenngleich es weniger die hässlichen Hosen sind, die du anstelle eines Kleides trägst, und mehr die Würdelosigkeit der Gefangenschaft und der fehlende Revolver, der ansonsten auf mich zielt, wenn wir einander begegnen."

Der Bursche feixte.

Ich sah zu Dippin hin, die vor Hastings spöttisch den Kopf verneigte.

„Verzeih mir, Hastings", meinte sie, „denn wär's nicht meinen Fesseln geschuldet, so zollte ich einem solch ehrwürdigen Mann doch meinen Respekt damit, meinen Mittelfinger zu ziehen."

Hastings spitzte kurz seine Lippen, als überlegte er, ob er ihr die Frechheit durchgehen lassen solle.

„Obacht, Dippin. Dass ich dein Maul nicht mit einer ordentlichen Schelle Respekt lehre", antwortete er dann.

Sie grinste verächtlich in seine Richtung.

„Welch Furcht mich überkommt. Eine Schelle! Verlierst du deinen Biss, Hastings, oder hast du vergessen, wie deine Bulldogge das letzte Mal, als du mich in deinen Fingern hattest, versucht hat, mich Respekt zu lehren? Wo hast du sie gelassen, deine rechte Hand? Der Dreikäsehoch hier", sie deutete auf den Burschen, „taugt wohl höchstens, deine Stiefel zu wichsen und dir die Bohnen aus dem Schnurrbart zu klauben, kaum jedoch, eine Gefangene zu bewachen, während du des Nächtens auf der faulen Haut liegst und schnarchend träumst, dass du doch noch einmal eine Hure findest, die deinen Schwanz hochkriegt."

„Keine Sorge, Dippin", grinste er, „Garrett wärmt dir in Sioux City die Pritsche und freut sich auf ein Wiedersehen. Oder hast du vergessen, dass er mit seiner Lektion noch nicht fertig war?"

Ich konnte sehen, dass unter Dippins scheinbarer Gleichgültigkeit etwas lag, das ich nicht recht deuten konnte. Sie war bleich im Gesicht und ihre Nasenflügel bebten, ob aus Zorn oder Angst konnte ich nicht unterscheiden.

„Ich erinnere mich daran, den verehrten Francis Garrett sich auf dem Boden der Zelle wälzen zu sehen, mit den Händen zwischen den Beinen. Er muss wohl schlimmen Schmerz gelitten haben, denn mit hochgezogener Hose schien es ihm daraufhin angemessen, mich zu prügeln, dass ich einen meiner Backenzähne in Sioux City ließ, als ich euch schließlich davonkam und dazu nichts weiter brauchte, als auf eure Dummheit zu setzen."

Hastings zog die Mundwinkel nach hinten, als lachte er, doch es sah mehr aus, als fletschte er seine Zähne gegen Dippin. Dann wandte er sich mir zu.

„Es liegt ein guter Lagerplatz in Richtung Osten, doch wir machen besser Eile, um ihn nicht in der Dunkelheit zu verfehlen."

Er wartete gar nicht darauf, ob ich noch etwas zu sagen hatte, sondern wendete sein Pferd und ritt voran, während der Bursche, dessen Namen ich noch immer nicht wusste, sich als Nachhut an unseren Zug anschloss.

Auf dem Ritt blickte ich einige Male zu Dippin hinüber, um zu sehen, was in ihr vorging, doch sie starrte auf den Nacken des Sandfarbenen ohne eine Regung im Gesicht. Mir war sonderbar zumute. In der Anwesenheit des Sheriffs und seines Helfers fühlte ich mich fremd, wie ich es so oft in der Gegenwart von Menschen tat. Statt Teil des Trupps zu sein, hatte ich eher den Eindruck, gemeinsam mit Dippin abgeführt zu werden. Ich rüstete mich innerlich für die beiden Tage, die uns noch bevorstanden, bis ich endlich meinen Auftrag beendet haben würde. Wären wir erst in Sioux City angekommen, würde ich nichts mehr weiter zu tun haben, als erst vom Sheriff und dann von Ginty meinen Lohn einzusammeln und mich auf den Weg nach Hause zu machen, wo ich erst einmal für eine Weile ausgesorgt haben würde. Zwei kurze Tage noch, dann war ich diesen verdammten Auftrag los und alle Anstrengung, die er mit sich gebracht hatte.

Als wir lagerten, wies ich den Sheriff darauf hin, dass die Duggery-Brüder wohl in der Gegend waren, danach trachteten, Dippin zu befreien, und dabei wohl nicht zögerlich wären, von ihren Waffen Gebrauch zu machen. Als ich den Namen Slim Meddlecox erwähnte, winkte der Sheriff jedoch ab. Er wusste bereits von der Sache, und meine Frage, ob es nicht klüger wäre, den Duggerys keinen Feuerschein zu geben, dem sie in der Dunkelheit nachreiten konnten, tat er mit einem Blick ab, der mir nicht deutlicher hätte machen können, dass er mich für eine verdammte Memme hielt.

Es war warm am Feuer und ich kam nicht noch einmal auf die Idee, ihm gegen den Sinn zu sprechen. Sollte er doch tun, wie ihm beliebte, der Mistkerl. Mein Lohn war mir sicher.

Im flackernden Licht versorgte ich als Erstes meine Wunde. Ich war überrascht, wie gut sie inzwischen bereits geheilt war, und es war keine große Sache mehr, sie zu versorgen. Wenn sich Hastings darüber wunderte, dass ich mit dem Honigwachs hantierte, so sagte er zumindest nichts.

Weder er noch Eugene, dessen Namen ich nun endlich auf meine Nachfrage hin erfahren hatte, zeigten eine Regung, Dippin zu essen zu geben. Sie hatten in einer Pfanne Bohnen mit reichlich grober Wurst gewärmt und teilten mir eine gute Portion davon mit einem dicken Kanten Brot zu, das sie ebenfalls dabei hatten. Sie schaufelten das Zeug bereits hungrig in ihre Mäuler, da begriff ich, dass sie Dippin tatsächlich leer ausgehen lassen wollten.

„Ist's denn Sitte in Iowa, Gefangene hungern zu lassen?", fragte ich mit ehrlicher Empörung.

Eugene tat, was er, wie es mir schien, immer tat, und blickte zum Sheriff. Der sah auf und mich durchdringend an. Dann wischte er mit dem Handrücken in beide Richtungen an der Unterseite seines Schnurrbarts entlang und schluckte den Bissen hinunter, den er noch im Mund hatte.

„In Iowa“, antwortete er dann, „ist es jedenfalls Sitte, aus Klugheit heraus statt Gefangene besser sich selber zu stärken mit den eigenen Vorräten. Wenn's in Nebraska anders ist, dann steht es Ihnen, Ma'am Goodlick, frei, etwas abzugeben.“

In der Pfanne war noch sicherlich eine halbe Portion übrig geblieben, und als Hastings sah, dass ich meinen Blick kurz darauf richtete, fuhr er fort: „Der Rest ist als Nachschlag bereits an mich vergeben, der ich nach der Anstrengung der letzten beiden Tage, in denen ich einer Kopfgeldjägerin unter die Arme greifen musste, die ihrer Aufgabe nicht gewachsen war, dringend Stärkung brauche.“

So war meine Lage also. Ich sah ihn unverwandt an und ohne zu ihr zu blicken, hielt ich meinen Blechnapf, auf dem der Brotkanten lag, Dippin hin. Sie zögerte offenbar, ihn zu nehmen, und ich machte mich schon bereit, sie alles Mögliche zu heißen, wenn sie so dumm war, meine freundliche Geste nicht anzunehmen und mich dabei auch noch bloßzustellen, da spürte ich, wie sie die blecherne Schale fasste, und ich ließ los, den Blick noch immer auf Hastings gerichtet. An seinen Wangen konnte ich sehen, dass er zwar fast unmerklich, jedoch verächtlich lächelte und sich dann wieder seinen Bohnen zuwandte. Mir gefiel es ganz und gar nicht, was hier lief.

Immerhin war Dippin so nett, nicht alles alleine aufzuessen, und gab mir nach nur einigen Löffeln, die sie in Windeseile in sich hineingeschaufelt hatte, den Blechnapf wieder zurück. Ich verfluchte meinen aufbrausenden Zorn, denn ich mochte es nicht, dass nun eine Vertrautheit zwischen uns vor den Augen des Sheriffs deutlich geworden war, und hatte es nur mir selber zuzuschreiben, in diese Lage geraten zu sein. Ich mochte kaum essen, so angespannt waren meine Kiefer vor Ärger über meine eigene Dummheit.

Hastings ließ auch die nächstbeste Gelegenheit nicht aus, mir zu zeigen, wer er war, denn er holte nun seinen Nachschlag vom Feuer, aß einen Löffel voll, rülpste, tätschelte sich den Bauch, wohl um zu zeigen, dass er sich vollgefressen hatte, und leerte den Rest der Bohnen ins Feuer. Dann hieß er Eugene, ihm Whiskey zu geben.

Ich musste vernünftig sein und mich in den Griff kriegen. Hastings war mir zuwider, doch was konnte ich schon gewinnen, wenn ich mich ihm entgegenstellte.

Zwar brodelte es mir dabei heiß im Bauch, doch mit allem Bemühen, das ich aufbringen konnte, sagte ich jetzt zu ihm: „Vielen Dank, dass Sie mir zur Hilfe kommen, Sheriff, den weiten Weg von Sioux City. Sicherlich haben wir alle dasselbe Ziel, Mary Dippin hier nämlich vor einen Richter zu bekommen und ihr nicht noch einmal Gelegenheit zu geben, ihrer gerechten Strafe zu entfliehen."

Dann deutete ich auf die Flasche, die Hastings in der Hand hielt, und fuhr fort: „Was sollen wir also hier unsere Zeit damit vergeuden, gegeneinander zu reden. Lassen Sie uns, Sheriff Hastings, doch anstoßen darauf, dass Dippin dingfest ist. Hat sie denn nicht an beiden Seiten einen Arm für unsere Hände jeweils, um sie in eine Zelle zu werfen?"

„Ein vernünftiger Vorschlag", sagte er und grinste Dippin dabei ins Gesicht. Dann wandte er sich mir zu und hielt mir mit einem Nicken den Whiskey entgegen. Ich trank einen ordentlichen Schluck und sah dabei aus den Augenwinkeln zu Dippin hinüber. Ich konnte ihren Blick nicht deuten, den sie einen Moment lang auf mich gerichtet hielt, bevor sie ihn senkte und für den Rest des Abends schweigend in die Flammen sah.

Ich hatte Glück, denn der Sheriff war freigiebig mit dem Schnaps und es dauerte nicht lang, bis sich mein Gemüt beruhigt hatte. Ich spürte den Whiskey sich warm in meinen Gliedern ausbreiten und vergaß meinen Zorn. Bald konnte ich mich nicht mehr so recht erinnern, warum ich mich gar so vehement gegen Hastings gestemmt hatte. Wahrscheinlich war mir bloß so beklommen zumute gewesen, weil ich selten gute Erfahrungen mit Männern seines Schlags gemacht hatte. Gut, ich mochte ihn nicht so richtig, doch wie wir so beisammen saßen und gemeinsam tranken, war ich froh, die Bürde meines Auftrags nicht mehr allein tragen zu müssen. War es so nicht auch genau mein Plan gewesen? Was hatte ich zu klagen, wenn doch alles, von meinem kaputten Bein abgesehen, auf genau die Weise geschehen war, wie ich es nur hatte hoffen können? Schließlich hatte ich Dippin ganz alleine weit genug gebracht, um sie in die Obhut des Sheriffs zu übergeben, und war dabei weder von einem anderen Kopfgeldjäger noch von den Duggery-Brüdern aufgehalten worden. Eigentlich, so dachte ich, während ich in die züngelnden Flammen des Lagerfeuers sah, und merkte, wie die Anspannung von mir abfiel und sich an ihrer Stelle Erschöpfung in mir ausbreitete, hatte ich es mir nicht recht viel besser ausmalen können als so, wie es geschehen war.

Zufrieden mit mir und meinem Werk legte ich mich schlafen. Ich überließ es Eugene, über Dippin zu wachen, und hörte nur noch, wie Hastings ihn anwies, sich mit den Handeisen an sie zu ketten, damit sie ihm nicht entkommen konnte. Ich grinste bei dem Gedanken, dass der Sheriff wohl zu seinen Ungunsten mit Dippins Geschick, sich aus einfachen Fesseln zu befreien, in Berührung gekommen sein musste, so hartnäckig, wie er dabei war. Darüber schlief ich schließlich benebelt vom Whiskey ein.

SEVEN POINT STAR

Am nächsten Morgen erwachte ich erfrischt und gestärkt. Ich hatte am wärmenden Feuer tief geschlafen, während Eugene Dippin bewacht hatte. Seine Augen waren rotgerändert von der fehlenden Nachtruhe und auch Dippin, die mit ihrem an sein Handgelenk gekettet war, sah müde aus. Der Sheriff schnarchte noch laut im grauen Licht der aufgehenden Sonne vor sich hin, doch auch er wachte auf, als ich begann, mich zu rühren. Als Hastings sich schließlich aufsetzte und sich den Schlaf aus den Augen wischte, kettete Eugene sich von Dippin los und begann, das Feuer zu schüren und Kaffee zu kochen.

Wieder ging Dippin leer aus, als Eugene den Kaffee schließlich verteilte. Nichts anderes hatte ich erwartet, doch jetzt dachte ich gar nicht daran, ihr von meiner Ration abzugeben. Noch einmal wollte ich mir vor Hastings keine Blöße geben und ein kleiner Schluck Kaffee würde Dippin ohnedies nicht fehlen.

Wir drei tranken schweigend aus unseren dampfenden Bechern, da wandte sich Dippin mir zu.

„Ich bin durstig. Gibst du mir Wasser?"

Ich sah weder sie noch die beiden anderen an, doch ich seufzte und stand auf, um meine Wasserflasche zu holen, die ich ihr vor die Füße warf und mich wieder ans Feuer setzte. Während sie lange und gierig trank, sah ich aus den Augenwinkeln, dass Hastings wohl den Kopf schüttelte.

„Hm“, brummte er in Eugenes Richtung, „wenn’s nach mir ginge, ich hätte die verfluchte Mörderin auch mit einer Kugel zwischen den Augen über den Rücken ihres teuflischen Hengstes geworfen entgegengenommen.“

Ich wollte zu meiner Verteidigung antworten, dass gerade Ginty, der Prediger aus Sioux City und immerhin einer von Hastings Schutzbefohlenen, es gewesen war, der mich beauftragt hatte, Dippin lebend zu übergeben, doch bevor ich etwas sagen konnte, brauste Dippin neben mir auf.

„Ich tat’s nicht, Hastings, was du mir vorwirfst, und das weißt du auch! Garrett hat die Alte über den Haufen geschossen im Feuergefecht und sie dort, wo sie in den Staub gefallen ist, liegen lassen, bevor er mir nachgesprengt ist. Ob’s wegen den paar Dollar war, die ich aus der Bank erwischt habe, oder aus Liebestrunkenheit, weil er beim bloßen Anblick meiner Augen den Verstand verliert, kann ich natürlich nicht sagen.“

Gespannt blickte ich zum Sheriff und war damit nicht die Einzige. Eugenes Blick schien mir nicht weniger abwartend zu sein als der meine.

Hastings schürzte die Lippen.

„Immer mit der Ruhe, Dippin. Warum so aufgebracht? Dank der ehrenwerten Madam Goodlick hier ist es dir doch vergönnt, deine Geschichte mit dreistem Maul vor dem Richter zu erzählen, der seinem Eid, nach der echten Wahrheit zu richten, sicherlich treu sein wird. Wenn’s auch zu deinem großen Unglück Augen gibt, die die echte Wahrheit bezeugen können, dass die Kugel, welche die alte Ginty traf, nämlich aus deinem Revolver kam.“

Ich blickte zu Dippin.

„Natürlich gibt es die, Hastings“, antwortete sie, „da bin ich mir sicher. Doch kann ich mich auch erinnern, dass auf der Straße, auf welche die Alte mir zum Sterben verwundet entgegenfiel, so mitten am Tag mehr Menschen liefen, als du zur Lüge wirst überreden können.“

„Ach, Dippin“, Hastings grinste höhnisch, „so viele Leute wird’s nicht brauchen, wenn nur ein Zeuge gut ist, der bestätigt, dass du's warst, die sie erschossen hat. Eugene hier zum Beispiel, selbst ein Helfer des Sheriffs, der geschworen hat, das Recht mit seinem Leben zu verteidigen, kann bezeugen, was er an jenem Tag mit eigenen Augen gesehen hat."

Dippin und Hastings starrten einander an, während ich meinen Blick auf Eugene richtete, der vom Sheriff zu Dippin sah und dann nickte. Verdammte Scheiße. Hatte Dippin tatsächlich die ganze Zeit über die Wahrheit gesagt? Ich war alarmiert.

„So hältst du's also mit dem Recht, das du behauptest zu verteidigen, Hastings. Stiftest einen unschuldigen Burschen an zu lügen, statt dich zu besinnen, dass die Zacken deines Sterns dich mahnen, Ehre, Integrität und Charakter zu beweisen in deinem Amt? Eugene", jetzt wandte Dippin sich direkt an den Kleinen, „überleg's dir gut, wofür du deine Unschuld aufgibst und für wen. Die Hölle beginnt schon auf Erden, wenn späte Reue über ein Unrecht, dessen Ausgang nicht mehr umgekehrt werden kann, die Seele eines Mannes auffrisst."

„Ach, Dippin", erwiderte Hastings mit überheblicher Ruhe, „spar dir doch deine letzten Atemzüge für Sinnvolleres. Jedes rechtschaffene Auge ist imstande, eine höhere Wahrheit zu sehen als bloß die, die sich direkt vor ihm abspielt. Eugene hat lange bereits verstanden, dass er nicht sehen muss, um zu wissen. Wie besser seinem Schwur treu bleiben, als die Welt von Gesetzlosen zu befreien, wie du eine bist? Er weiß sehr wohl, dass die Zacken des Sterns auch mahnen, Urteilsvermögen und Einsicht zu zeigen, und welch rechtschaffenere Einsicht gibt es als jene, dass eine Räuberin und Mörderin am Strick baumeln soll?"

Ich war fassungslos, wie unverhohlen Hastings kundtat, dass der Ausgang eines jeden Prozesses gegen Dippin für ihn bereits feststand und, schlimmer noch, er dafür sorgen wollte, dass sein Helfer falsches Zeugnis ablegte, um einen derartigen Ausgang zu bestimmen.

„Eine Räuberin mag ich wohl sein, Hastings, doch eine Mörderin bin ich nicht und hab auch den Galgen nicht verdient."

Hastings schüttete den letzten Schluck seines Kaffees ins Feuer.

„Ach, Dippin, verstehst du's nun bald endlich? Du kaust auf dem falschen Ohr herum. Ein Sheriff spricht kein Urteil. Spar deine Mühe für den Richter."

„Möge der Leibhaftige dein Rückgrat als Leiter verwenden, um im Garten der Hölle Äpfel zu pflücken, Hastings!"

Zur Antwort lachte er johlend auf und klopfte sich auf den Schenkel.

Ich musste mich zurückhalten, Dippin nicht beizuspringen. Hastings war eine Klapperschlange, die es verstand, blitzschnell die Taktik zu wechseln, die von giftigem Angriff dazu überging, sich zu entwinden, wenn man schon meinte, sie bereits gepackt zu haben. Ich würde ihm nicht beikommen, schließlich hatte er die Macht des Gesetzes auf seiner Seite. Doch ich hatte genug gehört und war angewidert davon, was sich hier abspielte. Ich begann zu bereuen, den Sheriff zur Hilfe geholt zu haben, doch ich wusste nicht, was tun. Ich brauchte Zeit, um nachzudenken.

„Ach", ging ich den beiden deshalb jetzt dazwischen, „was wollen wir uns hier den Kopf eines Richters zerbrechen? Sehen wir besser zu, dass wir Eile machen, nach Sioux City zu kommen. Die Prärie wird nicht gemütlicher, je länger wir auf ihr verweilen."

Ich stand auf und begann, Windborne zu beladen. Heimlich versuchte ich, Dippins Blick zu erwischen, um ihr zu verstehen zu geben, dass ich mich nicht völlig auf die Seite des Sheriffs geschlagen hatte, doch sie hielt ihren Kopf zu Boden gerichtet und ich konnte nichts weiter tun, als abzuwarten, ob sich bei der Mittagsrast eine Gelegenheit finden würde, mich an den Augen des Sheriffs vorbei mit ihr auszutauschen.

Wir ritten schweigend am Missouri River entlang und ich hatte nun Zeit, in Ruhe meine Lage zu bedenken. So wie es mir aussah, würde Dippin wohl mit einiger Sicherheit für einen Mord hängen, den sie nicht begangen hatte. Der Gedanke war mir so zuwider, dass ich tatsächlich zu sinnieren begann, wie ich ihr aus der misslichen Lage heraushelfen konnte. Doch welchen Weg meine Überlegungen auch immer einschlugen, ich kam nicht weit. Sicherlich, ich konnte versuchen, dem Sheriff ins Gewissen zu reden. Vielleicht ließ er sich erweichen und fand seinen wahren Sinn für Gerechtigkeit darob wieder. Ich konnte Hastings erzählen, wie es Ginty selbst gewesen war, der bei mir für Dippin vorgesprochen hatte. Als Prediger hatte sein Wort in Sioux City wohl Gewicht und als Sheriff war Hastings schließlich auch ihm verpflichtet. Ich sah keinen besseren Weg als diesen, doch ich war mir im Klaren, wie kurz der Hebel war, den ich hier bewegen wollte. Hastings schien mir keiner zu sein, der sich dreinreden ließ.

Dennoch versuchte ich, den Ritt damit zuzubringen, mir zu überlegen, wie ich Hastings vielleicht doch mit Worten würde überzeugen können. Gleichzeitig jedoch merkte ich, wie mein Blick immer wieder über die Prärie ging und Ausschau hielt, ob sich nicht doch noch die Duggery-Brüder zeigen würden, und anstatt mir meine Worte für Hastings zurechtzulegen, spielten meine Gedanken mir vor, wie es wäre, wenn die Duggerys uns doch noch erwischen würden. Würde ich ihnen jetzt noch entgegentreten und meine Gefangene verteidigen, oder würde ich Dippin ohne große Gegenwehr laufen lassen? Ich konnte mir die Frage nicht beantworten und sie kreiste mir stetig im Kopf herum. Würde ich gegen Hastings und seinen Helfer überhaupt entscheiden können, Dippin ohne große Gegenwehr den Duggerys zu überlassen? Wie einfach wäre es doch, so dachte ich mir, wenn es bei einem Überfall nicht mehr von mir brauchte, als still zu halten und Mary Dippin dennoch davonkommen zu sehen, damit sie nicht für ein Verbrechen büßen musste, das sie nicht begangen hatte. Vielleicht, so überlegte ich, wäre es sogar ein Moment in ihrem Leben, an dem sie zur Besinnung kommen und einen rechtschaffenen Weg einschlagen würde. Sie schien mir bei all den Verbrechen, die sie begangen hatte, im Grunde doch nicht der schlechteste Mensch zu sein. Vielleicht brauchte sie bloß jemand, der ihr die Richtung wies.

So ging es in meinem Kopf, denn ich wusste nichts über Mary Dippin. Ich sah nur, was sie mir in den Tagen davor von sich gezeigt hatte, und trug wahrscheinlich verborgen in mir eine Hoffnung, dass es bloß die Umstände eines ungerechten Lebens gewesen waren, die sie zu der Schurkin gemacht hatten, die sie war, und dass sie sich, wenn ihr bloß jemand mit Gerechtigkeit begegnete, ändern konnte. Meine verfluchte Unbedarftheit lässt mich noch jetzt vor Scham aufstöhnen.

Doch so empfand ich nun einmal meine Lage an jenem Morgen, als wir weiter auf Sioux City zuritten. Zu Mittag lagerten wir schließlich unter einigen Bäumen, und während Eugene das Essen bereitete und Hastings sich mit dem Hut ins Gesicht gezogen an einen Baum gelehnt ausruhte, erklärte Dippin, dass sie pissen musste und nicht vorhatte, das hier vor den beiden Männern zu tun. Also ging ich mit ihr ein kleines Stück, bis sie im hohen Gras hockend, geschützt von allen Blicken, einen Platz fand.

Wir hatten nicht mehr miteinander gesprochen, seit sie am Morgen nach Wasser gefragt hatte, und auch jetzt schwieg sie erst, bis ich sie plötzlich über das Plätschern ihrer Pisse hinweg fluchen hörte.

„Was ist?", rief ich.

„Verdammte Scheiße!", hörte ich sie nur sagen, ohne dass ich eine Antwort auf meine Frage bekam. Ich hörte, wie sie ein Büschel Gras ausrupfte, um sich damit abzuwischen. Dann stand sie auf, zog sich die Hosen hoch und trat an mich heran.

„Du musst mir einen Lappen geben. Irgendwas. Ich blute mir sonst die ganze verdammte Hose durch in den verfluchten Männerkleidern!"

Ich verstand und nickte.

„Komm", meinte ich nur und fasste sie am Arm.

Während der paar Schritte zurück zum Lager überlegte ich, was ich überhaupt bei mir hatte, das ich ihr geben konnte. Ich erinnerte mich an ein Halstuch, das ich gegen den Staub dabei hatte, den der Sturm so oft über die Prärie trieb, das ich auf unserem Ritt bisher jedoch nicht gebraucht hatte. Es steckte noch in Alectos Satteltasche, und als ich es nun hervorzog und in meinen Händen hielt, zögerte ich kurz. Es war eines, das Pa gehört hatte, und ich wollte es ungern hergeben, doch schließlich besann ich mich. Ich konnte mich wohl von diesem verblichenen Stück Stoff trennen für die kleine Nettigkeit, Dippin die unangenehme Lage zu ersparen, blutbesudelt vor den Augen der beiden Männer den weiteren Weg bestreiten zu müssen. Zumindest ihre Würde sollte aufrechtbleiben, wenn ich etwas dazu tun konnte, das mich nicht mehr kostete, als mich zu erinnern, dass das Andenken geliebter Menschen nicht an Dingen hing. Hatte mir nicht Pa selbst so oft erklärt, dass er sich meiner armen verstorbenen Mutter näher fühlte, wenn er sie in sein Abendgebet mit einschloss, als wenn er vom feinen Porzellan aß, das ihre Aussteuer gewesen war und das er schließlich verkauft hatte, um mich zur Schule nach Middlebury zu schicken?

Also gab ich Dippin das Tuch in die Hände. Ich hielt es ihr sauber gefaltet auf meine Handfläche gelegt hin und hoffte wohl, dass sie verstehen würde, dass es keine völlig unbedeutende Gabe war, die sie hier von mir entgegennahm, doch sie verschwand bloß ohne ein Wort hinter einem dicken Baumstamm, um das Halstuch dort, wie ich an ihren Bewegungen erkennen konnte, in ihre Hose zu stopfen. Ich konnte sehen, dass Hastings nicht entgangen war, was vor sich ging. Er hatte uns aus dem Schatten des Baumes heraus, unter dem er saß, beobachtet, doch jetzt schien er sich nicht groß darum zu kümmern, sondern zog sich seinen Hut wieder ins Gesicht und döste weiter, bis wir aßen.

Die ganze weitere Rast verlief schweigend und ich fand keinen Anfang, dem Sheriff ins Gewissen zu reden. Wahrscheinlich wäre es mir leichter gefallen, an einem Satz hier oder da anzuknüpfen, denn wenn ich mein Ansinnen allzu offensichtlich machte, so dachte ich, würde Hastings mir wohl sofort mit Widerstand begegnen. So verstrich die Zeit bis zum Aufbruch ohne ein Wort von mir, das Dippins Recht verteidigte. Einzig, ich gab ihr von meiner Ration ab, unbeeindruckt davon, was Hastings sich wohl denken mochte. Dippin rührte ihr Essen jedoch kaum an, obwohl sie sicherlich hungrig sein musste nach dem wenigen, das sie seit dem vorangegangenen Tag zu sich genommen hatte. Als wir schließlich wieder auf die Pferde stiegen, beschwichtigte ich mein Gewissen damit, dass es wohl ohnedies besser wäre zu warten, bis Hastings am Abend vom Whiskey milde gestimmt leichter zu bearbeiten wäre als in der brütenden Mittagshitze, die sogar ein sanftes Gemüt reizbar machte.

ZURÜCKHALTEN

Wir lagerten in der Nähe des Missouri River, als die Sonne noch nicht ganz untergegangen war. Kaum waren wir von den Pferden gestiegen, bat Dippin mich wie schon bei der Mittagsrast, sie ein kleines Stück außer Sichtweite der Männer zu begleiten. Ich führte sie in Richtung des Flusses, damit sie sich waschen konnte, wenn es nötig war. Ich musste selber dringend pissen und hoffte, dass sie schnell machen würde. Kaum waren wir außer Hörweite der Männer, spürte ich, wie sie mich hart am Arm packte und mich zu sich zog. Sie kam mit ihrem Kopf so nah an mich heran, dass ich sogar im dämmrigen Licht sehen konnte, wie angstvoll ihr Blick war. Ich spürte ihren schnellen Atem in meinem Gesicht und ihre Hände, die mich an den Oberarmen gepackt hielten.

„Hilf mir, Annie!", beschwor sie mich flüsternd. „Lass mich frei, bevor's zu spät ist."

Ich fuhr überrascht mit dem Kopf ein wenig zurück.

„Was?"

„Lass mich laufen, Annie! Nun hast du's mit deinen eigenen Ohren gehört, dass es die Wahrheit ist, dass ich die alte Ginty nicht ermordet habe, und dennoch soll ich hängen dafür. Ich hab's nicht verdient!"

Ich riss mich von ihr los, bestürzt über ihren Ausbruch, und wusste nichts Besseres zu tun, als weiter den Weg entlang zum Fluss zu gehen. Ich hörte ihre schnellen Schritte hinter mir. Sie überholte mich und stellte sich mir in den Weg.

„Wenn du nur den Schlüssel für die Eisen besorgen kannst. Eugene wird keine weitere Nacht lang durchwachen können, ohne hie und da in den Schlaf zu fallen, und ich kann den Rest besorgen."

Noch während sie sprach, drängte ich mich an ihr vorbei. Ich tat, als hörte ich ihre Worte nicht. Sie lief weiter neben mir, flüsternd, damit ihre aufgebrachten Worte nicht bis zum Lagerplatz dringen würden.

„Bis die beiden zum Morgen erwachen, bin ich längst nicht mehr einzuholen."

Jetzt blieb ich stehen und wandte mich ihr zu.

„Bist du verrückt?", auch ich flüsterte. „Wen glaubst du, hier vor dir zu haben?"

Ich hätte sagen sollen, dass ein Kopfgeld auf sie stand, dass ich das Gesetz brechen würde, ließe ich sie frei, dass es mir ebensowenig wie dem Sheriff zustand, ein Urteil zu fällen und sie darob ziehen zu lassen. Was ich stattdessen sagte, war mir selber unbegreiflich.

„Wie soll ich unbemerkt an den Schlüssel kommen?"

Das hatte sie sich natürlich überlegt und war schnell dabei zu antworten.

„Trink mit ihnen, bis sie gut abgefüllt sind. Der Sheriff bewahrt den Schlüssel in der Brusttasche seines Mantels auf. Wenn er schläft, brauchst du nichts als etwas Mut, um ihn dir zu holen."

Ich schüttelte den Kopf, so absurd waren ihre Worte.

„Du brauchst ihn mir nur zuzuwerfen, dann ist dein Dienst an der Gerechtigkeit auch schon getan."

„Mein Dienst an der Gerechtigkeit?"

Sie war wohl völlig verrückt geworden. Ich wollte wieder einen Schritt an ihr vorbei machen, doch sie stellte sich mir abermals in den Weg.

„Ja, dein Dienst an der Gerechtigkeit."

Sie machte einen weiteren halben Schritt auf mich zu, sodass sie nun vor mir stand, gerade so, dass unsere Mäntel aneinanderstießen, und nahm mich an den Handgelenken.

„Annie“, ihr Tonfall war ruhig, „warum glaubst du bloß, so hartherzig gegen mich sein zu müssen?“

Sie hielt einen Moment lang inne, in dem ich wie erstarrt vor ihr stand und mich weder bewegte noch sprach. Vielleicht hielt sie es für ein Zeichen, dass sie meine Überzeugung ins Wanken gebracht hatte, denn ich merkte, wie sie die Spannung aus ihrem Körper ließ und sich ihre Schultern dabei ein wenig nach vorn bewegten. Sie ließ meine Arme los und nahm mein Gesicht zwischen ihre Hände. Ihre Augen forschten in den meinen. Ich stand versteinert und vermochte kaum zu atmen, während in mir alles in panischem Aufruhr war. Sie setzte an, etwas zu sagen, doch ich wusste, welches Spiel sie hier trieb und was jetzt wohl Rührseliges aus ihr kommen würde. Während sie also noch tat, als zögerte sie mit ihrer scheinbar überwältigenden Eröffnung, riss ich mich aus meiner Starre. Dieses verdammte Miststück. Mit derselben Heftigkeit, wie der Zorn in mir hochschoss, stieß ich sie an den Schulten von mir weg.

„Ich weiß nichts als das, Dippin“, zischte ich ihr so leise ich konnte entgegen, „dass du nämlich erbärmlich missverstehst, in welcher Lage du dich befindest.“

Sie war zwei Schritt nach hinten gestolpert, um die Kraft meines Stoßes aufzufangen, und sah mich erschrocken an.

„Verzeih“, stammelte sie, „ich … ich weiß nicht … was zum …“ sie brach ab, drehte sich weg und nachdem sie ein paar Schritte weiter Richtung Fluss gestolpert war, hielt sie an und sagte leise mit dem Rücken zu mir: „Wenn ich's zurücknehmen könnte …“

Sie beugte sich vornüber, die Hände in die Seiten gestützt. Dann fuhr sie sich mit der Hand an den Kopf und rieb sich die Stirn. Ich hörte sie tief atmen, dann richtete sie sich wieder auf und wandte sich mir zu.

„Lass mich nicht in den niederträchtigen Händen dieses Schufts verrecken, ich flehe dich an! Werte es nicht gegen mich, was ich hier missverstehe. Hastings hält sie alle am Gängelband seiner Launen, welche nichts kennen, als sein eigenes Wohl und Vergnügen. Wer in dieser Stadt einen Kopf auf den

Schultern sitzen hat, dreht ihn im Gleichklang mit dem Sheriff, um ihn nicht vielleicht gar selber noch zu verlieren. Wenn Hastings seinen Blick nach dem Galgen richtet, so werden das auch die anderen tun, und dann ist es zu spät, denn der Galgen fragt schon gar nicht, welcher Hals es ist, um den seine Schlinge sich legt."

Ich blickte zurück zum Lager, wo ich das Flackern des Feuers erkennen konnte. Bald würden die Männer sich fragen, wo wir so lange blieben.

„Mach weiter, Dippin", sagte ich so ruhig ich konnte. „Hastings wird bald ungeduldig werden."

Ich kann nicht erklären, woran ich es erkannte, denn sie stand völlig ruhig und sah mir ins Gesicht, dennoch konnte ich sehen, wie sie in sich zusammenfiel. Ich starrte sie an, bis sie sich schließlich von mir wegdrehte und ohne ein weiteres Wort zwischen ein paar niedrigen Büschen verschwand.

Sie war schnell genug wieder zurück, sodass in mir keinen Moment lang die Befürchtung aufkam, dass sie womöglich gar dabei war, von mir unbemerkt durch das Buschwerk hindurch zu fliehen. Sie mied meinen Blick und folgte mir gehorsam, als ich sie am Arm nahm und vor mich schob, um hinter ihr her zum Lager zurückzugehen.

„Kümmere dich um mein Pferd", sagte sie in die Dunkelheit vor uns. „Ich mag nicht daran denken, was mit ihm geschieht, wenn der Sheriff ihn in die Finger bekommt. Hab so viel Herz, Goodlick, und sorg dich um Windborne."

Ich antwortete nicht.

„Bitte", hörte ich sie flüstern, als spräche sie gar nicht mehr zu mir, „sorg dich um mein Pferd."

Es rührte mich, wie sehr ihr das Wohl Windbornes am Herzen lag.

„Ist gut, verdammt", antwortete ich deshalb leise.

Sie antwortete nicht mehr, und als wir schließlich wieder am Lager ankamen, tat ich, als wäre nichts vorgefallen. Dippin war wieder dazu zurückgekehrt, schweigend den Kopf zu Boden gerichtet zu halten. Ich interessierte mich nicht dafür, was in ihr vorging. Ich schickte sie einfach ans Feuer und suchte mir dann selber einen Platz, wo ich mich erleichtern konnte. Vom Gezirpe der Grillen umgeben hockte ich im hohen Gras und spürte Dippins Hände an meinen Wangen, als hätten sie dort Male hinterlassen. Ich zog meine Hose hoch und blieb eine Weile abseits des Lagers in der inzwischen hereingebrochenen Dunkelheit stehen, um noch ein wenig die Stille um mich zu bewahren. Ich fragte mich, was mich so wütend gemacht hatte. War es nicht eine verständliche Regung von Dippin, um das eigene Leben zu kämpfen mit allem, was ihr nur irgendwie Hoffnung geben konnte? So hatte sie eben auch versucht, mich auf ihre Seite zu ziehen auf jene Weise, von der sie sich eben Erfolg versprach. Es machte ihren Weg zum Galgen keinen Deut gerechter, dass sie versuchte, ihm zu entkommen, wenn sie es auch mit infamen Lügen tat, die mein Herz erweichen sollten.

Das Essen war bald gewärmt und wieder gab ich Dippin von meinem Anteil ab. Sie aß auch jetzt mit wenig Appetit und blickte kein einziges Mal auf, auch nicht, um es mir vielleicht mit einem Blick zu danken, dass ich gegen sie auch jetzt noch freundlich war, wo sie wohl denken musste, es sich mit mir verscherzt zu haben. Ich war darob zwar verärgert, doch meine Gedanken waren schon beim Whiskey angekommen, den der Sheriff hoffentlich auch heute wieder nach dem Essen hervorziehen würde, und so war es mir kein großes Bedürfnis, Dippin meinen Zorn spüren zu lassen.

Bald ging die Flasche herum ums Feuer. Von Hastings Händen in die meinen und von dort an Eugene. Ich erwartete, dass Hastings Eugene bald zurechtweisen würde, schließlich musste jemand bei Sinnen bleiben, um Nachtwache zu halten, doch Eugene wusste offenbar auch ohne Anweisung des Sheriffs, was von ihm erwartet wurde. Er nahm zwar die Flasche ein ums andere Mal aus meinen Händen, doch entweder trank er nur einen kleinen Schluck oder er hielt den Whiskey kurz in seinen Händen und reichte ihn dann einfach an Hastings weiter, ohne überhaupt angesetzt zu haben.

Bald war die eine Flasche, aus der wir am Abend zuvor bereits ordentlich Whiskey gelassen hatten, leer, doch Eugene brachte schnell eine zweite und sowohl Hastings als auch ich tranken kräftig. Mein Kopf wurde schon benommen, da merkte ich an Hastings noch nicht einmal einen schwereren Zungenschlag, während dieser Geschichten zum Besten gab über die gefährlichsten und verschlagensten Schurken, die er in seiner Laufbahn eigenhändig zur Strecke gebracht haben wollte. Er vergaß, dass auch ich ein alter Hase war in diesem Geschäft und viele Geschichten bereits von Pa kannte und ich deshalb genau merkte, was für ein Aufschneider er war. An einem anderen Tag hätte ich wohl schon die erste seiner Lügen pariert, doch ich biss mir auf die Zunge und ließ ihn reden, nickte wohlwollend und brummte zustimmend, um ihn bei Laune zu halten. Bei der erstbesten Gelegenheit hakte ich jedoch ein.

„Nun, wie der Zufall es wollte", schwafelte Hastings dahin, „lief mir just, als ich die drei verfluchten toten Mistkerle nur einige Meilen an mein Pferd gebunden hinter mir über die Prärie geschleift hatte, der verdammte Bill Crowseye über den Weg. Sie nannten ihn so, weil es hieß, dass er ein so guter Schütze war, dass er auch aus fünfzig Yards Entfernung noch einer Krähe das Auge ausschießen konnte. Er war schon dem Sheriff von Rochester, der zwar ein verdammter Idiot war, jedoch sicherlich kein Waschlappen, durch die Finger geschlüpft, und hier war nun meine Gelegenheit, nicht nur mit der gesamten Hewey-Bande, sondern auch dem berüchtigten Bill Crowseye im Schlepptau wieder nach Sioux City zurückzukehren, bevor ich noch mein zwanzigstes Jahr vollendet haben würde. Kaum hatte Crowseye mich in der Ferne ausgemacht, war er schon dabei, auf seinem Hengst zu fliehen, da durchschnitt ich mit nur einem Schlag meines Messers die drei Seile, an denen die verfluchten Kadaver hingen, und machte ihm hinterher. Der verdammte Schurke hielt auf einen Wald zu und ich wusste, dass ich mein freies Schussfeld verlieren würde, also zog ich meine Flinte und legte im vollen Galopp auf ihn an. Schon mit dem ersten Schuss hatte ich ihn und verwundet fiel er vom Pferd. Bei ihm angekommen sah ich, dass der verdammte Mistkerl noch dachte, mir auf allen vieren kriechend entkommen zu können. Doch ich folgte ihm mit langsamen Schritten, um ihn ein wenig für seine Taten büßen und ihn hoffen zu lassen, dass ich ihn vielleicht doch nicht gleich hier und jetzt erlegen würde. ‚Crowseye', sagte ich zu ihm, ‚schau mich an, den Mann, der aus hundert Yards Entfernung soeben jetzt eine Krähe erlegt hat', und als er sich zu mir drehte und sehen konnte, wen er vor sich hatte, drückte ich ab und löschte sein verfluchtes nutzloses Leben aus. So kam es, dass ich am nächsten Tag also mit vier Schurken im Schlepptau in Sioux City einritt. Als die Leute hörten, was ich vollbracht hatte, da liefen sie auf die Straße und jubelten mir zu, während ich die vier Mistkerle hinaus zum Anger schleppte, damit sie dort verscharrt werden konnten."

„Mein Vater", warf ich ein, „hat mir die Geschichte von Bill Crowseye erzählt, als ich noch ein junges Mädchen war."

Hastings nickte geschmeichelt.

„Er gab sie mir jedoch als Lektion mit auf meinen Lebensweg, denn wenngleich ihre Tat, Sheriff Hastings, eine wahrhaft große war, so ging die Geschichte, geht es nach meinem Pa, mit dem Tod von Bill Crowseye noch nicht ganz zu Ende. Wenn ich mich nicht irre, fand sich nur ein wenig später ein Mann in Topeka am Galgen, der ebenfalls als Bill Crowseye gehenkt wurde. Wer von den beiden nun der wahre gewesen war, hat bis zum heutigen Tag niemand herausgefunden."

„Keine Sorge, Ma'am, jener, den ich auf der Prärie erwischte, war der Richtige. Er war nicht zu verkennen auf seinem Rappen und in seinem roten Hemd, für welches er berühmt war."

„Nun denn, ich will sagen, Sheriff, was mein Vater mich mit dieser Geschichte lehren wollte, war, dass jedenfalls einem Unschuldigen sein Leben genommen worden war, und ob es nun jener Mann in Sioux City oder jener in Topeka gewesen war, hatte für die Lektion keine Bedeutung. Nichts anderes wollte mein Pa mich lehren, als dass es eine große Verantwortung mit sich bringt, das Gesetz zu vertreten."

Hastings spitzte kurz die Lippen.

„Ihr Vater, Miss Goodlick, war, nichts für ungut, kein wahrhaftes Vorbild für einen Kopfgeldjäger und hat weder sein

Lebtag lang ein rechtes Auskommen gefunden noch seine eigene, nun ja, eigenwillige Art, mit Gesetzlosen zu verfahren, überlebt."

Wie konnte dieser Scheißkerl sich erdreisten? Mir schoss vor Ärger die Galle hoch.

„Mein Vater", ging ich zornig hoch, „war ein ehrenwerter Mann, wert drei vom Schlag, wie du einer bist, Hastings, der so offen kundtut, dass er nicht das Gesetz vertritt, sondern nur sein eigenes verdammtes Wohl und Vergnügen."

Hastings fletschte die Zähne zu einem Grinsen.

„Sieh da, das Weichei fällt offenbar nicht weit vom Huhn, Goodlick. Dein Vater hätte dich eher lehren sollen, mit Härte durchzugreifen, statt rührselig das Gesetz in alle Fasern zu zerfransen, bis oben zu unten geworden ist und links zu rechts. Lässt dich von der Schurkin hier einlullen, die dir erzählt, ihre gerechte Strafe sei nichts als ein Komplott …"

„Wenn du's wissen willst, Hastings, nicht aus eigenem Antrieb hab ich mich auf den Weg gemacht, Dippin lebend zu fass…"

„Lass gut sein, Goodlick."

Dippin hielt ihren Blick noch immer gesenkt, doch ich war so überrascht, dass sie sprach, dass ich verstummte.

„Lass gut sein. Was willst du dich mit Worten schlagen gegen einen, der mit Lügen ficht."

„Recht so, Dippin", feixte Hastings. „Red ihr nur gut zu, deiner hier kleinen Freundin, und bring sie zur Besinnung, wen sie vor sich hat. Auf Männer gibt sie nichts, wie ich höre, doch dir scheint sie wohl jedes Wort von den Lippen zu lecken, egal, wie niederträchtig es ist."

Mir schwirrte der Kopf vom Whiskey und vom Zorn, der in mir tobte.

„Halt dein verdammtes Maul, Dippin!", fuhr ich sie an. „Du willst mich hier übers Lügen belehren …"

Ich schluckte meine Worte.

Hastings lachte auf und klopfte sich vergnügt auf den Schenkel. Eugene fiel in das Lachen mit ein.

„Der Schlüssel zur Gerechtigkeit liegt in Taten, Goodlick, nicht in Worten", sagte Dippin und sah mich an.

Hastings johlte lachend auf.

„Was ist das hier?", dröhnte seine Stimme. „Eine kleine Unstimmigkeit zwischen Liebenden? Ach, versöhnt euch doch wieder, im Zorn sollen Eheleute nicht zu Bett gehen."

Es war Hastings jetzt deutlich anzumerken, dass er betrunken war, und ich konnte in seinem Blick die Art von Begehren sehen, die mir Angst machte.

„Ein kleiner Versöhnungskuss ist angebracht", fuhr er fort mit Begeisterung, die er unter dem Mantel der Lächerlichkeit zu verstecken suchte. „Nicht wahr, Eugene? Wir sind nicht prüde."

„Nein, Sir."

Selbst Eugene wurde unheimlich zumute, meinte ich zu bemerken, auch wenn er sich natürlich nach Hastings richtete. Die Angst ließ mir das Herz im Halse schlagen, doch ich saß wie erstarrt.

„Ach, nun, ziert euch nicht, ihr zwei. Schenkt mir und Eugene hier gar keine Beachtung."

„Wie gerne", Dippin richtete sich auf und hielt Hastings einen kalten Blick entgegen, „würde ich deinem Wunsch nachkommen, Hastings, doch es ist nicht einfach, einem trotzigen Kind keine Beachtung zu schenken, denn es tut in seiner einfältigen Art gerade alles, allein um beachtet zu werden, und zwar desto eifriger, je mehr es merkt, dass die Erwachsenen sich schon lustig machen über seinen Klamauk."

Hastings Lachen gefror.

„Dippin. Wie sehne ich den Tag herbei, an dem durch deine um einige Zoll engere Kehle kein Laut mehr zu dringen vermag und deine giftige Zunge dir aus dem Maul hängt, um in alle Ewigkeit zu schweigen."

Hastings hatte ihr offenbar nichts Schlagfertiges mehr entgegenzusetzen, bloß diese krude Verwünschung, an der offensichtlich wurde, dass sie ihn in seinem unheilvollen Fahrwasser gestoppt hatte. Tatsächlich beließ Dippin es nun dabei und ich war froh, dass sie ihn nicht noch weiter reizte. Sie senkte ihren Kopf wieder, ohne den Sheriff auch nur mit einem einzigen weiteren Blick herauszufordern, und ich war erleichtert.

Es war beinah, als hätte sie meine jede Regung aufgenommen und in aller Ruhe danach gehandelt, so wie ich es in meiner Erstarrung nicht mehr vermochte und wie es mir ob meines aufbrausenden Gemüts sicherlich auch nicht möglich gewesen wäre, hätte ich mich denn überhaupt noch rühren können. Nun endlich kam ich wieder aus meiner Erstarrung zu mir. Ohne ein weiteres Wort stand ich auf und legte mich ein wenig abseits zum Schlafen, oder ich gab es zumindest vor, denn mein Kopf war noch im Aufruhr und an Schlaf war nicht zu denken.

Bald hörte ich, wie auch die anderen sich zur Nacht richteten. Ich sah nicht zu ihnen hin, vernahm nur, wie Hastings die eine oder andere Anweisung brummte, und hörte die Eisen klappern, mit denen sie Dippin nun wohl wieder an Eugene ketteten. Ich war noch immer benommen vom Whiskey und mir kreisten Dippins Worte im Geiste herum. Der Schlüssel zur Gerechtigkeit.

Meine Erinnerungen an jene Nacht werden an dieser Stelle verhangen. Wahrscheinlich hatte ich zu viel getrunken. Ich trieb zwischen Wachsein und Dämmern dahin und weiß nicht mehr, ob ich überhaupt auch nur für einen Moment eingeschlafen bin. Auch weiß ich nicht mehr, was an meinen ohnedies spärlichen Erinnerungen wahr ist und was davon mein Kopf mir in seinem erbärmlichen Zustand vorgegaukelt hat.

Anstatt mich einfach dem Lauf der Dinge zu fügen, wie er nun einmal, nicht zuletzt durch mein eigenes Tun, in Gang gesetzt worden war, überlegte ich tatsächlich, Dippin freizulassen. Ich schäme mich zu sagen, dass es nichts war, außer fehlendem Mut, was mich davon abhielt. Je länger die Nacht ging, desto stärker überkam mich eine sonderbar klare Überzeugung, dass ich Dippin nicht Hastings überlassen konnte, und, mehr noch, ich wollte ihm den Triumph nicht gönnen, den er ausschlachten würde zu einer Heldenerzählung, wie sie so nie vonstattengegangen war. Alles in mir drängte danach, einen günstigen Moment abzuwarten, bis der Sheriff und Eugene tief schliefen, um aufzustehen und, wie Dippin es von mir erfleht hatte, den Schlüssel zu den Handeisen zu stehlen, um ihn ihr hinzuwerfen. Doch die Aussicht, dabei erwischt und selber angeklagt zu werden, rang mir jede Tatkraft ab. Einige Male, so erinnere ich mich zumindest, war ich schon dabei, mich aufzurichten, hatte schon den Kopf gehoben, da gab Hastings ein Grunzen von sich oder Eugene bewegte sich in seiner ungemütlichen Postion ein wenig oder ein Käuzchen schrie durch die Dunkelheit und ich zauderte, blieb liegen und musste mir von Neuem den Mut erkämpfen, um ihn wieder und wieder in sich zusammenfallen zu sehen.

Einmal, so glaube ich, begegnete mein Blick jenem Dippins in jener Nacht, und sie nickte mir mit ungeduldigem Nachdruck zu, ich möge endlich meinen Schneid finden. Ich habe ihre Augen, in denen dabei keine Bitte stand, sondern verhaltene Abscheu gegen meine Feigheit, noch so klar vor mir, dass ich meine, es muss die Wahrheit sein, an die ich mich erinnere. Dann muss es jedoch bereits früher Morgen gewesen sein, sodass mein Blick auf den Strahlen des ersten Lichts des Tages hin zu dem ihren gelangen konnte, doch mir scheint, ich sehe Dippins Abscheu viel zu deutlich vor mir, als dass der schwache Schein einer Sonne, die noch nicht über den Horizont gestiegen ist, dafür gereicht hätte. Vielleicht war der Moment also doch nicht mehr als ein Traum gewesen und ich hatte ihn geträumt, hatte schlafend geträumt, ich sei wach, während ich unter Dippins wahrhaftig echtem Blick tief und fest schlummernd bloß meine Whiskeyfahne ausschnaubte und tatsächlich ganz und gar nicht dabei war, den Mut aufzubringen, sie zu befreien.

Was auch immer es war, das dazu führte, dass Mary Dippin am Morgen vor unserer Ankunft in Sioux City noch an Eugene gefesselt neben dem erloschenen Feuer saß, ich danke Gott dem Herrn dafür, dass er mich der Versuchung widerstehen ließ.

ANSCHLAG

Als sich mit Sonnenaufgang die anderen zu rühren begannen, war mein Gefühl jedoch ein völlig anderes als heute, wo ich weiß, welchen Verlauf die Geschichte damals bereits eingeschlagen hatte. Damals fühlte ich mich besiegt, von Hastings und meiner eigenen Feigheit. Mary Dippin würde unschuldig hängen und ich hatte die letzte Chance vertan, sie vor ihrem Schicksal zu bewahren, so glaubte ich. Ich spürte nichts als Übelkeit in mir, die in so vielen Dingen ihren Ausgang zu nehmen schien, der schlaflosen Nacht, dem Übermaß an Whiskey, den ich getrunken hatte, Hastings Überheblichkeit, gegen die ich kein Mittel fand, und der Gewissheit meiner eigenen Hände in der Sache, dass ich mich wunderte, dass ich irgendwann überhaupt aufstand und Windborne sattelte, ohne dabei in die Knie zu gehen. Mein Bein schmerzte. Ich hatte mich am vorangegangenen Tag nicht darum gekümmert und auch jetzt, wo es sich mit einiger Vehemenz bemerkbar machte, vernachlässigte ich es mit grimmiger Achtlosigkeit, von der mir schien, dass ich sie nur allzu sehr verdient hatte.

Ich wagte es nicht, Dippin anzusehen. Sie verhielt sich still. Noch immer, wie an den Abenden zuvor, schien sie im Beisein der Männer völlig in sich gekehrt zu sein und saß mit gesenktem Kopf, bis Hastings sie hieß, aufs Pferd zu steigen.

Wir ritten los und ich spürte meine moralische Last wie einen Mühlstein um meinen Hals, der mich nach unten zog und mir sogar Windbornes Schritte schwer zu machen schien. Alecto lief an meinen Sattel gebunden neben uns und plötzlich wünschte ich, dass sie es wäre, die mich nach Sioux City trüge. Ich wollte meine Hand nach ihr ausstrecken, um ihr den Widerrist zu kraulen, aus einer Art Heimweh heraus, das mich plötzlich befiel. Doch ich rührte mich nicht, um niemandem, nicht Hastings und nicht Dippin, einen Grund zu geben, den Blick auf mich zu richten. Ich beobachtete stattdessen, wie sie neben mir lief, meine Alecto, deren Bein mir gut verheilt zu sein schien, und versuchte in mir Freude darüber zu finden, dass sie noch hier war, neben mir, als einzig vertrautes Wesen auf diesem Flecken Land.

Wir ritten am Missouri River entlang. Die Landschaft veränderte sich. Bäume säumten jetzt immer öfter unseren Weg und statt auf den langen trockenen Grashalmen der weiten Prärie ritten wir hier neben dem Fluss auf weichem Untergrund, auf dem dort saftiges Grün stand, wo wir nicht einem ausgetretenen Weg folgten, der hier entlangführte und der, je weiter wir ritten, immer breiter wurde. Reisende in Kutschen und zu Pferde sorgten hier, wo wir der Stadt immer näher kamen, dafür, dass kein Kraut unter den Hufen unserer Pferde wuchs, und bald trafen wir auf die Ersten von ihnen, die sich aus Sioux City auf weiter in den Westen machten oder wie wir auf dem Weg in die Stadt waren.

Schon als wir auf die erste Gruppe von Reitern trafen, einem Trupp von Männern unterschiedlichen Alters, die sich uns als Trapper vorstellten, verstärkte sich mein Unbehagen noch einmal mehr. Großspurig verlautete Hastings, wen er da gefangen hatte, und die Männer hielten sich nicht zurück, Dippin anzugaffen mit schamlosen Blicken, die danach trachteten, ihr jedes Geheimnis zu entreißen, das sich nur finden ließ. Die berühmte Mary Dippin auf ihrem letzten Weg. Ich sah sie alle bereits vor mir, wie sie schon im nächstbesten Saloon damit aufschneiden und Dinge, die nie vorgefallen waren, dazu dichten würden, zum Vergnügen aller um sie herum. Ich hatte ordentlich zu tun, um mein Temperament zu zügeln.

Auf diese Art ging es weiter, all die Stunden lang, die wir noch brauchten, um die Stadt zu erreichen. Je länger wir unterwegs waren, desto mehr Menschen kreuzten unseren Weg und allen von ihnen führte Hastings Dippin vor wie ein besonders hübsches Stück Vieh auf dem Markt, das es zu begutachten galt. Ein einziges Mal versuchte ich, das Gegaffe zu unterbrechen, und motzte einen Farmer und seinen Sohn an, die vom Markt in Sioux City auf dem Rückweg auf ihre Ranch waren, dass sie, so wie sie glotzten, Gefahr liefen, dass ihnen die Augen aus dem Kopf in den Dreck fallen würden. Hastings lachte mich aus und wischte meinen Protest zur Seite, indem er dem Farmer erklärte, er solle nichts auf mich geben, da ich als Weib zu Gemütsschwankungen neigte und lediglich überempfindlich darauf reagiere, den Arm des Gesetzes bei der Arbeit zu sehen.

„Wie jedes Weib erträgt auch sie nicht zu wissen, wie die Wurst gemacht wird, weswegen sich Weibsbilder schließlich auch so schlecht für jene Dinge eignen, die zu tun notwendig sind, um für Recht und Ordnung zu sorgen."

Der Farmer war, wie ich an seinem zaghaften Seitenblick auf mich erkennen konnte, beinah peinlich berührt davon, wie langatmig Hastings diesen Gedanken ausführte, denn natürlich war jener als Spitze gegen mich und meine Profession bestimmt und nicht für den Farmer, der um keine Lektion in Sachen weiblicher Unzulänglichkeiten gebeten hatte. Wie so oft in Momenten großen Zorns war ich auch diesmal nicht fähig, eine Replik darauf zu geben, und senkte meinen Kopf. Wenn Dippin es mir vielleicht mit einem anerkennenden Blick dankte, dass ich hier für sie eingetreten war, so wagte ich nicht, danach Ausschau zu halten. Zu sehr schämte ich mich dafür, wie leicht Hastings mich zum Schweigen gebracht hatte.

Nach diesem Vorfall schwieg ich schließlich für den Rest des Weges. Wir ritten unter der Führung von Hastings weiter, der keine Anstalten machte, zu Mittag zu lagern. Dies konnte nichts bedeuten, als dass wir nicht mehr weit von der Stadt entfernt waren, und tatsächlich sah ich bald in der Ferne die Schornsteine der Fabriken von Sioux City ihren Rauch in den Himmel stoßen und wenig später konnte ich auch eine kleine

Ansammlung von Menschen ausmachen, die mich vermuten ließ, dass wir bei der Fährstation angekommen waren, von der aus wir über den Missouri River in die Stadt übersetzen würden.

Es war lange her, dass ich in Sioux City gewesen war, und schon beim Näherkommen konnte ich sehen, dass sich die Stadt in der Zwischenzeit beträchtlich verändert hatte. Häuser standen, wo sich noch vor einigen Jahren Felder erstreckt hatten, und so manches Gebäude ragte in die Höhe dorthin, wo ich zuletzt noch auf blauen Himmel geschaut hatte.

Wir gesellten uns zu den auf die Fähre wartenden Reisenden und natürlich legte der Sheriff sogleich wieder los damit, ihnen von der Gefangennahme der hier berühmten Mary Dippin zu berichten. Anstatt wie zuvor den Kopf gesenkt zu lassen, änderte Dippin nun jedoch ihre Haltung. Vielleicht bloß deshalb, weil sie niemandem mehr entkommen konnte, so sehr drängten die Leute sich um sie. Manche, konnte ich sehen, fassten sogar nach ihr und versuchten, ihr den Hut zu entreißen oder ein anderes Stück von ihr zu erwischen, das sie als Andenken mitnehmen konnten. Dippin richtete die Schultern auf und schaute in die Runde mit einer Verachtung, welche die Leute tatsächlich zurückweichen ließ. Es war beinah, als hielte sie die Leute mit nichts als ihrem Blick auf Armeslänge von sich. Ich stand vielleicht einen halben Schritt schräg hinter ihr, sodass ich ihr nicht ins Sichtfeld geraten konnte, und da sie so sehr damit beschäftigt war, die kleine Meute mit nichts als ihrer Missbilligung zu kontrollieren, wagte ich es nun wieder, sie zu beobachten.

Sie ließ ihren Blick einige Male hin und her gehen, dann sah ich, dass er über den Köpfen der Leute an etwas hängen blieb. An einem Holzpfahl der kleinen Befestigung der Fährstation, der hier aus dem weichen Boden in die Höhe ragte, hing ein Anschlag. Irgendein Zelot hatte ein großes Stück Papier darangenagelt und mit dicken Pinselstrichen darauf geschrieben: „So sprach Johannes der Täufer: ‚Tut Buße, denn das Himmelreich ist nah herbeigekommen.'" Ich schluckte. Als hätte eine Hand, von göttlicher Eingebung geführt, hier darauf gewartet,

Mary Dippin daran zu erinnern, wie nah sie bereits dem Galgen war.

Erschrocken sah ich zu ihr und forschte in ihrem Gesicht nach einer Regung, die dieses scheinbar so harmlose Stück Papier in ihr wohl auslösen musste. Ihr Blick war so entschieden ausdruckslos im Angesicht dieser göttlichen Warnung, dass ich gerade deshalb verstand, dass sie innerlich im Aufruhr sein musste. Ich bekam es bereits mit der Angst, dass sie sich noch in Handeisen von der Fähre in den Missouri werfen würde, denn es war wohl der letzte Funken an Hoffnung, dem Strick noch zu entgehen, da mit einem solchen Vorstoß der sichere Tod immerhin gegen einen bloß wahrscheinlichen einzutauschen war. Einmal in der Stadt würde sie auf den geschäftigen Straßen zwischen all den Gaffern, die sich wohl auch dort rings um sie scharen würden, nicht mehr als ein paar Schritte weit kommen. Blödsinnig nahm ich mir vor, auf der Überfahrt besonders aufmerksam zu sein, aus einer wahrlich aberwitzigen Sorge heraus. Ich schien mich in eine Regung verbissen zu haben, Mary Dippin am Leben zu halten und der Welt jede letzte Stunde noch abzutrotzen, die sie in ihr verbleiben konnte. Darin gab es natürlich keine Vernunft zu erkennen. Mein Weitblick ging, wie Dippin es formuliert hätte, gerade eben so weit wie der eines Esels, der im Nebel sein Maul für das Ende der Welt hielt.

Es dauerte nicht allzu lang, bis der Dampfer, der hier den Fährdienst erledigte, an unserem Ufer anlegte. Seine Schaufelräder gruben sich an den Seiten des Bootes mit Wucht ins trübe Wasser des Missouri und das stampfende Dröhnen seiner Maschinen übertönte, als er schließlich an uns herangekommen war, endlich Hastings Geplapper, sodass ich für seine Ankunft fast dankbar war. Das Übersetzen dauerte nicht lang, doch anstatt Dippin dabei, wie ich es vorgehabt hatte, unter Beobachtung zu halten, war ich damit beschäftigt, die Pferde zu beruhigen. Windborne begann schon zu tänzeln, als wir erst über den Landungssteg und weiter über schwankende Holzplanken an Bord gingen, und machte mir mit aufgerissenen Augen, in denen ich das Weiß sehen konnte, die anderen beiden Pferde nervös. Sie schnaubten und stiegen hin und her, sodass ich zusehen musste, nicht zwischen ihnen eingeklemmt zu werden. Das stampfende, schwankende Ungetüm musste ihnen auch unheimlich sein, also stand ich bei ihnen, redete sanft auf sie ein und kraulte mal dem einen, mal dem anderen Pferd den Widerrist, während sie an ihren Zaumzeugen kauten, bis ihnen der Schaum vor den Mäulern stand.

So oft ich konnte, blickte ich zu Dippin, wenn ich sie denn durch die Menge überhaupt sehen konnte. Zu meiner Überraschung suchte auch sie meinen Blick, und als ich ihn während der Überfahrt drei- oder viermal auffing, schien mir eine neu gefundene Entschlossenheit darin zu stehen. So gut kannte ich sie inzwischen, dass ich verstand, je mehr Widerstand ihr begegnete, desto größer wurde ihre Sturheit. Die Meute um sie herum ließ sie wohl die letzte Kraft finden, sich der Welt entgegenzustellen.

Sie hätte mich dafür verfluchen müssen, welchen Anteil ich an ihrer Lage hatte, doch es schien mir eher so zu sein, dass sie sich an unseren ineinanderverhakten Blicken noch ein klein wenig mehr aufrichtete. Wir fanden, so spürte ich es, aus diesen einigen Yards Entfernung und zwischen den Leibern der Menschen, die gedrängt um sie standen, hindurch, eine Vertrautheit zwischen uns wieder, die durch das Auftauchen des Sheriffs jäh unterbrochen worden war, die mir nun jedoch klarer vor Augen stand als vor drei Tagen, als wir uns noch alleine auf dem Weg befunden hatten. Tatsächlich, wir waren uns vertraut gewesen, genug zumindest, dass ich sie besser verstand als sonst jemand hier, und jetzt, da ich meinen Widerstand gegen sie aufgegeben hatte, konnte ich es mit einem Mal fühlen.

Als wir am anderen Ufer ankamen, legte ich es darauf an, neben Dippin zu gehen. Ich war noch hier, an ihrer Seite. Das sollte sie wissen. Sie schien wieder mehr bei sich zu sein als noch vor der Überfahrt. Sie nahm die Veränderung in mir wahr und verstand sicherlich, dass sie auf mich zählen konnte. Ich war fast heiter, obgleich ich noch immer keinen Plan hatte, der mich sie aus ihrer misslichen Lage hätte befreien lassen, doch nun, mit festem Boden unter den Füßen und wie wir den Weg über den Landungssteg gemeinsam nebeneinander gingen, überkam mich das Gefühl, dass wir bestimmt einen Ausweg finden würden.

Als wir endlich wieder auf dem Weg standen, der uns nun bloß noch ein kleines Stück weit bringen würde, bis wir den dichtbebauten Teil der Stadt erreichten, stiegen wir wieder auf die Pferde, und unser Tross machte sich auf den Weg zum Büro des Sheriffs, das inmitten Sioux City lag. Zwischen den Holzhäusern, die ich von meinem letzten Besuch kannte, waren in der Zwischenzeit einige feste Backsteingebäude errichtet worden, manche mehrere Geschoße hoch. Da und dort sah ich auch Holzhäuser, die als Backsteingebäude verkleidet bemalt waren, wohl um vor dem Fortschritt, der hier überall spürbar war, den Hut zu ziehen und nicht den Anschein zu erwecken, zurückzubleiben.

Wer hier nun in dieser Stadt nichts Dringliches zu tun hatte, schloss sich uns an und lief neben uns her durch die Straßen. Es waren vor allem Kinder, aber auch einige junge Männer zu Pferd, die unseren Zug so aufsehenerregend machten, dass in jeder neuen Gasse, in die wir bogen, die Frage schallte, was es mit der Ansammlung auf sich habe. Die Kinder antworteten aufgeregt, während sie versuchten, mit den Schritten unserer Pferde mitzuhalten, Mary Dippin sei gefangen, der Sheriff von Sioux City sei es, der die berühmte Mary Dippin zur Strecke gebracht habe. Ich musste mich zügeln, nicht nach einem von ihnen zu treten. Schnell versuchte ich, dem Spektakel, das hier veranstaltet wurde, keine Aufmerksamkeit mehr zu schenken. Während der Name Mary Dippin wieder und wieder in meinen Ohren hallte, hielt sich mein Blick an all jenen Menschen fest, die unseren Weg säumten und nichts mehr taten, als vielleicht den Kopf in unsere Richtung zu drehen, jedoch nicht in die allgemeine Aufregung mit einfielen.

Es waren zuerst vor allem Frauen, in deren Augen ich glaubte, statt Spott und Neugier etwas wie Mitleid zu entdecken, oder zumindest redete ich es mir ein, denn eher war es bloß das Gebot der weiblichen Ziemlichkeit, das sie davon abhielt, sich dem Zug anzuschließen oder mit johlenden Rufen zu versuchen, die Aufmerksamkeit Dippins oder Hastings auf sich zu ziehen, wie andere es taten. Doch je mehr ich danach Ausschau hielt, desto öfter sah ich Menschen, die in der Gefangennahme von Dippin, wie es mir den Anschein hatte, nichts fanden, das sie bejubeln wollten. Der eine oder andere blieb auch einfach stehen, nahm seinen Hut vom Kopf und hielt ihn mit beiden Händen in stiller Andacht vor sich, während wir vorüberzogen.

Ich fragte mich, wer diejenigen wohl waren, die sich hier der Aufregung der Szenerie entzogen, und was sie von jenen unterschied, die sich an Dippins Gefangennahme so ausgelassen freuten. Jede ihrer Gesten des Erbarmens jedenfalls rührte mich, und als wir an einem alten Soldaten vorbeikamen, der, den Hut seiner zerschlissenen Uniform vor sich, mit gebeugtem Kopf am Straßenrand stand, überkam mich eine Traurigkeit, die sich aus allem Übel der Welt zu speisen schien. Er trug die Farben der Union, all diese vielen Jahre nach dem Krieg noch, da sie ihm, der er wohl für die Freiheit seiner Brüder in den Staaten der Konföderation gekämpft hatte, sicherlich ein gewisses Maß an Respekt verschafften, das ihm sonst verwehrt wäre. Er bot einen mitleiderregenden Anblick in seiner fast verblichenen Uniform, deren Jacke offen stand über einem Bauch, der nun im Alter nicht mehr unter die Rockaufschläge passte und von bloß einem dünnen Hemd bedeckt war. Einer aus der Meute, die mit uns ritt, hatte den Soldaten ebenfalls gesehen und schien ob dessen Geste, die nicht anders war als die weißer Männer zuvor auf unserem Weg, aufgestachelt zu sein. Er schrie dem Soldaten zu, er solle hier nicht untätig am Straßenrand stehen, sondern sich entgegen seiner faulen Natur etwas Nützliches zu tun finden und machen, dass er weiterkomme. Ich wandte die Augen ab, um nicht mit ansehen zu müssen, wie der Soldat auf die derbe Zurechtweisung hin nun tat, und senkte meinen Blick, auch wenn ich den Drang verspürte, den Scheißkerl, der so grob gegen den Alten gewesen war, für seine Garstigkeit zu beschimpfen.

Da hörte ich Dippin rufen: „Sergeant! Ich danke Ihnen für Ihren Dienst an der Gerechtigkeit! Hoch lebe die Union!"

Auch sie hatte den Soldaten bemerkt und ich sah, wie sie in ihren Handeisen die Arme hob und ihm einen Gruß zuwinkte. Er hatte bereits wieder seinen Hut aufgesetzt und war dabei, mit schlurfenden Schritten seines Wegs zu gehen, doch als er sie hörte, drehte er sich um und salutierte in unsere Richtung. Keiner der Männer um uns herum, nicht einmal Hastings, wies Dippin in die Schranken und wieder war ich verblüfft, wie gut sie es sich darauf verstand, ihnen allen den Wind aus den Segeln zu nehmen. Anstatt sich dem groben Kerl in unserem Gefolge entgegenzustellen, hatte Dippin dem Soldaten etwas zugerufen und war den Angreifer damit ganz einfach umgangen. Was hätten sie ihr also entgegnen sollen? Dass Dippin davon Abstand nehmen solle, die Union hochleben zu lassen? Wenn sie es nicht aus überlegter Klugheit heraus getan hatte, war Dippins Instinkt jedenfalls beeindruckend.

So ritten wir vielleicht eine halbe Stunde, bis wir zum Büro des Sheriffs kamen, einem zweigeschoßigen Holzbau inmitten der Stadt. Der Lärm der Menge um uns herum hatte offenbar den anderen Helfer des Sheriffs, Garrett, wie ich vermutete, aus dem Haus geholt, denn als wir herangeritten waren, stand er schon auf den Dielen vor der Tür, bereit, uns in Empfang zu nehmen. Wir stiegen ab, banden die Pferde an und Hastings führte Dippin am Arm die wenigen Stufen zum Eingang hinauf, um sie Garrett hinzuschieben.

„Na sieh, wen ich dir hier bringe, Garrett", feixte Hastings.

Garrett, ein Mann von etwa dreißig Jahren und fester Statur, der in einem ordentlichen Anzug steckte, den er jedoch so spät am Nachmittag unter den Armen bereits ordentlich durchgeschwitzt hatte, fletschte die Zähne.

„Willkommen zurück, Dippin. Ist ein Weilchen her, seit wir dich das letzte Mal beherbergt haben, doch keine Sorge, deine Zelle hat auf dich gewartet."

„Eugene, geh die Pferde versorgen", hieß Hastings den Burschen, der sofort die Stufen wieder hinuntersprang.

„Windborne bleibt bei mir", rief ich Eugene nach.

Niemand sagte etwas dagegen, doch Garrett richtete seinen Blick auf mich.

„Annie Goodlick", sagte ich und tippte ungerührt an meinen Hut.

„Miss Goodlick hier", sagte Hastings nun zu Garrett, „hat sich rechtmäßig das Kopfgeld für die Gefangennahme Dippins verdient, wenngleich wir ihr wohl etwas davon abziehen müssten, wo sie es als Weib nicht zustandegebracht hat, die Arbeit eines Mannes ohne meine Hilfe zu verrichten. Doch wer bin ich schon, das Gesetz zu beugen, Garrett, nicht wahr? Zahl ihr also die tausend Dollar aus, bevor sie dann den Weg nach Hause findet."

„Ja, Sir."

Garrett fasste Dippin am Arm und zog sie Richtung Eingang.

„Verdammt, Garrett", sagte Hastings da und deutete auf die Wand neben der Tür, an der mit einigen Plakaten angeschlagen war, auf wen in Iowa gerade derzeit Kopfgeld stand.

Ich folgte seinem Blick und sah sofort, was er meinte. Hastings hatte den Anschlag an der Fährstation nicht bemerkt, zu beschäftigt war er damit gewesen, die Reisenden mit seinen Aufschneidereien zu unterhalten. Direkt neben jenen Plakaten, die der Sherriff hier aushängen hatte, hing in dicken Pinselstrichen auf einem großen Bogen derselbe Spruch wie an dem Pfahl dort, der in den Worten der Bibel mahnte, Buße zu tun.

Ich kannte das Papier bereits und interessierte mich mehr für zwei andere Plakate, die daneben hingen. Eine Zeichnung von Mary Dippin sah ich über den Worten „tot oder lebendig" auf dem einen. Es war der wahren Mary Dippin recht ähnlich, jedoch irritierte mich, dass sie darauf mit hübsch hochgestecktem Haar gezeichnet war und ihre Schultern, unter denen das Porträt endete, von einem Kleid bedeckt waren. Ich war daran gewöhnt, sie in Männerkleidern und ihr Haar auf Kinnlänge geschnitten und verborgen unter einem Männerhut zu sehen, und der Unterschied schien mir wie jener zwischen zwei völlig verschiedenen Menschen.

Gleich daneben hing ein Plakat, das meine Aufmerksamkeit in keinem kleineren Maße auf sich zog. Es zeigte die beiden Duggery-Brüder, James, den Älteren der beiden, und Tom, deren Kopfgeld ebenfalls auf tot oder lebendig ausgeschrieben war. Sogar auf bloß diesen Zeichnungen hier sahen sie wie besonders wilde Kerle aus. Sie waren einander ähnlich wie Zwillinge, was jedoch vielleicht einfach der Tatsache geschuldet war, dass sie beide die gleichen zottigen Bärte trugen und mit kohlschwarzen Augen unter dichtem dunklem ungekämmtem Haar hervorblickten. Zu gerne hätte ich gewusst, was sonst noch in so kleiner Schrift, die ich auch aus der kurzen Entfernung nicht entziffern konnte, auf den Plakaten stand, sowohl auf jenem von Dippin als auch auf jenem von James und Tom Duggery, doch es hätte wohl eigenartig ausgesehen, hätte ich mich näher an die Plakate herangestellt, um zu lesen, welche Verbrechen ihnen vorgeworfen wurden.

„‚So sprach Johannes der Täufer: Tut Buße, denn das Himmelreich ist nah herbeigekommen.' Was zum Teufel, Garrett?"

Hastings war irritiert.

Garrett hielt jetzt auf seinem Weg ins Haus kurz inne und drehte sich mit einem Achselzucken um.

„Ach", seufzte er, „der neue Prediger, Sir. Er ist ein Eiferer."

„Was? Jener, der vor zwei Wochen Gintys Gemeinde in der Augustana Lutheran übernommen hat?"

„Ja, Sir. Ich höre, er schlägt den Spruch überall in der Stadt an, wo auch immer er eine Wand findet, die einen Nagel in sich treiben lässt. Aus den Saloons gibt es bereits Klagen, denn besonders dort und in den Hurenhäusern der Stadt ist er damit unterwegs."

Hastings verdrehte die Augen, doch ließ er die Sache damit auf sich beruhen. Als ich jedoch den Namen Ginty hörte, formierte sich in mir ein Plan. So wie dieser mir über sein Leben erzählt hatte, an jenem Morgen, als er aus Aurora zu mir gekommen war, hatte ich den Eindruck gehabt, er wäre vielleicht bloß ein Wohltätiger, der nach den Worten unseres Herrn Jesus Christus sein Leben lebte hier in Sioux City, doch er war, wie ich jetzt hörte, einer ganzen Gemeinde vorgestanden. Sein Wort würde in dieser Stadt etwas zählen. Anstatt mir meinen Lohn bei ihm abzuholen, würde ich ihn überreden, mit mir hierher zurück zum Sheriff zu kommen und für Dippin vorzusprechen. Ich musste bloß überzeugend sein, dass ich die Wahrheit darüber sprach, dass sie am Tod seiner Ehefrau unschuldig war, und sicherlich, so dachte ich mir, würde er, der er immerhin ein so gerechtes Herz in sich trug, dass er mich überhaupt auf meinen Weg geschickt hatte, mit seinem gewichtigen Wort etwas ausrichten. Mit meinem Verzicht auf sein Erspartes würde ich ihm, so hoffte ich, eine Versicherung geben können, dass er Recht daran tun würde, für Dippin einzustehen.

Wir traten ins Haus, Garrett voran mit Dippin neben sich, dann Hastings, der sich sogleich mit einem müden Seufzen auf den Stuhl an seinem Schreibtisch fallen ließ, auf den er seinen staubigen Hut warf, und ich hinter ihnen her. Ein paar Schritte in den Raum hinein blieb ich stehen, nahm selber meinen Hut ab und wartete, was geschehen würde. Im hinteren Teil des Raums sah ich drei Gefängniszellen. In einer davon lag auf der Pritsche ein unordentlich gekleideter Mann, der nun, als wir hereinkamen, kurz den Kopf hob, einen Laut von sich gab, der wohl an Hastings gerichtet war, und sogleich den Kopf wieder hinlegte und die Augen schloss.

„Lansky", grüßte Hastings ihn, „am Zahltag wieder einmal einen über den Durst getrunken?"

Lansky grummelte etwas Unverständliches und drehte sich von uns weg.

„Mrs. Lansky ist eine glückliche Frau", setzte Hastings nach, dann rutschte er in seinem Stuhl ein wenig nach unten und legte die Beine auf den Tisch.

Ich konnte mir vorstellen, dass er so wohl den größten Teil seines Tages zubrachte, so selbstverständlich, wie er sich in dieser Position einrichtete.

Jetzt schloss Garrett die Zelle neben jener auf, in der der Betrunkene lag, stieß Dippin unsanft hinein und knallte das Gitter hinter ihr zu.

„Die Handeisen!", protestierte sie.

„Welche Handeisen?", fragte Garrett, der sich schon wieder umgedreht hatte und sie keines Blickes mehr würdigte.

„Scheißkerl", murmelte Dippin und setzte sich auf die Pritsche.

„Dippin ist uneinsichtig", wandte Hastings sich jetzt an Garrett. „Sie behauptet doch tatsächlich, unschuldig am Tod der alten Ginty zu sein."

Garrett lachte laut auf, dann warf er den Schlüsselring auf Hastings Schreibtisch, deutete mir, mich auf die Holzbank zu setzen, die an der Fensterseite des Raumes entlang verlief, und machte sich auf ins obere Stockwerk, vermutlich, um meinen Lohn zu holen. Ich blieb stehen.

„Ich habe nie behauptet, unschuldig am Tod der Alten zu sein", kam es plötzlich von Dippin.

Hastings blickte zu ihr.

„Ach?"

„Ich habe gesagt, dass nicht meine Kugel sie traf, doch will ich nicht behaupten, dass ich mit meinem Raub in der First National nicht Schuld auch am Tod der Frau des Predigers auf mich geladen hätte."

„Was so einige wenige Gitterstäbe Vernunft in einen Menschen bringen", erwiderte Hastings mit süffisantem Grinsen.

„Glaubst du denn, Hastings, dass mich mein Gewissen nicht drückt?"

„Aber natürlich, Dippin", Hastings hob die Augenbrauen, „du bist ein wahrhaft christlicher Mensch."

„Glaub's oder nicht, Hastings, was kümmert's mich", zuckte Dippin resigniert mit den Achseln.

Nun kam Garrett mit einem Bündel Banknoten die Treppe aus dem oberen Stock herunter. Während er mich auszahlte und ich ihm eine Quittung unterschrieb, dachte ich darüber nach, ob ich es wohl wagen konnte, Dippin noch einige Worte zuzuflüstern, dass ich zurückkommen würde, mit dem Prediger, um die Geschichte zurechtzurücken. Was konnte Hastings mir schließlich schon tun, außer mich mit Häme zu bedenken?

Ohne großes Aufhebens ging ich also, als ich die Banknoten unter meinem Hemd verstaut hatte, auf Dippins Zelle zu. Sie kam gar nicht auf die Idee, aufzustehen, also winkte ich sie zu mir.

„Sieh gut zu, Garrett", hörte ich Hastings hinter mir, „dann wirst du erleben, warum Dippin dir beim letzten Besuch in unserem Hôtel sans garni gar so schroff entgegengegangen ist."

Dippin beachtete ihn gar nicht. Mit ausdruckslosem Gesicht kam sie auf mich zu und stellte sich vor mich an die Gitterstäbe.

„Dippin", flüsterte ich, „ich komme zurück. Ich reite los, den Prediger Ginty zu holen, der für dich vorsprechen soll. Er ist ein gutherziger Mann, der sich für dich einsetzen wird, wenn ich ihn davon überzeugen kann, dass du keine Schuld am Tod seiner Frau hast."

Ich hatte erwartet, dass nun hoffnungsvoll Leben in sie kommen und sie es mir danken würde, dass ich nicht aufgegeben hatte. Stattdessen trat sie nur wieder einen Schritt zurück in ihrer Zelle und lächelte mich an. Es wirkte nicht freundlich, ihr Lächeln, sondern beinah mitleidig. Der einzige Reim, den ich mir darauf machen konnte, war, dass sie wohl doch aufgegeben hatte und mich bemitleidete für meine falsche Hoffnung. Also setzte ich nach.

„Hab Zuversicht", beschwor ich sie leise, „noch ist Zeit."

Ihr Lächeln wurde nun noch ein wenig breiter. Ich sah, dass sie überlegte, mir etwas zu sagen, doch sie setzte sich nur wieder zurück auf ihre Pritsche, ohne ihren Blick von mir abzuwenden, und sagte so laut, dass es Hastings und Garrett hören konnten: „Lebwohl, Goodlick."

Ich zögerte kurz. Sie kam mir so eigenartig vor, resigniert und gleichzeitig so, als hielte sie etwas vor mir zurück. Mich überkam Sorge, dass sie sich in meiner Abwesenheit etwas antun würde, doch ich wollte schnell wieder zurück sein und Hastings und Garrett bewachten sie gut, also verweilte ich gar nicht bei dem Gedanken, sondern zwang mich zum Aufbruch.

„Lebwohl, Dippin", sagte ich deshalb laut, drehte mich um und ohne ein weiteres Wort an Hastings und Garrett verließ ich das Haus.

Lieber wäre ich auf Alecto geritten, doch schneller würde es auf Windborne gehen, wenn Alecto laufen konnte, ohne mich im Sattel zu tragen, also stieg ich auf seinen Rücken und band die anderen beiden Pferde wiederum hinter ihm aneinander. Ich konnte die beiden wohl nicht gut vor dem Büro des Sheriffs lassen, wo Hastings mich auf dem Weg nach Hause glaubte.

Ich ritt zur erstbesten Kreuzung und fragte dort eine Frau, die mit ihren beiden Kindern an der Hand die Straße entlang unterwegs war, wo ich den Prediger Ginty finden konnte. Sie wollte mich an die Ecke Third und Virginia schicken zur Augustana Lutheran Church, doch ich entgegnete, dass Ginty sich wohl zur Ruhe gesetzt habe nach dem Bankraub in der First National und ich sein Wohnhaus suche. Ihr stieg ein wenig die Röte ins Gesicht. Sie entschuldigte sich für ihre Vergesslichkeit im Angesicht der großen Tragödie, die den guten Reverend Ginty befallen habe, Gott hab ihn selig, und schickte mich ans nördliche Stadtende, wo ich den Prediger finden würde. Sie hatte mir nicht genau sagen können, wo das Wohnhaus stand, deshalb dauerte es ein wenig, bis ich mich durchgefragt und es schließlich gefunden hatte. Es war inzwischen spät am Nachmittag und die Sonne stand bereits so tief, dass sie bald hinter die Häuserfassaden von Sioux City tauchen würde.

Hier war die Stadt nicht so dicht bebaut wie anderswo und ich fand Gintys Haus von kleinen Feldern umgeben, auf denen Kartoffeln, Kohl und anderes Gemüse wuchsen. Es war ein hübsches, weiß gestrichenes Häuschen, vor dessen Veranda Blumen gepflanzt waren. Ich band die Pferde an das Geländer der kleinen Treppe, die zum Haus hochführte, nahm meinen Hut ab, strich mein Haar ordentlich nach hinten, klopfte mir den Staub von den Kleidern, besann mich noch einmal auf meine Geschichte, wie ich sie mir auf dem Weg hierher überlegt hatte, und schlug mit dem Messingring, der zu diesem Zweck an der Tür angebracht war, einige Male laut gegen die Tür. Es dauerte eine Weile und ich machte mir schon Sorgen, dass Ginty gar nicht zu Hause sei, da öffnete mir ein kleiner älterer Mann.

„Guten Tag“, sagte ich zu ihm, „ich bin auf der Suche nach dem Prediger Ginty und man hat mir gesagt, dies sei sein Haus, in dem ich ihn finden könne.“

„Guten Tag“, grüßte er freundlich zurück, „Was kann ich für Sie tun … Ma'am?“

„Finde ich Mr. Ginty hier?“

„Ich bin Reverend Ginty“, antwortete er geduldig.

Dumm antwortete ich: „Dann suche ich wohl nach Ihrem Schwiegersohn.“

Er sah mich ratlos an und schon bevor er überhaupt antwortete, bemerkte ich meinen Irrtum. Ich hatte einen Moment lang gedacht, den alten Prediger, Dora Gintys Vater, vor mir zu haben, doch dessen Name konnte natürlich nicht Ginty sein. Mir wurde heiß.

„Ich habe keinen Schwiegersohn, Ma'am, ich habe gar keine Kinder.“

„Clarence Ginty?“, fragte ich mit hochsteigender Bestürzung.

„Ja.“

„Sie haben“, setzte ich mit trockenem Mund nach, „Ihre Frau beim Bankraub der First National vor einigen Wochen verloren?“

Ich sah, wie nun auch in seinen Augen ein Aufruhr begann. Zögerlich antwortete er: „Ja.“

BUßE TUN

Ich starrte den Prediger an, während innerhalb von Sekunden vor meinen Augen vorbeilief, für welches Spiel ich benutzt worden war. Ohne dem echten Ginty eine Erklärung für mein eigenartiges Verhalten zu geben, drehte ich mich auf dem Absatz um und ließ ihn in der Tür stehen. Während ich Windborne losband und aufsprang, rief ich dem Prediger noch eine Entschuldigung zu und dass wohl eine Verwechslung vorliege, dann stieg ich dem Hengst so hart in die Flanken, dass er beinah aus dem Stand in den Galopp verfiel und die anderen beiden Pferde hinter ihm wieherten, als er sie mit sich zog.

Ich wusste noch nicht so recht, was genau geschehen war. Ich wollte nur so schnell wie möglich zurück zum Büro des Sheriffs gelangen, denn es war ein faules Spiel, das hier lief, so viel war klar. Am liebsten hätte ich die beiden Pferde hinter mir zurückgelassen, denn auf Windborne allein würde ich den Weg schneller bewältigen, so jedoch musste ich ihn zügeln, damit vor allem Alecto das Tempo schaffte. Ich wollte schreien aus Frustration, doch bald waren es nicht die beiden Pferde, die mich langsam machten, sondern die vollen Straßen der Stadt, auf denen ich Acht geben musste, niemanden niederzutrampeln.

Während ich die Pferde, lauthals rufend, dass man mir aus dem Weg gehen solle, durch die Straßen lenkte, hatte ich nicht allzu viel Aufmerksamkeit übrig, um mir zu überlegen, was geschehen war und in welcher Situation ich mich befand. Ich hatte nur verstanden, dass es wohl einer der Duggerys gewesen sein musste, der vorgegeben hatte, Ginty zu sein, und mich auf den Weg geschickt hatte, Dippin zu fangen. Plötzlich verstand ich, warum diese keinen Fluchtversuch unternommen hatte. Ich hatte wohl an einer Stelle etwas erwähnt, woran sie erkannt hatte, dass nicht der wahre Ginty, sondern einer ihrer Kumpanen mich beauftragt hatte, und so hatte sie sich im Vertrauen auf deren Plan, den die Schurken sicherlich gut geschmiedet hatten, von mir gegen andere geschützt, die ihr nach dem Leben trachteten, über die Prärie bringen lassen. Hatte sie nicht auch genau das behauptet? Ich biss vor Zorn die Kiefer aufeinander. So einfach hatte mir dieses Miststück also die Wahrheit sagen können, wo mir ein Teil des Ganzen gefehlt hatte, der mich nun der Lächerlichkeit preisgab. Doch warum hatten die Duggerys Dippin nicht einfach irgendwo auf dem Weg mitten auf der offenen Prärie aus meinen Händen befreit? Ich konnte mir keinen Reim darauf machen, schließlich saß Dippin jetzt in einer Zelle, bewacht und gefesselt, und würde dem Sheriff nun ja wohl nicht mehr entkommen können.

Ich wusste, dass es so nicht sein konnte. Was auch immer die Duggerys im Schilde führten, ihr Plan war noch nicht vollendet. Allerdings mussten sie damit gerechnet haben, dass ich mich nach Dippins Übergabe an den Sheriff bald zu Ginty aufmachen würde, um mir meinen Lohn zu holen, und ihnen schnell auf die Schliche kommen würde. Was auch immer sie geplant hatten, ich war mir sicher, ich musste mich beeilen. Vergessen war mein Wunsch, Dippin aus ihrer Lage zu helfen. Sie war eingeweiht gewesen, hatte mich belogen, wer weiß, worüber sonst noch, sie hatte mit mir gespielt und mich um den Finger gewickelt. Ich würde sie nicht davonkommen lassen.

Endlich war ich, verschwitzt und außer Atem, beim Büro des Sheriffs angekommen. Ich schleuderte in meiner Eile Windbornes Zügel achtlos über den Balken vor dem Gebäude, stürmte die Stufen hinauf und warf die Tür auf.

„Hastings!“, rief ich.

Meine Augen brauchten einen Moment, um sich an das Halbdunkel im Raum zu gewöhnen. Dippins Zelle war leer, weder Hastings noch Garrett oder Eugene waren im Raum, nur Lansky lag weiterhin auf seiner Pritsche und schrak jetzt von meinem stürmischen Eintreten hoch.

„Lansky!“, schrie ich ihn an, „Wo sind alle? Wo ist Hastings?“

Er sah mich verwirrt an und dachte nach. Seine Antwort kam mir zu langsam.

„Wo?“, brüllte ich.

Er deutete mit dem Zeigefinger in die Luft.

„Oben“, stotterte er, „Hastings.“

„Hastings!“, schrie ich und lief zur Treppe, die nach oben führte.

Hastings hatte den Aufruhr offenbar bereits gehört, denn als ich am Fuß der Treppe angelangt war, sah ich ihn schon oben stehen, in nichts als Hosen und Hemd, während er sich die Hosenträger über die Schulter zog.

„Goodlick“, brummte er, „verdammtes Weib. Was soll der Lärm?“

„Wo ist Dippin?“, schrie ich ihn an.

„Unterwegs mit Garrett und Eugene“, antwortete er, von der Heftigkeit meines Ausbruchs nun ein wenig alarmiert.

„Unterwegs? Wohin unterwegs, Hastings?“

Er kam ein paar Schritte die Treppe hinunter auf mich zu.

„Beim Prediger, um Vergebung zu erbitten, in der Augustana Lutheran.“

Ich stöhnte auf. Natürlich.

„Um Vergebung zu erbitten, Hastings? Unterwegs, um Vergebung zu erbitten? Bist du von allen guten Geistern verlassen?!“

Er sah mich verwirrt an, doch ich hatte keine Zeit, ihm die Lage zu erklären.

„Du Idiot, Hastings!“, schrie ich ihn an. „In welche Richtung? Virginia und Third Street, wohin, Hastings?“

„Nach Süden.“

Ich drehte mich um und stürmte ins Freie.

„Goodlick, warte!“, hörte ich ihn noch hinter mir rufen, doch ich lief weiter.

Vor dem Haus riss ich Alectos Zügel von Windbornes Knauf los, band sie an den Balken und sprang in den Sattel des Hengstes mit einer Heftigkeit, dass dieser ein paar Schritte zur Seite tänzelte. Hastings stand jetzt in der Tür.

„Bewaffne dich, Hastings, und komm mir nach zur Augustana Lutheran, so schnell du kannst!"

Mein Blick fiel auf den Bogen Papier an der Wand: „Tut Buße, denn das Himmelreich ist nah herbeigekommen."

„Der neue Prediger ist einer der Duggerys."

Mit dem Satz preschte ich los Richtung Süden. Auf Windborne galoppierte ich durch die Straßen und schrie auf die Menschen hinab nach dem Weg zur Augustana Lutheran Church. Das Blut rauschte mir in den Ohren und ich hörte ihre Anweisungen nicht, doch sie deuteten mir den Weg und ich ritt der Richtung ihrer ausgestreckten Arme nach.

Ich war schnell, doch als ich an die Kirche herankam, einem alten hölzernen Schulgebäude mit einem kleinen Glockenturm an der Vorderseite, fuhr mir der Schreck in die Glieder, dass ich offenbar bereits zu spät gekommen war. Eine kleine Menschenmenge hatte sich mit einigem Abstand vor dem Gebäude herum versammelt und ich konnte sehen, dass die Menschen hier in Aufruhr waren. Ich ritt an sie heran und sprang von Windborne herab, dessen Zügel ich einem Mann in die Hände gab, den ich fragte: „Was ist geschehen?"

„Ich weiß nicht, Sir, Schüsse, gerade jetzt. Im Kirchenhaus."

Schnell steckte ich den zweiten Revolver aus Windbornes Satteltasche am Rücken in meinen Hosenbund und lief, meinen eigenen Revolver in der Hand, auf das Haus zu. Ich hörte einige Frauen aufschreien, als sie mich sahen, und einige Männer riefen mir wohl zu, dass ich zurückbleiben solle. Ich hörte die Worte „Schüsse" und „Gefahr", doch ich war in Rage. Ich rannte an dem hübschen weißen Zaun vor dem Kirchenhaus vorbei die beiden Stufen zum Eingangstor hinauf, das verschlossen stand, und warf mich hart dagegen, sodass die Tür krachend nach innen aufschlug.

Drinnen war es dunkel und ich richtete meinen Revolver in alle Richtungen, bevor ich noch überhaupt sehen konnte, was vorging. Als Erstes hörte ich ein Wimmern und suchte nach dem Ort seines Ursprungs. Links vor dem Altar, gute vierzig Fuß weit von mir entfernt, sah ich Eugene auf dem Boden kauern, seine Hände vor dem Körper ineinandergeballt. Er wiegte sich vor und zurück. Sein Wimmern war es, das ich vernahm. Auf dem Gang nach vorn zum Altar sah ich jetzt einen Mann auf dem Bauch in einer Blutlache liegen. Die Gestalt rührte sich nicht und ich konnte nicht sagen, wer es war. Jetzt, wo sich meine Augen an das dämmrige Licht gewöhnt hatten, drehte ich mich in alle Richtungen, doch ich konnte niemand anderen ausmachen.

„Eugene!", rief ich, „Wo sind sie?"

Er sah mich an, sein Gesicht verschmiert von Tränen, Rotz und Blut und deutete mit seinen ineinander verkeilten Fäusten nach hinten.

„Hinten raus, Ma'am."

Ich stürmte los, lief am Altar und Eugene vorbei und sah, dass die Schurken auf ihrer Flucht die Tür am hinteren Teil des Hauses offen stehengelassen hatten. Ohne nachzudenken, lief ich hinaus auf ein weites Feld, das hinter der Kirche lag und welches nach vielleicht einer halben Meile in einen Wald überging. Von Dippin und den Duggerys gab es weit und breit keine Spur zu entdecken.

Ich hatte den Impuls, den Mistkerlen einfach zu Fuß nachzulaufen, so aufgebracht war ich. Doch ich wusste ja nicht einmal, in welche Richtung sie verschwunden waren. Verzweifelt wandte ich meinen Blick hin und her, hoffend, dass ich irgendeinen Hinweis aufschnappen würde, aber es war nichts zu sehen. Kein Mensch, der etwas gesehen haben konnte, kein Tier, das aufgeschreckt aus dem Wald lief, nichts und niemand gab mir eine Richtung für meinen Zorn.

Als ich nun wieder hinter mir in der Kirche Eugene weinen hörte, besann ich mich. Sie hatten mich übertölpelt, Mary Dippin und die Duggery-Brüder. Das verdammte Miststück war entkommen und ich konnte in jenem Moment nichts tun, um sie wieder einzufangen. Ich brüllte meinen Ärger in den Himmel und trat mit der Spitze meines Schuhs einige Male heftig in den Dreck, bis ich die Wunde an meine Wade reißen spürte und vor Schmerz aufschrie.

Ich biss mir auf die verdammten Lippen, damit sie schweigen würden, steckte meinen Revolver in das Halfter und beeilte mich jetzt, endlich wieder etwas bei Sinnen, zurück ins Kirchenhaus zu kommen. Als Erstes lief ich zu dem Haufen auf dem Boden im Gang, von dem ich annahm, dass es Garrett war. Er lag mit dem Gesicht nach unten und ich drehte ihn mit einiger Mühe um. Es war so offensichtlich, dass er tot war, dass ich mich nicht lang mit ihm aufhielt, sondern sofort zu Eugene zurückrannte.

Er blickte mich großen Augen voller Angst aus einem bleichen Gesicht heraus an. Ich sah, dass das Blut von seinen Händen, die er noch immer ineinandergeballt vor sich hielt, in einem Rinnsal an seinen Unterarmen entlang auf den Boden tropfte und nur einen kleinen Moment später sah ich auch, warum. Einige Fuß von ihm entfernt lag, achtlos unter einen der Kirchenstühle geworfen, was wohl Eugenes Daumen gewesen war, Ballen und alles. Vor mir blitzte kurz ein Bild auf, wie Dippin wohl das Handeisen von Eugenes Handgelenk gezogen hatte, über einen blutigen Stumpf hinweg, wo nun sein Daumen fehlte, um so freizukommen. Ich musste mich am Riemen reißen, nicht selber die Nerven zu verlieren.

„Eugene“, sagte ich, so ruhig ich konnte, „hab keine Angst. Es wird alles gut. Lass mich dir helfen.“

Ich warf meinen Mantel ab und riss den linken Ärmel von meinem Hemd.

„Sieh hier, Eugene“, versuchte ich ihn abzulenken, während ich mich vor ihn kniete, und deutete auf ein Kreuz, das hinter dem Altar aufgestellt war, „unser Herr Jesus ist nirgends näher bei dir als in dieser hier Kirche.“

Ich griff vorsichtig nach seinen Händen.

„Stell dir vor, wie er tapfer am Kreuze hing, voller Schmerz, und dennoch herunterblickte mit sanften Augen auf die Welt und alle Menschen in ihr.“

Ich zog sanft Eugenes Hände auseinander.

„Stell dir vor, wie er vom Kreuze auch auf dich herabsieht, Eugene, mit der Liebe Gottes, unseres Vaters, in seinen Augen, und auch dich rettet, der du ein guter Mensch bist.“

So redete ich wirr auf ihn ein und versuchte, seine Augen wegzulenken von dem schrecklichen Anblick, der zwischen seinen Fäusten zum Vorschein kam. So schnell und geschickt ich nur konnte und mit so wenig Aufmerksamkeit auf das offene Fleisch und den bleichen Knochen vor mir, wand ich das dünne Stück Stoff meines Hemds zweimal um seine zitternde verletzte Hand und zog es mit einem festen Knoten zu. Eugene stöhnte auf vor Schmerz und ich konnte ihn gerade noch so gut auffangen, dass sein Kopf nicht auf die Dielen krachte, als er davon das Bewusstsein verlor. In jenem Moment dachte ich nur an Mary Dippins Hände, wie sie mein Bein verbunden hatten, und dennoch grausam genug waren, an einem Unschuldigen anzurichten, was ich hier nun gerade vor mir gesehen hatte.

Ich weiß nicht mehr genau, wie es hernach vor sich ging. Lief ich aus dem Haus ins Freie und holte Hilfe, oder war Hastings schon bei uns in der Kirche angelangt und übernahm es, sich um Eugene zu kümmern? Gab ich Anweisungen oder stand ich da, um mit mir verfahren zu lassen? Einige Männer schafften Eugene weg, um ihn durch die Stadt zum Arzt zu tragen, dessen entsinne ich mich noch. Ansonsten weiß ich nichts mehr darüber, was an jenem Abend in der Augustana Lutheran Church noch geschah oder wie ich zurück in die Stadt kam.

REICHTUM

Irgendwie fand ich mich jedenfalls im Zimmer eines Hotels wieder am nächsten Morgen. Jemand hatte, von mir unbemerkt, Frühstück hereingebracht und auf einem dunklen, glänzend polierten Tischchen, das mitten im Zimmer stand, abgestellt. Mein Kopf war träge und das war mir recht so, denn ich wollte nicht darüber nachdenken, was am vorangegangenen Tag alles geschehen war. Schon gar nicht wollte ich an Eugene denken und die Qualen, die er ausgestanden hatte. Garretts Tod war mir, sage ich im Rückblick, einerlei. An jenem Morgen dachte ich gar nicht an ihn und dass es mir um ihn vielleicht leidtun sollte, wenn auch bloß aus einem grundlegenden Mitgefühl heraus und nicht etwa, weil er ein guter Mensch gewesen war. Am allerwenigsten wollte ich an Mary Dippin denken und unterließ es deshalb mit einiger Anstrengung.

Ich hatte keinen Appetit, doch es stand auch eine Kaffeekanne auf dem Tisch, und als ich sie kurz anfasste und spürte, dass sie noch warm war, ließ ich mich müde in einen der beiden Chintz-Sessel neben dem Tisch fallen und goß mir eine Tasse nach der anderen ein, bis ich die Kanne restlos ausgetrunken hatte. Das Essen ließ ich unangetastet bis auf die paar Scheiben gerösteten Toasts, die ich mir kurzerhand in die Hosentasche steckte, um sie den Pferden zu bringen. Ich wusch mich und kämmte mein nasses Haar ordentlich nach hinten, bevor ich das Zimmer verließ.

Unten im Hotel fragte ich den Mann am Empfang nach allem, was mir in meiner Erinnerung fehlte und mit dem er mir aushelfen konnte. Die Pferde, erklärte er mir, seien im Stall hinter dem Hotel untergestellt, das Zimmer bezahlt und Hastings wolle mich später bei sich sehen, wenn ich mich meinen Kräften nach bereit dazu fühle.

Ich wollte keine Minute länger als notwendig in dieser Stadt mehr zubringen, und nachdem ich nach den Pferden gesehen und die kleine Nascherei aus meiner Hosentasche gerecht an sie alle drei verfüttert hatte, machte ich mich halbwegs festen Schrittes zum Büro des Sheriffs auf.

Hastings erklärte ich ehrlich, was ich alles wusste, was jedoch nicht mehr war, als dass ich, unbedarft, den Auftrag eines der Duggery-Brüder angenommen hatte und nichts weiter gewesen war, als ein Bauer auf dem Schachbrett, auf welchem sie ihre Züge geplant hatten. Mit keinem Wort und keiner Geste hielt Hastings mir meinen Irrtum vor. Es war beinah, als säßen sich hier zwei kollegial miteinander verbundene Menschen gegenüber, so ruhig sprachen wir zueinander. Es war gut, dass er mir keinen Anlass für Ärger bot, denn die Oberfläche, unter der mein Groll gegen ihn schwelte, war dünn wie Milchhaut, und ich wäre ihm wohl schon bei der geringsten Kleinigkeit mit allem Zorn entgegengeflogen, den ich mir tagelang verbissen hatte.

Hastings gab mir seinerseits ebenfalls bereitwillig Auskunft darüber, was er selbst erlebt und was Eugene berichtet hatte, als dieser, wie der Sheriff zu meiner Erleichterung erzählte, noch am Abend zuvor wieder zu sich gekommen war.

Bald, nachdem ich mich zu Gintys Haus aufgemacht hatte, habe Dippin sich demnach reuig gezeigt. Inständig habe sie gebeten, im Haus des Herrn um Vergebung für ihre Sünden bitten zu dürfen, und darauf bestanden, dass es die Augustana Lutheran Church sein sollte, wo es ja immerhin der alten Prediger ebenjener Gemeinde gewesen war, dem sie das Unrecht angetan hatte. Offenbar war es Garrett gewesen, der sich bei Hastings für Dippin eingesetzt hatte, und auch wenn ich mich ganz offensichtlich wunderte, dass dieser nachgegeben hatte, ging Hastings nicht weiter auf meinen fragenden Blick ein. Es sei das Recht eines jeden Verurteilten, die für seine Sünden um Erlösung zu bitten, erklärte Hastings mir nur, also habe er sie daraufhin zu Fuß losgeschickt, Garrett und Dippin, die er, Hastings, unbedingt an Eugene gekettet haben wollte, um ihr keine Möglichkeit zur Flucht zu geben. Wenn Hastings an dieser Stelle Mitleid mit seinem jungen Helfer empfand, so konnte ich es in seiner Erzählung nicht bemerken.

Schon einige Straßenecken vor dem Kirchenhaus, so habe Eugene es erzählt, seien sie auf den vermeintlichen Prediger getroffen, der augenscheinlich für dringende Erledigungen eilig auf dem Weg in die Stadt gewesen sei. Er habe mit ihnen einige Worte darüber gewechselt, was ihr Begehr sei, die sie ihn zu dieser späten Stunde aufsuchten, und sei dann bereitwillig unter Vernachlässigung seiner eigenen Vorhaben mit ihnen zurück zur Kirche gegangen. Dort habe er sie durch den Vordereingang hineingeschickt, da er sich noch hinter dem Haus am Brunnen habe waschen wollen. Von seinem etwas eigenartigen Verhalten unbekümmert, hätten sie die Kirche betreten und schon einen Moment später sei der Prediger, von dem sie nun begriffen, dass es Tom Duggery war, gemeinsam mit seinem Bruder durch den hinteren Eingang ins Kirchenhaus gestürmt, die Waffen gegen die beiden Helfer des Sheriffs gezogen.

Garrett habe die Flucht ergriffen und sei von James Duggery, der an seinem lahmen Bein einfach zu erkennen war, dabei zweimal in den Rücken getroffen niedergestreckt worden. Ihm, Eugene, sei, an Dippin gefesselt, nichts übrig geblieben, als einfach stehen zu bleiben, während Tom Duggery, der hier in der Stadt den Prediger gegeben hatte, während sein Bruder zu mir nach Aurora unterwegs gewesen war, die Waffe gegen ihn gehalten habe. Dippin habe von ihm, Eugene, den Schlüssel zu den Eisen verlangt, doch diese waren zur Sicherheit bei Hastings verblieben und ohne eine andere Möglichkeit, die Eisen schnell zu lösen, habe James Duggery ohne langes Zögern Eugene mit dem Messer den Daumen abgerissen, um Dippin solcherart zu befreien. Dann seien die drei wohl auf Pferden, welche die Duggery-Brüder hinter dem Kirchenhaus angebunden gehabt hatten, geflohen, denn Eugene habe noch

Wiehern und das Gestampfe von Hufen gehört. Nicht lange danach, nicht mehr als eine Viertelstunde, so glaubte sich Eugene zu erinnern, sei dann wohl ich in die Kirche gestürmt.

Für Hastings war die Sache mit seiner Erzählung beendet und ich war froh, dass ich entlassen war. Ich verabschiedete mich von ihm und trat aus der Tür in den hellen Schein der Sonne, der nicht so recht zu den düsteren Vorkommnissen passen wollte, die ich mit dem Sheriff soeben besprochen hatte. Ich blickte auf die Wand neben der Tür. James und Tom Duggery. Unterhalb der langen Liste an Verbrechen, deretwegen sie gesucht wurden, stand geschrieben, dass James Duggery an einem fehlenden Finger seiner rechten Hand und seinem lahmen Bein zu erkennen sei. Ich lachte bitter auf. Mit einem Ruck riss ich das Plakat von der Wand, ebenso jenes von Dippin und den Bibelvers, der ihr wohl als Zeichen gedient hatte, die Kirche aufzusuchen. Ich faltete die Bögen fein säuberlich und steckte sie in meine Manteltasche zu den Banknoten, die ich als bitteren Lohn empfand für meinen unwissentlichen Anteil an diesem Komplott. Dann sah ich nach links und rechts die Straße hinunter. Einen Moment lang wusste ich nicht, wohin mich mein Weg nun führen würde. Überall auf den Straßen der Stadt sah ich nichts als Menschen, die ihrem üblichen Tagwerk nachgingen, und ich fühlte mich einsam.

In Sioux City jedenfalls hielt mich nichts. Am selben Tag noch, nachdem ich Proviant aufgestockt hatte, sattelte ich Alecto, packte meine Habseligkeiten auf Windborne und band ihn und den Sandfarbenen hinter uns an. Ich setzte diesmal am Südufer des Missouri über, von wo aus ich in nicht mehr als drei oder vier Tagen bereits wieder zurück in Aurora sein würde.

Am ersten Tag meiner Heimreise, als ich erst gegen Mittag losritt, schaffte ich es nicht mehr weiter als bis Tekamah. Dort zahlte ich im Saloon für ein Zimmer, betrank mich hernach an der Theke jedoch so maßlos, dass ich nicht mehr weiß, wie ich in mein Bett kam. Jemand hatte immerhin die Pferde für mich versorgt, und als ich, erschrocken über meine eigene Unachtsamkeit, gleich nachdem ich frühmorgens zu Bewusstsein gekommen war, meine Taschen nach meinem neu gewonnen Reichtum durchsuchte, war dieser zwar zum Glück noch da, allerdings musste ich, reimte ich mir zusammen, jemand wohl fürstlich dafür bezahlt haben, sich um mich und meine Pferde zu sorgen.

Es machte mir, wie ich zu meiner eigenen Überraschung bemerkte, gar nichts aus, dass ich von dem verfluchten Kopfgeld so reichlich viel ausgegeben hatte, und als ich am nächsten Abend in Omaha Station machte, fuhr ich damit deshalb unbeirrt fort. Ich quartierte mich im besten Hotel der Stadt ein und suchte meinen Weg von einem Saloon der Stadt zum nächsten, bis ich gefunden hatte, was ich suchte.

Sie tanzte unter dem Namen Miss Glitteris im Pabst Saloon, einem kleinen Tied House im Süden der Stadt, und ich war auf Anhieb verliebt. Ich war bereits angetrunken und flirtete sie unbeirrt und unter Hinweis auf meinen Reichtum an, bis sie sich bereit erklärte, mich in mein Hotel zu begleiten. Als wir zwischen den weichen Kissen auf meinem Bett lagen, schien mir jedoch nichts an dem, was sie mit mir tat, zu gefallen, egal, wie sehr ich mich um ihretwillen auch bemühte, schließlich ließ ich sie für den respektablen Lohn, den ich ihr hernach zahlte, ordentlich arbeiten in jener Nacht. Sie konnte gar nicht hart genug mit mir sein, denn es schien, als wäre das Einzige, was ich überhaupt spürte, wenn sich ihre zuerst liebevollen Gesten irgendwann zu einer ungestümen Schonungslosigkeit steigerten, die mir eher Schmerzen bereiteten als Lust. Mir war es ganz recht so, doch ich glaube sie war erleichtert, als sie in den frühen Morgenstunden mit zehn Dollar in ihrem Mieder gesteckt mein Bett verließ. Ich für meinen Teil hatte ihr Gesicht bereits wieder vergessen, als ich nach dem Frühstück Alecto sattelte, und nach ihrem wahren Namen, so gebe ich mit einiger Beschämung zu, habe ich sie nie gefragt.

Auf der letzten Station meiner Heimreise in Lincoln verfiel ich schließlich in eine Schwermut, die ich nicht mehr loswurde. Anstatt wie an den beiden anderen Abenden durch die Stadt zu ziehen, bleib ich in jener Nacht auf meinem Zimmer und betrank mich dort. Ich ließ mich noch vor Sonnenaufgang wecken, damit ich es am selben Tag nach Hause schaffen würde. Mary Dippin ging mir im Kopf herum.

Ich versuchte, mich in allem, was geschehen war, zurechtzufinden. Immer wieder ging ich die Geschichte im Geiste durch, wie sie ein Stück nach dem anderen verlaufen war. Mary Dippin war darin nicht zu greifen. Nach allem, was ich wusste, hatte sie bei mir, dem Gedanken konnte ich mich nicht erwehren, Verbundenheit gesucht, als sie doch eigentlich an ihre Befreiung durch die Duggerys geglaubt haben musste, und allein dieser Umstand brachte mich aus der Fassung. Ich wollte mir die Idee aus dem Kopf schlagen, dass sie etwas an der Vertrautheit zwischen uns ehrlich gemeint haben könnte, doch so sehr ich es auch versuchte, meine Gedanken brachten mich immer wieder dorthin, sobald ich ihnen nicht mit Entschiedenheit entgegentrat.

Ich setzte alles, wie es für sie wohl verlaufen sein musste, so gut ich es konnte zusammen. Ich entsann mich gut jenes Moments, an dem sie sich in die Gefangenschaft ergeben hatte, als ich wohl über den vermeintlichen Ginty und sein lahmes Bein, wenn ich mich recht erinnerte, etwas gesagt hatte, und ihr dies den Hinweis gegeben hatte, dass James Duggery einen Plan ins Laufen gebracht hatte, um sie zu befreien. Sie musste tatsächlich erwartet haben, dass die beiden uns irgendwo auf der Prärie überfallen und sie freischlagen würden, denn nervös war sie erst geworden, als sie meinte, wir stünden kurz vor Sioux City.

Den wahren Plan hatte sie sich jedenfalls wohl erst zusammengereimt, als sie an der Fährstation den Anschlag mit dem Bibelvers gesehen hatte. Wie, das wusste ich noch immer nicht, doch es erklärte mir nun im Nachhinein, warum sie sich beim Übersetzen über den Missouri so verändert gezeigt hatte. Ich hatte es darauf zurückgeführt, dass ich sie meine Verbundenheit hatte spüren lassen und dass ich an ihrer Seite stand, doch es war nichts weiter gewesen als ihre Ahnung davon, dass die Duggerys bereits in der Stadt auf sie warteten, und ich stöhnte ob meiner Unbedarftheit regelrecht auf, immer wenn mein Kopf an der Stelle der Geschichte landete.

Wie ich die Sache auch drehte und wendete, Mary Dippin blieb mir in ihren Beweggründen unbegreiflich, und als ich bei Sonnenuntergang durch Aurora hindurch und auf dem Weg zurück auf mein Stück Land war, beschloss ich, mir nicht weiter den Kopf darüber zu zerbrechen. Sie war inzwischen sicherlich mit den verdammten Duggerys auf dem Weg weiter nach Westen, um dem Gesetz dorthin zu entfliehen, wo dieses keine Gültigkeit hatte. Es würde bloß einige Zeit zurück in meinem alten Leben vergehen müssen, dann wäre Mary Dippin nichts weiter als eine unangenehme Geschichte, die mir einst widerfahren war. Immerhin hatte mir diese zumindest genügend Reichtum eingebracht, sodass ich mich für eine Weile darauf ausruhen konnte, und ich wollte bloß daran noch denken.

Es war bereits dunkel, als ich zu Hause ankam. Ich versorgte die Pferde, wobei ich Acht gab darauf, Windborne mit der gleichen Beachtung zu bedenken wie die anderen beiden, um ihn nicht unbedacht für die Verbrechen seiner Besitzerin büßen zu lassen, und bis ich schließlich in mein staubiges Bett fiel, war ich so erschöpft, dass kein Gedanke mehr durch meinen Kopf ging.

GEBLENDET

Ich verbrachte die beiden nächsten Tage in träger Untätigkeit. Ich stand auf, um die Pferde und mich selbst, gerade so viel es eben sein musste, zu versorgen, und legte mich die übrige Zeit auf mein Bett, um mich den langen Tag über nach und nach mit reichlich Whiskey zu betrinken. Ich fühlte mich erschöpft wie seit langer Zeit nicht mehr. Höchstens nach Pas Tod war ich schwermütiger gewesen als jetzt, doch damals hatte ich mich aufgerafft, auf die Suche nach Joe Bane zu gehen, und mich so wieder aus meiner Lethargie geholt. Ich glaube, ich spielte wohl dann und wann mit dem Gedanken, Dippin nachzureiten und sie noch einmal festzusetzen, doch meist trank ich dann ein paar Schluck und vergaß darüber, was mir daran ein guter Plan erschienen war.

In jener dritten Nacht nach meiner Rückkunft jedoch wachte ich unvermittelt in der Dunkelheit auf, weil ich glaubte, vor dem Haus ein Geräusch gehört zu haben. Ich horchte in die Stille vor meinem Fenster. Eines der Pferde schnaubte. Es war kein ungewöhnlicher Laut, dennoch war ich alarmiert. Meine Nerven waren noch von den Ereignissen der vorangegangenen Wochen gereizt, und wenn ich mich in anderen Nächten müde umgedreht und weitergeschlafen hätte, so setzte ich mich jetzt im Bett auf und starrte in die Finsternis.

Da. Ein Knarren auf der Veranda.

Erschrocken griff ich in der Dunkelheit dorthin rechts neben mein Bett, wo mein Gewehr an die Wand gelehnt stand, doch ich stieß in meiner Aufregung versehentlich heftig gegen seinen Schaft und es fiel mit einem lauten Scheppern zu

Boden. Während ich noch überlegte, ob ich im Finstern nach dem Kolben am Boden tasten sollte oder mir wohl genügend Zeit bliebe, die Öllampe neben meinem Bett anzuzünden, krachte schon die Eingangstür nach innen und ich sah im fahlen Mondlicht den Umriss eines Mannes im Türrahmen stehen. Dann fiel ein Schuss. Ich war mit einem Schlag hellwach und spürte, wie mir das Herz bis in den Hals hinauf pochte.

„Keine Bewegung, Goodlick."

Jetzt sah ich hinter dem Mann eine weitere Gestalt im Türrahmen auftauchen und erstarrte. Ich war mir sicher, James Duggerys Stimme erkannt zu haben.

„Licht, Tom."

Sie waren es tatsächlich, die beiden Duggery-Brüder. Ich hörte das Scheppern von Metall, als Tom wohl mit dem Türchen einer Blendlaterne klapperte, denn im nächsten Moment schien mir helles Licht ins Gesicht, sodass ich blinzeln musste. Ich drehte mein Gesicht zur Seite und hob meinen Arm, um meine Augen gegen den hellen Strahl abzuschirmen.

„Ich sagte, du sollst dich nicht bewegen!"

„James Duggery", gab ich so ruhig ich nur konnte zurück, obgleich alles in mir in Aufruhr war, „warum so nervös? Mir scheint's, du bist derjenige mit dem Revolver in der Hand, oder etwa nicht?"

„Dein Gewehr liegt, wie ich sehe, nicht weit von deiner Hand entfernt, Goodlick, und anders als die wahrscheinlich meisten Männer bin ich nicht so dumm, eine Frau zu unterschätzen und was sie mit etwas Willen und Zielgenauigkeit anrichten kann", entgegnete James und trat ins Haus, sein Bruder hinter ihm her. Wo war Dippin?

„Los, Goodlick, hoch mit dir." Duggery deutete mit dem Revolverlauf, den er auf mich gerichtet hatte, hinüber zum Tisch in der Mitte des Raumes. „Mach keine Dummheiten, dann bleibst du am Leben. Wir sind nicht hier, um dir etwas anzutun."

Ich fand nach dem ersten Schrecken langsam wieder ein wenig Fassung.

„Ach, dann ist dies ein freundlicher Besuch? Unter Gesetzlosen herrschen wohl andere Sitten, deren Regeln mir offenbar nicht vertraut sind. Ich zumindest statte meine freundlichen Besuche im Tageslicht ab und warte, bis ich ins Haus gebeten werde."

„Du hast recht, Mae, sie ist witzig!", rief Duggery zur Tür hinaus.

Sie war hier. Dippin.

„Lass den Gaul, jetzt hast du ihn ja wieder!", fuhr Duggery fort, Dippin nach draußen zuzurufen. „Eine alte Freundin will dich wiedersehen!"

Ich war vom Bett aufgestanden mit nichts als meinem Hemd bekleidet und griff nun nach meinen Hosen, die auf der Kommode neben mir lagen.

„Na!", pfiff Duggery mich zurück.

„Angst vor einem alten Paar Hosen, Jimmy?"

Er fletschte die Zähne zu einem Grinsen.

„Tom, nimm das Gewehr aus ihrer Reichweite und sieh nach, ob eine Waffe in der Hose steckt."

„Reverend", sagte ich zu Tom Duggery, „wir hatten noch nicht das Vergnügen."

Er tippte sich sarkastisch an den Hut: „Ma'am."

Dann stellte er seine Laterne auf dem Tisch ab, kam auf mich zu und gab meinem Gewehr einen Schubs mit seiner Fußspitze, sodass es unter den Ofen schlitterte. Er nahm meine Hose von der Kommode, schüttelte sie aus, klopfte sie ab und warf sie mir schließlich, als er in ihr nichts Verdächtiges finden konnte, hin.

Jetzt erst, als er neben mir stand, konnte ich ihn sehen, denn die Blendlaterne hatte noch immer ihren unbarmherzigen Strahl auf mich gerichtet und die beiden Männer im Dunkeln gelassen. Unter der Krempe seines Hutes hervor blickte er mich interessiert an. Ich sah einen hübschen, breiten Mund inmitten seines schwarzen Bartes, der wohl gerade eine Woche lang Zeit gehabt hatte nachzuwachsen.

Als ich gerade in das zweite Hosenbein schlüpfte, stand Dippin in der Tür. Ich geriet für einen Moment aus dem

Gleichgewicht und wäre beinah vornübergefallen, doch ich kam glücklicherweise wieder ins Lot, zog schnell die Hose hoch und streifte mir die Hosenträger über die Schultern.

„Dippin", grüßte ich sie ohne bestimmten Ton in der Stimme.

„Hallo, Annie."

Ich sah sie erst nur als Schatten, der beim Eintreten den Hut abnahm, doch dann kam sie auf mich zu, ging an mir vorbei, sodass sie mich beinah berührte, griff sich die Öllampe neben meinem Bett und zündete den Docht mit einem Streichholz an, das sie daneben fand. Sie trug dieselben Kleider wie noch vor einigen Tagen, doch hier, in meinem eigenen Haus, schien mir alles, was an ihr gewohnt gewesen war, befremdlich.

„Kein Grund, es uns nicht gemütlich zu machen", sagte Dippin, stellte die Lampe, die nun den gesamten Raum und die Duggerys darin erhellte, auf den Tisch und setzte sich auf den einen der beiden Stühle, die dort standen.

„Setz dich zu mir, Annie", sagte sie und deutete auf den anderen Stuhl ihr gegenüber.

Mein Eisen steckte in seinem Halfter, dessen Gürtel ich nur ein paar Schritte vom Tisch entfernt über die Kante eines hohen Schranks geworfen hatte, sodass der Revolver gerade dort, wohin der Schein der Lampe nicht reichte, im Schatten hing. Keiner der drei schien ihn bemerkt zu haben. Kurz dachte ich daran, auf dem Weg zum Tisch einen Versuch zu machen, ihn zu greifen, doch eben dazwischen stand der Stuhl, auf den ich mich setzen sollte, und war mir im Weg. Vielleicht, so dachte ich mir, war es ohnedies klüger, die drei vorerst in Sicherheit zu wiegen. Saß ich erst einmal am Tisch, könnte ich vom Stuhl aus mit einem Satz bei meinem Revolver sein, wenn ich einen unbeobachteten Moment abwartete. Also folgte ich Dippins Anweisung und ging mit langsamen Schritten zu ihr hinüber an den Tisch.

„Ich vermute, dass euch nicht nach einem geselligen Beisammensein der Sinn steht?", sagte ich zu Dippin, als ich mich ihr gegenüber auf den Stuhl fallen ließ.

Sie griff mit einer langsamen Geste nach vorn und schloss das eiserne Türchen der Blendlaterne.

„Ich hatte das dringende Gefühl, dass mein Windborne mich vermisst", antwortete sie mit einiger Nachdenklichkeit.

Ich lächelte sie schwach an.

„Aber natürlich. Er fragte jeden Tag nach dir."

„Sieh her, Goodlick", begann nun James Duggery, „wir hier drei finden uns in einer wahrlich vermaledeiten Lage wieder, denn so mit allen Kopfgeldjägern der Gegend hinter uns her ist kein Weg zu machen, zumal mit leeren Taschen wie den unseren."

Ich bewegte meinen Blick nicht von Dippin weg, als Duggery sprach, doch sie wich ihm aus und schaute in die Flamme der Lampe vor sich auf dem Tisch. In mir stieg Ärger hoch. So war das also. Nicht nur hatte mich dieses Lumpenpack ausgetrickst und mit meinem Sinn für Gerechtigkeit gespielt zu ihrem eigenen Vorteil, jetzt waren sie also hier, um mich des Kopfgeldes zu berauben, das ich mir für meine Mühen rechtmäßig verdient hatte.

„Du bist ein rechtes Miststück, Dippin", sagte ich ruhig zu ihr.

„Mit Verlaub", kam es von Tom Duggery, der sich jetzt auf meinem Bett gesetzt hatte, „es war nicht Maes Idee."

Ich drehte mich zu ihm und auch James schaute zu seinem Bruder hinüber. Auch wenn Dippin dabei nicht ein einziges Mal den Blick hob, geschah in dem Schweigen, das folgte, etwas zwischen den Dreien, das ich nicht deuten konnte.

„Was zum Teufel interessiert es mich, wessen Idee es war", fragte ich in die Stille hinein, „wenn das Ergebnis der Sache ist, dass ihr drei mich meines rechtmäßigen Lohnes beraubt?"

Tom zuckte mit den Achseln.

„Wo ist das Geld?", fragte James Duggery mich jetzt.

„In der Bank in Aurora", log ich.

Bevor ich es mich versah, hatte er mir eine schallende Ohrfeige verpasst, die mich beinah vom Stuhl gefegt hätte.

„Baptiste!"

Dippin war aufgesprungen und stellte sich vor Duggery. Sie legte beschwichtigend ihre Hände auf seine Arme. Er überragte sie um mehr als einen Kopf und sie blickte ihm von unten in die Augen. Sein wütender Blick ging von mir zu ihr und ich konnte im Schein der Lampe sehen, dass seine Augen nach einigen Momenten sanfter wurden.

„Baptiste", sagte sie noch einmal beschwichtigend, „wir finden das Geld! Sieh dich um. An wie vielen Orten hier kann es wohl schon versteckt sein?"

Er schaute zurück zu mir. Baptiste, also, nannte sie ihn, weiß Gott, warum. Doch nun verstand ich, warum ihr der Bibelvers des Täufers wohl als Hinweis gereicht hatte, dass er von Duggery gekommen sein musste.

„Du hast Glück, Goodlick, dass Mae ein besserer Mensch ist als alle, die du in deinem Leben zuvor getroffen hast. Besser als Tom und sicherlich besser als ich, dem schnell die Geduld ausgeht, wenn er an der Nase herumgeführt wird, das lass dir sagen."

Ich fasste an meine von der Ohrfeige pochende Wange.

„Sei nicht so hart zu dir, Jimmy", entgegnete ich ihm. „Auch wenn du schnell die Geduld verlierst, ich bin schon von Kühen fester geleckt worden als von deiner hier Hand geschlagen. Deine verlorene Geduld tut nicht so viel Harm, dass du dich damit ernsthaft versündigen würdest."

Ich sah, wie Dippin ihn an den Armen packte, bevor Duggery überhaupt auf meine Frechheit reagieren konnte, doch statt mir zornig entgegenzugehen, wie auch Dippin es wohl erwartet hatte, machte sich ein Grinsen auf seinem Gesicht breit.

„Witzig, wahrlich witzig." Er schüttelte Dippins Hände ab. „Wie müsst ihr es doch spaßig gehabt haben so alleine auf der Prärie ihr zwei beiden."

Ich zuckte mit den Achseln.

„So hart war dein Lohn also sicherlich nicht verdient, Goodlick, und es reut mich wenig, ihn dir abzunehmen. Ihr zwei", er wandet sich an Dippin und seinen Bruder, „los, durchsucht die Hütte hier, während ich das kleine Miststück bewache."

Ich glaubte mein Versteck ein gutes, in einem Umschlag hatte ich die verblieben Banknoten unter eine der Schubladen meiner Kommode geleimt. Ich glaubte nicht daran, dass sie das Geld von alleine finden würden, und machte mich im Innersten schon bereit dafür, einige Gewaltsamkeiten durchstehen zu müssen, die James Duggery an mir verursachen würde, um das Versteck aus mir herauszuprügeln. Doch kein Wort, so schwor ich mir, würde über meine Lippen kommen, egal, wie sehr er mich auch malträtierte. Sollte Dippin doch dabei zusehen, wie ich litt. Mein Lohn war das Einzige, was mir aus der Geschichte geblieben war, und ich würde ihn verteidigen mit einem Widerstand, in den ich mich umso hartnäckiger verbeißen würde, je länger sie mein Leiden unter den Händen ihres Kumpanen mit ansehen musste.

„Wie ich schon sagte, Jimmy, in den Wänden dieses hier Hauses werdet ihr nichts finden, denn seine Grenzen erstrecken sich nicht bis nach Aurora."

„Nun, wenn wir doch schon einmal hier sind …", entgegnete er mir nur kalt und winkte den beiden anderen, mit der Suche zu beginnen.

Ich beobachtete sie dabei aus den Augenwinkeln. Beide gingen erstaunlich sorgsam mit meinen Dingen um und stellten alles, was sie anfassten, wieder an seinen Platz zurück. Ich hasste sie dafür, wie sie inmitten ihrer Schurkereien wahrscheinlich noch meinten, sich recht zu verhalten.

James Duggery hatte sich jetzt den leeren Stuhl, auf dem Dippin gesessen war, geschnappt, sich rittlings auf ihn gesetzt und seinen Arm, der mit der Waffe auf mich zielte, auf der Stuhllehne abgelegt. Er hielt seinen Blick auf mich gerichtet.

„Es geht nicht gegen dich", sagte er dann. „Nimm's nicht persönlich, Goodlick. Mae hier mag dich wirklich, so viel steht fest, und sie ist wählerisch in ihrer Gunst, das kann ich dir sagen."

Ich schnaubte verächtlich aus, als er meinte, Dippin würde mich mögen, wo sie immerhin gerade dabei war, mich zu bestehlen, doch er missverstand meine Reaktion.

„Doch, doch", fuhr er fort, „sie ist wählerisch, das kannst du mir glauben. Ich war sicherlich ein halbes Jahr lang hinter ihr her, bis sie mich erhört hat, und das, obwohl ich nicht nur ein hübscher Kerl bin mit Schneid, sondern auch voller wahrhafter Gaunerehre, wenn du's glauben willst."

Dippin sah zu uns herüber.

Ich hob Duggery mein Kinn zu einem halben Nicken entgegen.

„Und bescheiden bist du auch."

„Bescheidenheit mag eine Tugend für Frömmler sein, Gaunern jedoch steht ein wenig Stolz ganz gut zu Gesicht."

Ich schwieg. Erst jetzt merkte ich, egal, wie sehr ich versucht hatte, mich selbst vom Gegenteil zu überzeugen, tief in mir hatte es ein Flämmchen an Hoffnung gegeben, dass es Dippin ehrlich mit mir gemeint hatte an jenem Abend nur wenige Tage zuvor, als sie mein Gesicht zwischen ihren Händen gehalten hatte. In diesem Moment, als mir Duggery zu verstehen gab, welchen Platz er in Dippins Leben einnahm, verstand ich nun endlich bis in mein tiefstes Inneres, mit einem Schlag, der in mir etwas zu Boden stieß, dass sie wahrhaftig und durch und durch mit mir gespielt hatte. Ich verfluchte mich und mein dummes Verlangen, das auch nach all diesen Jahren immer noch nicht gelernt hatte, dass es keinen Platz hatte, nicht in der Welt und nicht in mir, wo es nichts anderes je getan hatte, als mich ins Unglück zu stürzen. Eine bleierne Hoffnungslosigkeit überkam mich mit einer Wucht, die mir allen Widerstand aus den Gliedern rinnen ließ. Was sollte ich mich den Dreien hier entgegenstellen und darauf warten, dass Duggery aus mir herausprügelte, wo ich versteckt hatte, wohinter sie einzig herwaren? Wie konnte ich glauben, dass es Dippin etwas andere als egal wäre, mich unter seinen Schlägen brechen zu sehen? Sie hatten bereits gewonnen und ich wollte nichts mehr weiter, als dass Mary Dippin aus meinem Leben verschwand, je eher, desto besser.

„Es ist an die Unterseite der obersten Schublade geleimt", sagte ich und deutete mit dem Kopf in Richtung der Kommode.

Ich sah James Duggery geradeaus in die Augen, doch ich nahm wahr, wie Dippin und sein Bruder neben mir innehielten in ihrem Tun.

James' Blick flatterte kurz. Er glaubte mir nicht.

„Tom", wies er seinen Bruder an.

Ich hörte, wie Tom die Schublade aus der Kommode zog und dann wohl mit der Hand den Boden abtastete.

„Ah."

Der überraschte Ausruf seines Bruders lenkte James einen Moment lang ab, als er von seinem Stuhl hochsprang, um über den Tisch hinweg sehen zu können, was dieser gefunden hatte.

Ich hatte es nicht geplant, doch als James Duggery seinen Blick von mir weg auf die Beute richtete, rastete etwas in mir aus seiner Verankerung. Ich hatte nichts mehr zu verlieren. Ohne nachzudenken, machte ich in jenem Moment, in dem alle Augen auf das Versteck gerichtet waren, einen jähen Satz hinüber an mein Halfter heran. Ich spürte den Knauf des Revolvers an meinen Fingerspitzen und versuchte ihn zu greifen. Mit Schrecken begriff ich sogleich, dass ich zu ungeschickt gewesen war. Da hörte ich hinter mir Dippin meinen Namen schreien und dann einen Knall. Etwas riss mich herum und ich stürzte. Ich sah James Duggerys Gesicht auf mich zukommen und spürte noch den kürzesten Moment lang einen Schlag im Gesicht, bevor es es um mich schwarz wurde.

VERBUNDEN

Ich hatte den Sandfarbenen an einen benachbarten Farmer verkauft und mit dem bisschen Geld in der Manteltasche, das ich für ihn bekommen hatte, stieg ich im Morgengrauen auf Alecto. Ich hatte sie so leicht beladen, wie es mir nur möglich gewesen war, denn es würde eine beschwerliche Reise werden. Mit der linken Hand zog ich mich in den Sattel. Der rechte Arm, in den mich James Duggerys Kugel getroffen hatte, heilte zwar gut, doch er hatte nicht genügend Kraft in sich, um mich damit auf das Pferd zu ziehen.

Am Morgen nach jener Nacht, in der Dippin und die Duggerys mich überfallen hatten, war ich mit schmerzendem Kopf zu mir gekommen. Ich lag in meinem Bett und verstand erst gar nicht, was geschehen war. Ich dachte erst, der schmerzende Kopf komme wohl von einem oder zwei Schluck Whiskey zu viel, doch als ich mich aufzurichten versuchte, schrie alles in mir los und ich entsann mich, wie die Nacht zuvor geendet hatte. Ich wollte mein Gesicht betasten, das sich geschwollen anfühlte, doch kaum versuchte ich, meinen Arm zu heben, ließ ich es mit einem Aufstöhnen gleich wieder bleiben. Ich sah unter mein Hemd und entdeckte dort um meinen Oberarm einen Verband. Nach und nach reimte ich mir zusammen, was in der Nacht wohl vorgefallen sein musste.

Duggery hatte mich, wie es schien, mit seiner Kugel am Arm erwischt, als ich nach meinem Revolver gegriffen hatte, und hernach wohl auf mein Gesicht eingedroschen, um mich zu bändigen. Sie hatten all mein Geld gestohlen, jedoch hatte mich Dippin offenbar, während ich bewusstlos war, versorgt und mir den Arm und auch den Kopf, der eine ordentliche Platzwunde abbekommen hatte, verbunden, sodass ich an meinen Verletzungen zumindest nicht verrecken würde, nachdem sie sich aus dem Staub gemacht hatten.

Ich war nicht lange wachgeblieben an jenem Tag. Immer wieder überfiel mich eine bleierne Müdigkeit und ich schlief wohl beinah ohne Unterbrechung bis zum darauffolgenden Morgen. Erst dann schaffte ich es, aus dem Bett zu kommen. Irgendwie versorgte ich die beiden Pferde, die an der Tränke angebunden standen, und als ich dann für mich Kaffee gekocht hatte und am Tisch saß, wagte ich es endlich, den Verband um meinen Arm herum abzunehmen und mir anzusehen, was Duggerys Kugel an mir angerichtet hatte. Mit einer zittrigen linken Hand knüpfte ich das Stück Stoff auf, das in einer langen Bahn einige Male um meinen Arm gewunden war. Bevor ich noch am Ende des durchbluteten Lappens angekommen war, fiel ein Stück Papier daraus zu Boden. Als ich es aufklaubte und las, was darauf stand, brauchte ich einige Momente, um zu verstehen.

„Nach Deadwood."

DANKE

Niemand hat so viel Anteil an diesem Buch wie VEZA QUINHONES-HALL und ALEXANDRA KÖNIG. Sie haben sich liebevoll und kritisch jedes Wort dieses Romans in stundenlangen Lesungen angehört, haben mitgedacht und mich bestärkt, waren enthusiastisch und interessiert, haben mit mir Gedanken übers Schreiben gewälzt und darauf geachtet, dass mir der Spaß an der Arbeit nie vergeht.

JUDITH JENNEWEIN hat dieses Buch mit ihrer Idee, gemeinsam einen Sommer lang lesbische Genre-Erzählungen zu schreiben, überhaupt erst initiiert. Es ist nicht selbstverständlich, dass Autor*innen ihre Ideen so freigiebig mit anderen teilen. Darüber hinaus glaubt sie seit beinahe zwanzig Jahren daran, dass ich schreiben kann, und da sie mich wie kaum ein anderer Mensch kennt, bin ich langsam geneigt, ihr zu glauben.

SINA WURM hat den Roman nicht nur als „sensitivity reader" auf potenzielle politische Unachtsamkeiten, sondern als versierte Krimi-Leserin auch auf den Spannungsbogen hin abgeklopft und hat mir Raum gegeben, viele meiner ungefilterten Ideen mit ihrer behutsamen Hilfe ohne Angst vor Wertung entwickeln zu können.

LILLY AXSTER hält es nicht nur mit eleganter Haltung aus, mir als schreibendes und menschliches Vorbild zu dienen, sie hat sich auch die Zeit genommen, dieses Buch zu lesen und meinen ersten Versuch, eine ordentliche Sexarbeiter*innen-Figur zu schreiben, liebevoll und vehement zu kritisieren. Ich hoffe, dass mir der zweite Versuch besser gelungen ist.

NICK PROKESCH hat mich mit wohlwollender Bestimmtheit drauf hingewiesen, dass PoCs in diesem Roman nicht einfach ausgelassen werden dürfen, bloß weil ich mich als weiße Person nicht befähigt fühle, Figuren of Color zu schreiben. Ich habe einen derzeit noch verhaltenen Versuch unternommen, dem Hinweis nachzukommen.

THEA-REX von den Vienna Roller Derby Beasts hat mir den wunderbaren Namen „Miss Glitteris" geschenkt, weil Roller Derby Frauen* nun einfach auch die besten Namen erfinden.

GREGOR JÖSTL hat mit seiner offenen Einladung, jederzeit seinen Garten und sein Lagerfeuer zum Arbeiten nutzen zu dürfen, meine ersten zögerlichen Schreibschritte zu ernsthafter Arbeit an diesem Buch werden lassen.

EVA SCHÖRKHUBER hat mich durch ihren Enthusiasmus beim Lesen der ersten Kapitel bestärkt, weiterzuschreiben.

JORGHI POLLs großzügige Rückmeldungen und sein fachkundiges Lektorat wollen unbedingt erwähnt sein, denn ein Verleger, der sich so intensiv auf ein Manuskript einlässt, das in seinem eigenen Verlag (Edition Atelier) gar nicht erscheinen wird, ist außergewöhnlich.

ILONA BUBECK und JIM BAKER vom Querverlag sind diejenigen, die es möglich machen, dass dieses Buch nun tatsächlich erscheint. Vor dem Hintergrund meiner eigenen Vergangenheit als Verlagslektorin meine ich, dass es den beiden kaum hoch genug angerechnet werden kann, dass sie seit fast fünfundzwanzig Jahren den Querverlag als Raum für lesbisch-schwule Bücher am Laufen halten. Vor allem haben Ilona und Jim jedoch sowohl mein Manuskript wie auch mich persönlich in dem Prozess, diesen Roman publikationsreif zu machen, mit Kompetenz, Enthusiasmus und Entgegenkommen betreut.